LOS ÚLTIMOS RESTOS

LOS MISTERIOS DE LA DETECTIVE KAY HUNTER

RACHEL AMPHLETT

CAPÍTULO 1

Lee Temple dejó que la bicicleta con marco de carbono redujera su velocidad, girando los tobillos hacia afuera para liberar las calas de sus zapatos de los pedales cuando las ruedas tocaron la superficie irregular.

Frenó junto a uno de los otros ciclistas, notando la expresión de fastidio que cruzó fugazmente el rostro de Nigel Simpson.

—¿Pinchazo?

—El segundo esta semana —dijo Nigel—. A este paso, esta cubierta va a quedar destrozada.

—¿Tienes una cámara de repuesto?

—Sí, gracias. Es solo una molestia.

Lee emitió un gruñido indiferente, luego miró por

encima del hombro mientras el resto del grupo se detenía en el área de descanso.

El grupo de cuatro hombres había comenzado su club de ciclismo hacía ocho meses, y le había sorprendido lo rápido que habían mejorado su condición física. Considerando que la idea se había planteado por primera vez tomando una cerveza en el pub local una noche, se habían entregado al nuevo pasatiempo con entusiasmo, para diversión de sus esposas, quienes les habían dado tres meses como máximo antes de que se aburrieran.

Con el tiempo, habían aprendido dónde estaban los mejores cafés, y a Lee se le hacía agua la boca pensando en el rollo de salchicha que tenía la intención de devorar en su lugar favorito al otro lado de Boughton Monchelsea. No es que se lo fuera a decir a su esposa; ella pensaba que el tazón de cereales que había consumido una hora antes sería suficiente para saciar su apetito y mantener su dieta en marcha.

El paseo había comenzado bien: la ruta era una de sus favoritas y perfecta para una mañana de domingo de verano. Habían evitado el tráfico intenso por Maidstone, reuniéndose a las seis y media cuando el aire aún estaba fresco, habiendo partido de West Farleigh. Su ruta los había llevado a salir del concurrido centro de la ciudad y seguir la carretera hacia el sur en dirección a Langley antes de girar al oeste por un tranquilo camino rural.

—¿Cómo te va con ese nuevo marco de carbono?

Se sobresaltó por la pesada mano en su hombro y forzó una sonrisa.

Paul Banks era un hombre corpulento y desconocía su propia fuerza. Lee a menudo pensaba que el hombre debería estar jugando al rugby, en lugar de intentar equilibrarse sobre un marco de bicicleta ligero, pero nunca parecía tener problemas para mantenerse al ritmo del grupo.

—Sí, bien. Realmente puedo notar la diferencia —dijo Lee, sin poder ocultar el orgullo en su voz.

—Quizás ahora Heather vea que valía la pena el gasto.

—Lo verá, una vez que haya vendido los palos de golf para pagarlo.

Paul se rio, le dio otra palmada en el hombro y llevó su bicicleta hacia donde los otros hombres conversaban.

Los palos de golf eran la evidencia residual del último intento del grupo por ponerse en forma.

El interés de Lee por el ciclismo se había despertado años atrás, cuando la etapa inicial del Tour de Francia había pasado por el condado. Cuando se lo había sugerido a los demás, habían hecho comentarios despectivos sobre el ajustado lycra y se habían reído, pero una vez que les presentó suficientes pruebas para sugerir que los mantendría en forma y les daría una buena excusa para salir de casa durante unas horas los domingos por la mañana, pronto se unieron a él.

Ahora, todos esperaban con ansias el evento semanal y hoy no era diferente.

Se quitó las gafas de sol y las limpió con una esquina de su jersey de ciclismo, entrecerrando los ojos contra la brillante luz del sol que coronaba un seto más allá. Raramente utilizado por vehículos pesados, el camino estaba inundado por el sonido del canto de los pájaros.

Volvió a mirar a Nigel, que ahora tenía la rueda delantera de su bicicleta en el suelo mientras encajaba las palancas de neumáticos sobre el aro. Paul se había agachado para ayudarlo, y parecía que iban a estar allí al menos otros diez minutos más.

Una repentina necesidad de orinar creó un dolor en su abdomen y, metiendo las gafas de sol sobre el cuello de su jersey, se alejó del grupo.

—¿Adónde vas? —dijo Tony White al pasar junto a él.

El auxiliar de hospital llevaba el último casco aerodinámico, y Lee notó su reflejo en los lentes de colores del arco iris de las gafas de sol del otro hombre.

—Necesito mear.

El otro hombre sonrió. —Parada técnica. Mejor aprovecharla.

—Exactamente.

Lee se dirigió al lado más alejado del área de descanso, y entonces notó la bota de trabajo desechada en el borde junto a la carretera.

Siempre se había preguntado por qué solo se veía una bota solitaria al lado de la carretera, y no dos. Su imaginación infantil había visualizado a un hombre caminando con una sola bota, sin saber qué había pasado con la otra.

La voz de Paul le llegó al mismo tiempo que se acercaba al calzado.

—¡Mea dentro!

Lee se rio por lo bajo y negó con la cabeza.

—Vamos. Te reto —gritó Tony.

Una mosca azul aterrizó en su mejilla, y la espantó mientras una ráfaga de risas llegaba desde los otros hombres.

Entonces parpadeó y sacudió la cabeza, con la bilis subiendo por su garganta.

Se quedó mirando por un momento, las burlas de los otros desvaneciéndose en un borrón de ruido blanco. Un coche pasó rápidamente, su movimiento sacudiendo su cuerpo mientras permanecía de pie, con los brazos a los lados, tratando de comprender por qué estaba allí, a quién pertenecía y qué debía hacer.

Por fin, su cerebro procesó lo que sus ojos estaban captando.

Un pie cercenado, cortado a la altura del tobillo.

Un charco de sangre coagulada pulsaba con moscas que zumbaban alrededor de los cordones rotos de la parte superior de cuero de la bota de trabajo.

Dio un paso atrás, su grito angustiado silenciando a los demás.

Con el corazón acelerado, se torció el tobillo al darse la vuelta, sus calas de zapato resbalando por la superficie irregular, antes de cojear hacia el seto y vomitar su escaso desayuno.

CAPÍTULO 2

La inspectora Kay Hunter abrió con cuidado la puerta del copiloto del vehículo compartido y observó la escena que tenía ante ella.

Había recibido una llamada del inspector jefe Devon Sharp mientras ella y su pareja, Adam, estaban disfrutando de un tranquilo *brunch* de fin de semana en el patio con vistas a su jardín en las afueras de Maidstone.

—Este es exactamente el tipo de historia sensacionalista que no necesitamos en la primera plana de los periódicos —dijo él—. Quiero que lideres este caso. Barnes puede ser tu suboficial en la investigación, dado que aún no hemos asignado un nuevo oficial al equipo. Haré que pase a recogerte lo antes posible.

Kay había sentido el familiar pico de adrenalina causado por la perspectiva de un nuevo caso.

Tenía que reconocer el mérito del recién ascendido inspector jefe también. Desde su ascenso a inspectora, Sharp se había asegurado de que tuviera la oportunidad de trabajar en varias investigaciones de alto perfil entre sus obligaciones de gestión.

El agente Ian Barnes se había presentado en su puerta veinticinco minutos después de que Sharp terminara su llamada telefónica.

A Kay le gustaba trabajar con Barnes. En sus cuarenta y tantos años, poseía un humor y una fortaleza que habían sido un bálsamo bienvenido frente a los oscuros crímenes a los que a menudo se enfrentaban.

Ahora, de pie junto a su vehículo mientras miraba hacia el camino donde ondeaba una cinta de la escena del crimen, se volvió hacia él cuando cerró de golpe la puerta del conductor y se unió a ella.

Un poco más alto que Kay, tenía el pelo castaño claro que se había vuelto gris en las sienes y, para su consternación, había comenzado a usar gafas de lectura.

—¿Aún contenta de estar fuera de la oficina? —dijo mientras observaban a los oficiales de la escena del crimen trabajando en el apartadero.

—Una pena las circunstancias —dijo ella, y se colocó un mechón de su pelo rubio detrás de la oreja. Enderezó los hombros—. Bien. Vamos a ver qué está pasando.

Se dirigió por la pendiente del camino, asintiendo a los oficiales de tráfico que evitaban que los automovilistas que pasaban se quedaran mirando la escena y se aseguraban de que el tráfico pasante mantuviera una velocidad constante baja para evitar lesiones a los servicios de emergencia que atendían el lugar.

El equipo de investigación de la escena del crimen había erigido una pantalla entre el camino y donde trabajaban, mientras dos agentes uniformados permanecían en el perímetro de la cinta de la escena del crimen para alejar a cualquier curioso que pasara. Una agente uniformada y su colega habían agrupado a un grupo de ciclistas vestidos de manera llamativa y levantaron la vista cuando Kay y Barnes se acercaron.

Kay se relajó al reconocer el rostro familiar. Debbie West había sido agente de policía desde sus veinte años, y Kay tenía grandes esperanzas para la mujer. Era una de las oficiales más meticulosas que Kay conocía y se podía confiar en ella para manejar una escena del crimen hermética.

—Buenos días, inspectora.

—Buenos días. ¿Cuáles son las últimas novedades?

Debbie hizo un gesto a su colega, quien guio a los ciclistas lejos de la cinta de la escena del crimen y continuó hablando con ellos mientras tomaba notas. Se volvió hacia Kay.

—El tipo del jersey rojo y amarillo es el que lo encontró. Lee Temple. Al parecer, él y sus amigos son todos de West Farleigh y salen a pedalear juntos regularmente los fines de semana.

Kay entrecerró los ojos contra el brillante sol hacia donde el hombre estaba de pie junto al colega de Debbie, y notó la fila de costosas bicicletas apoyadas contra un poste de telégrafo o tumbadas sobre la espesa hierba que bordeaba la carretera.

—¿Cómo está?

—Vomitó su desayuno, pero afortunadamente no sobre la evidencia.

—Algo es algo, supongo.

Barnes movió la barbilla hacia donde los investigadores de la escena del crimen estaban revisando meticulosamente los bordes y el seto que rodeaban el apartadero, con las cabezas inclinadas mientras trabajaban.

—¿Han encontrado el resto de él?

Debbie arrugó la nariz. —Todavía no.

Kay miró por encima de su hombro el constante flujo de tráfico que ahora pasaba por la escena del crimen, y tuvo que estar de acuerdo con la opinión de Sharp de que los medios estarían ansiosos por tener la historia en las noticias de las seis de la tarde, con cualquier información escasa que pudieran obtener de los testigos.

—Supongo que has advertido al señor Temple y sus amigos que no hablen con nadie sobre esto.

—Por supuesto —dijo Debbie.

Barnes tocó a Kay en el brazo ante un grito desde más allá del área acordonada, y ella se giró para ver a uno de los oficiales de la escena del crimen haciéndoles señas.

—Me gustaría hablar con el señor Temple antes de que lo dejes ir —le dijo a Debbie.

—Sin problema. Iba a organizar una furgoneta de taxi para llevarlos a todos a casa. No creo que quieran volver en bicicleta después de esto.

—Buena idea, gracias. Vuelvo en un minuto. —Siguió a Barnes hasta la cinta del perímetro y se detuvo en el límite—. Buenos días, Harriet.

—Buenos días. Debbie dijo que ustedes dos venían en camino.

Kay notó el cansancio en la voz de la investigadora de la escena del crimen y decidió dejarla continuar con la tarea en cuestión lo antes posible.

—¿Qué puedes decirnos?

Harriet les entregó un juego de monos desechables y esperó mientras se los ponían y colocaban los correspondientes cubre zapatos sobre sus zapatos, luego levantó la cinta para que pasaran por debajo antes de guiarlos detrás de la pantalla hacia el extremo más alejado del apartadero por un camino demarcado.

—Antes de que preguntéis, las únicas huellas que hemos levantado de aquí coinciden con los zapatos de los ciclistas, bastante fácil de deducir debido a las calas que llevaban para engancharse a sus pedales.

La oficial de la escena del crimen redujo la velocidad al llegar a la bota de trabajo.

Parecía incongruente en su posición junto a la hierba alta del borde ahora que sabían lo que contenía, y, sin embargo, Kay recordó numerosas ocasiones en las que había visto zapatos solitarios similares desechados al lado de una carretera y no les había dado importancia.

Se agachó a un metro más o menos de la bota y espantó una mosca de su cara mientras Harriet continuaba.

—Nuestra víctima es definitivamente hombre

basándonos en lo que podemos ver sin quitar el calzado. La bota está hecha de cuero de calidad, pero gastada, como si fuera una de un par favorito. El tacón se ha erosionado de un lado, pero Lucas podrá decirles más sobre las características de nuestra víctima una vez que le haya echado un vistazo.

Kay murmuró una respuesta. Había trabajado con Lucas Anderson, el patólogo forense del Ministerio del Interior en ocasiones anteriores, y su atención al detalle y tenacidad para proporcionar tanta información como fuera posible sobre una víctima la habían ayudado más de una vez.

No dudaba de su capacidad para añadir más detalles a la imagen de la víctima que necesitaban crear si querían encontrar al responsable.

—¿Y no hay señales de otras partes?

—No, casi hemos concluido nuestra búsqueda preliminar. Obviamente, le avisaré si algo cambia.

—¿Cuánto tiempo cree que ha estado aquí?

—Es difícil decirlo, para ser honesta. Mucha de la suciedad y el polvo en la parte superior de cuero ha sido causada tanto por el tráfico que pasa como por el mal tiempo que tuvimos a principios de mes. De nuevo, Lucas podría ser capaz de determinar un tiempo aproximado de la muerte para ayudarle a reducir el margen.

Kay se enderezó y se volvió hacia Barnes, cuyo labio superior se curvó mientras observaba las moscas congregándose sobre el muñón ensangrentado. Giró sobre sus talones y estiró el cuello hasta que pudo ver más allá de la pantalla y hacia el camino que desaparecía en línea recta en ambas direcciones.

—Tendremos que hablar con los propietarios de las casas a lo largo de este tramo de carretera. Nunca se sabe, podrían tener cámaras de seguridad.

Barnes asintió. —Hablaré con Debbie para que los uniformados comiencen con eso de inmediato. También llamaré a Gavin y Carys esta tarde para asegurarme de que lleguen temprano mañana por la mañana.

Se movieron de vuelta al perímetro de la escena del crimen, y mientras se quitaba el traje protector de su ropa y se lo entregaba a uno de los asistentes de Harriet, Kay dejó que su mirada descansara una vez más sobre el pie amputado.

—¿Quién demonios eres? —murmuró.

CAPÍTULO 3

Debbie y su colega hicieron una pausa en sus entrevistas cuando Kay y Barnes se acercaron, luego los presentaron a los cuatro ciclistas.

Kay notó la palidez deslavada de las facciones de Lee Temple y las expresiones casi tímidas que mostraban sus amigos.

Nunca dejaba de asombrarle que los testigos de un crimen a menudo se sintieran culpables por lo que habían visto, a pesar de no tener ninguna otra implicación.

O tal vez era simplemente el efecto de estar rodeados de agentes de policía uniformados e investigadores de la escena del crimen.

Dirigió su atención a Temple y lo alejó suavemente de los demás.

—Señor Temple, soy la inspectora Kay Hunter y este es mi colega, el agente Ian Barnes. Tengo entendido que fue usted quien encontró primero la bota de trabajo.

Él asintió, luego tragó saliva y Kay automáticamente dio un paso atrás en caso de que el hombre estuviera a punto de vomitar una vez más.

Agitó la mano como para alejar la sensación. —Estoy bien, no se preocupe.

—Ha sufrido un shock terrible y lo está manejando muy bien —dijo ella—. Sé que usted y sus amigos han hablado con la agente West, pero me gustaría intercambiar unas palabras antes de que los llevemos a todos a casa.

Miró a la derecha de él cuando una furgoneta se detuvo a poca distancia del área de descanso y el conductor encendió las luces de emergencia, antes de volver su atención a Temple.

—¿Qué le parece si hacemos que sus amigos y todas sus bicicletas suban al taxi, y luego Barnes y yo lo llevaremos a casa una vez que hayamos charlado?

Él dejó escapar un suspiro tembloroso, luego se pasó la mano por el cabello castaño oscuro de longitud media que había sido aplastado por el casco que ahora acunaba en sus manos. —De acuerdo, gracias.

Los otros tres ciclistas estaban llenos de preocupación por su amigo mientras le estrechaban la mano y luego seguían a los oficiales uniformados hacia el taxi.

—Pasaré más tarde a verte —dijo el más alto de los hombres, antes de recoger una segunda bicicleta del borde de la carretera y llevarla hasta el taxi.

Kay observó mientras Temple levantaba la mano en señal de despedida cuando el vehículo volvió a salir al carril, su expresión melancólica.

—Jefa, tenemos compañía.

Kay giró sobre sus talones ante las palabras de Barnes y reprimió un gemido al ver una figura familiar saliendo de un coche de cuatro puertas que había estado estacionado más arriba en el carril desde el área de descanso.

A pesar de la distancia entre ellos, podía sentir la emoción que emanaba de Jonathan Aspley mientras se apresuraba hacia la cinta policial en el lado opuesto de la pantalla.

—Lleva a Lee al coche, Ian. Estaré con ustedes en un momento.

Interceptó al reportero cuando llegó a la altura de la pantalla y lo alejó de la dirección del coche de Barnes.

—No es un buen momento, Aspley.

—Vamos, Hunter, antes de que lleguen los demás. Al menos dame un testimonio que pueda usar.

Kay entrecerró los ojos. —Créeme, no podrás publicar lo que te diga si no retrocedes. Habrá una conferencia de prensa más tarde hoy en la jefatura. Ve a esa, y te daré toda la información que pueda entonces.

—Y simplemente terminaré con la misma historia que todos los demás. Me lo debes.

—No te debo nada. —Suspiró—. Mira, es demasiado pronto para esto. Asiste a la conferencia de prensa más tarde, deja que mi equipo haga su trabajo ahora, y veré qué puedo enviarte en un par de días.

—¿Exclusiva?

—Eso dependerá de Sharp, pero haré lo que pueda.

—Quieres decir que me usarás si necesitas filtrar información.

—Puedo dársela a uno de tus competidores, si lo prefieres.

Su boca se tensó. —Te veré más tarde.

Kay esperó hasta que llegó a su coche, luego giró sobre sus talones y se apresuró a volver donde Barnes estaba sentado en su vehículo, con Lee Temple en el asiento trasero.

—Lo siento por eso. —Kay buscó en su bolso su

cuaderno y un bolígrafo antes de girarse en su asiento —. Bien, sé que ya ha hablado con nuestros colegas uniformados sobre lo que encontró, Lee, pero ¿podría contarme qué pasó esta mañana? Cuénteme todo, incluso si cree que no es importante.

Él se mordió el labio, luego asintió y procedió a describir su día desde que salió de su casa esa mañana hasta que descubrió los restos espeluznantes en la bota de trabajo. Su amigo, Tony White, había sido quien llamó al número de emergencias.

Kay permaneció en silencio mientras él hablaba, tomando notas y apuntando sus respuestas a sus preguntas mientras escuchaba.

Aunque Debbie y su colega habían tomado las declaraciones iniciales de los cuatro ciclistas, Kay prefería escuchar los relatos de los testigos ella misma siempre que fuera posible. A menudo, alguien como Lee recordaría un detalle que no había mencionado antes, a medida que su mente continuaba procesando lo que había vivido.

Cuando terminó de hablar, le dio un momento para recomponerse, luego se aclaró la garganta.

—Cuando se acercaban al área de descanso, ¿notó algún vehículo?

—No, teníamos la carretera para nosotros solos. Íbamos en parejas, con Nigel y yo al frente. Nigel me tomó la delantera, antes de darse cuenta de que tenía un pinchazo. Fue entonces cuando nos salimos de la carretera. No había vehículos delante de nosotros, y la primera vez que noté uno fue después de haber encontrado la bota.

—¿Es esta una ruta favorita suya? —dijo Barnes.

—Lo era —murmuró Lee, luego bajó la mirada y le dio vueltas al casco de ciclismo en sus manos.

—¿Cuánto tiempo lleva viniendo por aquí? —dijo Kay.

—Unos ocho meses.

—¿Alguna vez ha visto a alguien en esa área de descanso?

—Lo siento, no puedo recordar.

—Está bien. ¿Qué tipo de vehículos ve por aquí?

—Normales, supongo. Coches, motos. A veces una furgoneta, quizás. Suele estar tranquilo por este tramo. Es por eso que venimos por aquí. —Su frente se arrugó—. No estoy siendo de mucha ayuda, ¿verdad?

—Lo está haciendo bien —dijo Kay—. Todo nos ayuda.

—De acuerdo.

—¿Cuándo fue la última vez que pasó en bicicleta por aquí?

—Hace unas cuatro semanas.

—¿Notó algo entonces? ¿Algo que pareciera fuera de lugar?

—No, solo nos detuvimos hoy porque a Nigel se le pinchó la rueda. De lo contrario…

Vio a Barnes levantar una ceja cuando ella guardó su libreta en el bolso y asintió.

No habría más preguntas para Lee Temple hoy. Dejaría descansar al hombre y luego hablaría con él dentro de uno o dos días, para ver si el tiempo había añadido algo a sus recuerdos sobre la ruta y las circunstancias en las que había descubierto la bota de trabajo.

Kay se abrochó el cinturón de seguridad. —¿Cuál es su dirección, Lee?

El ciclista la recitó, y Barnes asintió en señal de reconocimiento, antes de acelerar y alejarse de la escena del crimen.

Media hora después, Barnes activó el intermitente mientras reducía la velocidad del vehículo, luego giró a la izquierda por un callejón que conducía alrededor de West Farleigh y pasaba por la estación de tren.

Frenó suavemente frente a una hilera de casas adosadas, luego salió del coche y abrió la puerta trasera para Temple. Le entregó una tarjeta de visita antes de despedirlo y volver a deslizarse tras el volante.

—Pobre desgraciado —murmuró.

Kay se mordió el labio mientras observaba cómo se abría de par en par la puerta de la casa.

Apareció una mujer, con el cabello rubio oscuro recogido en una coleta y una niña pequeña en brazos.

Lee se tambaleó sobre el umbral y cayó en el abrazo de la mujer. Permanecieron así por un momento, y luego ella lo condujo adentro y cerró la puerta.

Barnes soltó el freno de mano y alejó el coche del bordillo.

—No creo que el señor Temple vaya a hacer mucho ciclismo en el futuro cercano.

—No puedo culparlo —dijo Kay—. Me imagino que va a tener pesadillas durante un largo tiempo.

CAPÍTULO 4

Kay se desabotonó las mangas de la camisa y se las arremangó hasta los codos.

La mañana se había vuelto cálida para cuando llegaron a la comisaría de Maidstone, mientras que los cielos despejados ofrecían un día de verano perfecto.

Aunque todos preferirían estar en casa con sus familias, sabía que el equipo ahora se estaría concentrando en las tareas en cuestión. Estaba contenta de que ella y Barnes hubieran estado de guardia; de lo contrario, la escena del crimen habría sido entregada a alguien más, y ella se habría quedado atrapada en un taller de tres días titulado "Técnicas Avanzadas de Gestión" desde el lunes por la mañana.

Su alivio se vio atenuado por el pensamiento de

que alguien podría haber resultado herido o muerto en circunstancias horribles, y haría todo lo posible para llevar al responsable ante la justicia.

La sala de incidencias bullía de actividad cuando ella empujó la puerta y cruzó hacia su escritorio. Phillip Parker había tomado la iniciativa de instalar una pizarra y conseguir ordenadores extra mientras ella y Barnes habían estado en la escena del crimen.

Había conocido al agente cuando estaba completando su período de prueba hace doce meses, y era evidente que, bajo la tutela del agente Norris, el joven se estaba adaptando bien a su papel. También había ganado peso: donde antes era un veinteañero larguirucho, había añadido masa a su delgada figura y Kay se dio cuenta de que probablemente lo había hecho para enfrentarse a algunos de los personajes más pintorescos de Maidstone.

Los viernes y sábados por la noche podían ser una pesadilla en el centro de la ciudad, y Parker seguramente habría sido un blanco fácil para los alborotadores.

—Buen trabajo, Phil —dijo mientras se acercaba.

Él sonrió. —Pensé que ahorraría algo de tiempo.

—Gracias.

Miró por encima del hombro al resto del equipo reunido.

Por el momento, solo había otros cuatro agentes uniformados ayudando, pero eso cambiaría por la mañana una vez que se ajustaran los horarios y se obtuviera ayuda de otras investigaciones.

No sería popular, eso seguro.

Kay decidió invitar a sus compañeros detectives a tomar una copa en unas semanas para suavizar el golpe de perder recursos para su caso de asesinato, y luego centró su atención en la pizarra.

Parker había impreso un gran mapa a color del área de Maidstone, con la ubicación del sangriento descubrimiento de la mañana ya resaltada con un gran alfiler rojo. Había obtenido imágenes del carril a través de software de mapeo en línea y las había fijado junto al mapa.

Serían suficientes hasta que los oficiales de la escena del crimen proporcionaran sus propias fotografías.

Una vez satisfecha de que el lado administrativo de la investigación estaba organizado, regresó a su escritorio y hojeó su cuaderno hasta que encontró la entrevista de Lee Temple y comenzó a transcribir sus garabatos.

Un oficial especialmente asignado configuraría una nueva investigación en la base de datos HOLMES más tarde ese día, y ella agregaría su entrevista a la creciente cantidad de información recopilada, iniciando el proceso de indagación.

Levantó la vista cuando Barnes se hundió en la silla frente a su escritorio y movió el ratón para despertar su ordenador.

—¿Has hablado con Gavin y Carys?

—Sí, estarán aquí a las siete mañana. Ambos se ofrecieron a venir hoy, si quieres que lo hagan.

—No, está bien. Prefiero que descansen hoy; sabe Dios cuándo volverán a tener tiempo libre, y necesitamos que todos estén concentrados en este caso.

Levantó la mirada cuando el inspector jefe Sharp se acercó a sus escritorios, el detective superior emanando un aire de eficiencia que había traído consigo desde su tiempo en el ejército, y luego años como detective en el área de la Policía de Kent.

—¿Qué pueden decirme sobre el caso? —dijo.

—En primer lugar, vamos a tener que organizar una rueda de prensa para esta tarde —dijo Kay—. Jonathan Aspley del *Kentish Times* apareció cuando nos íbamos con el testigo, y no será el único husmeando en busca de una historia. Necesitamos manejar esto desde el principio para evitar que los medios creen pánico y especulación.

Sharp se pasó una mano por su cabello corto

salpicado de canas y suspiró. —Estoy de acuerdo. Preferiría haberlo dejado un día o dos, pero con la escena del crimen en un lugar tan público, me sorprende que aún no hayamos visto nada en las redes sociales.

—Los primeros en responder y el equipo de Harriet hicieron un gran trabajo protegiendo el área de los coches que pasaban, jefe —dijo Barnes—. Nadie podrá conseguir nada en cámara, de todos modos.

—Están vigilando por si hay drones, y sé con certeza que el helicóptero de noticias local está en mantenimiento esta semana —dijo Kay—, así que nadie va a conseguir una toma aérea tampoco.

—Bien. —Sharp se giró y acercó una silla, sentándose en ella antes de hablar de nuevo—. Tengo entendido que había cuatro ciclistas, y uno de ellos encontró la bota, ¿no?

—Sí, Lee Temple —dijo Kay—. Trabaja como maestro de primaria en Paddock Wood. Vive en West Farleigh, y él y sus tres amigos salen a andar en bicicleta juntos todos los domingos por la mañana. El carril es una ruta habitual para ellos para llegar a Boughton Monchelsea, pero esta fue la primera vez en cuatro meses que se detuvieron en esa zona de descanso.

—Entonces, ¿alguna idea de cuánto tiempo lleva allí ese pie amputado?

—Harriet se mostró reacia a aventurar una suposición. Con suerte, Lucas Anderson podrá decirnos más cuando realice la autopsia.

Sharp asintió y se reclinó en su silla. —Ambos pueden apreciar que vamos a estar bajo la lupa con este caso. Especialmente porque al equipo aún le falta un puesto de oficial desde tu ascenso, Kay. Tenemos entrevistas programadas para la próxima semana, y se espera que participes en algunas de ellas, así que asegúrate de tener eso en cuenta en las tareas que asignes a todos. —Levantó una ceja hacia Barnes—. ¿Estás seguro de que no podemos persuadirte para que te postules?

La boca de Barnes se torció en la comisura. —No, gracias, jefe.

Sharp se encogió de hombros. —Valía la pena intentarlo.

No dijo nada más, pero Kay podía sentir su decepción por la decisión de Barnes. A menudo, era más fácil reclutar dentro de un equipo establecido que traer a una nueva persona y esperar que no alterara la dinámica entre el personal existente.

Por otro lado, respetaba la decisión de Barnes; no tenía sentido que asumiera el papel si no estaba contento de hacerlo. Estaban compartiendo las funciones de oficial entre ellos mientras tanto, pero no podrían mantenerlo, no con una investigación de asesinato en curso.

No podía culpar a Sharp por intentarlo; ella le había mencionado el puesto a Barnes la semana pasada cuando se escabulleron de la sala de incidencias y llevaron su almuerzo a un lugar favorito junto al río detrás del Bishop's Palace.

Sin embargo, él había sido inflexible y dijo que estaba contento de permanecer como agente de policía.

Sharp se levantó de su silla y la guardó debajo de otro escritorio. —Bien, los dejaré continuar. Kay, espero verte en la jefatura a las cuatro de la tarde para que hagamos juntos esta rueda de prensa. Barnes, nos vemos mañana por la mañana.

—Sí, jefe.

Kay se giró al escuchar un *ping* de su ordenador y se acercó a la pantalla. —Harriet acaba de enviarme por correo electrónico las primeras fotografías de la escena, Ian.

Barnes se movió alrededor de los escritorios para unirse a ella, y ambos pasaron las imágenes.

Mientras observaba la impactante escena representada en las fotos, no pudo evitar preguntarse qué habría hecho para merecer un final tan brutal.

—¿Qué clase de persona hace algo así? —dijo Barnes.

Ella cerró el último archivo adjunto y se frotó el ojo derecho. —Más importante aún, ¿adónde lo llevaba, y dónde está el resto?

CAPÍTULO 5

La primera impresión de Kay fue de puro pandemonio cuando entró a zancadas en la gran sala de reuniones que había sido designada para la conferencia de prensa de la tarde.

Parecía que la noticia se había extendido rápidamente entre la prensa de Kent, con todas las sillas ocupadas y los camarógrafos y fotógrafos peleando por espacio a lo largo de las paredes.

Arrugó la nariz ante el tenue aroma a cigarrillos rancios que se aferraba a la ropa de los reporteros mientras avanzaba por el pasillo hacia el estrado donde se había instalado una larga mesa.

Joanne Thomas, una asistente administrativa de la sede que había sido traída para ayudar con la conferencia de prensa, le había dicho a Kay que algunos de los reporteros habían llegado una hora antes para asegurarse un asiento en primera fila, y Kay se preguntó cuántos de ellos estarían ahora ansiosos por su próxima dosis de nicotina.

El nivel de ruido era ensordecedor cuando dejó caer su bolso detrás de la mesa y se enfrentó a la sala.

Seis meses atrás, se habría aterrorizado ante la idea de enfrentarse a toda esa gente, los lentes de las cámaras implacables sobre ella y la preocupación de que de alguna manera cometiera un error.

Ahora, recorrió con ojo experto a la multitud reunida, tomándose su tiempo y evaluando a su audiencia.

Asintió a algunas caras familiares e ignoró el ceño fruncido que una reportera de pelo negro le lanzó; había tenido un encontronazo con Suzie Chambers hace un tiempo, pero se sorprendió al verla acomodada en uno de los asientos del frente. Normalmente, la mujer trabajaba como reportera itinerante del noticiero del canal de televisión local, y Kay se preguntó si Chambers habría molestado a sus jefes de alguna manera para ser relegada a cubrir la investigación del asesinato desde este ángulo. Tal como estaba, se sentaba con una expresión tormentosa y los brazos cruzados sobre el pecho.

Un alboroto cerca de la puerta llamó la atención

de Kay, y miró al otro lado para ver a Jonathan Aspley apresurándose por el pasillo, con el cuello estirado mientras buscaba una silla libre.

Los ojos pálidos del reportero se encontraron con los de ella por un momento, y se apartó el pelo de los ojos, antes de que su cabeza girara bruscamente ante un fuerte silbido a su izquierda, y Kay vio a otro reportero hacerle señas a Aspley, indicándole un asiento a su lado.

Se produjo un murmullo de quejas cuando los reporteros se pusieron de pie para dejarlo pasar antes de que el bullicio aumentara a su nivel estruendoso anterior.

Kay se volvió hacia su bolso y extrajo las notas que había redactado en la sala de incidentes. La primera página contenía una declaración que leería en voz alta, e incluía puntos clave que quería que los medios informaran con la esperanza de que hicieran avanzar la incipiente investigación. La segunda página cubría preguntas que esperaba tener que responder de manera que protegiera a Lee Temple y sus amigos e incluía asuntos operativos que prefería que Sharp abordara.

A menudo, su ladrido militar intimidaba al periodista más persistente.

Como si fuera una señal, la puerta en la parte

trasera de la sala se abrió y apareció el inspector jefe, enderezándose la corbata y echando un vistazo a los medios reunidos mientras se unía a Kay detrás de la mesa.

—Les daremos un par de minutos más para asegurarnos de que todos estén aquí, y luego comenzaremos —dijo.

—Suena bien. Esto es lo que he preparado.

Él tomó las páginas, sus ojos recorriendo sus palabras, luego se las devolvió con un brusco asentimiento. —Buen trabajo.

Arrastró la silla junto a la de ella desde su lugar contra la mesa y se sentó con un suspiro mal disimulado.

—¿Estás bien? —dijo Kay por la comisura de la boca.

—Política. Como siempre. Tú y yo vamos a tener que manejar esto para no invadir demasiado otras cargas de trabajo; la comisario jefa ya me tiene manía por la cantidad de personal adicional que he logrado conseguir de la División.

—Pensé que quizás podríamos organizar unas copas para ellos después de que todo esto termine. Como para compensar por dejarlos cortos de personal.

—Nos arruinarán y terminarán con cirrosis hepática.

Ella contuvo una risa. Sonreír en una conferencia de prensa sobre un asesinato nunca era una buena idea.

Sharp obviamente pensó lo mismo, porque se levantó de su asiento y gritó por encima del ruido.

—Damas y caballeros, por favor tomen asiento y comenzaremos.

El efecto fue inmediato, con todo el cuerpo de prensa silenciado. Un leve murmullo persistió en la parte trasera de la sala hasta que un periodista mayor maldijo y le dijo al fotógrafo ofensor que se callara, y entonces todas las miradas se volvieron hacia Kay y Sharp.

Kay se aclaró la garganta y miró sus notas, resistiendo el impulso de parpadear cuando el flash de una cámara de móvil explotó desde la primera fila.

—Hoy por la mañana, la Policía de Kent fue llamada a un área de descanso en un camino al este de Boughton Monchelsea —dijo—. Un grupo de ciclistas informó que habían encontrado restos humanos, y tras una investigación más detallada por parte de los oficiales de la escena del crimen, se confirmó que este era el caso.

Hizo una pausa, sintiendo un abrumador impulso

de interrumpir emanando de los periodistas frente a ella. Les lanzó una mirada fulminante y notó que una mano levantada en la parte trasera de la sala desaparecía de la vista, su dueño reprendido.

—En este momento, no se pueden compartir más detalles. Podemos confirmar que, desde hace una hora, el camino ha sido reabierto completamente al concluir nuestra búsqueda en el área. Deseamos agradecer a los residentes locales por su paciencia durante este tiempo. Estamos en etapas muy tempranas de nuestra investigación y les proporcionaremos más detalles cuando sea posible. Mientras tanto, pediríamos que cualquier persona con información llame al número de la organización *Crimestoppers*. Les recuerdo a todos que todas las llamadas se tratan de forma anónima.

Bajó la página y miró a Sharp, quien asintió antes de ajustar el micrófono en la mesa frente a él.

—La inspectora Hunter liderará la investigación de la Policía de Kent con mi total apoyo —dijo—. Hasta que se disponga de más información, les pedimos que no especulen sobre este descubrimiento. En este momento, estamos tratando esto como un incidente aislado. ¿Kay?

—Gracias. ¿Alguna pregunta?

La mano en la parte trasera de la sala se alzó una

vez más antes de que alguien más tuviera la oportunidad.

—¿Sí?

Un veinteañero con gafas se puso de pie, con un cuaderno y un bolígrafo en la mano.

Kay vio que su boca se movía, pero no pudo oírlo por encima de las conversaciones murmuradas más cerca de ella.

—Disculpen. —Golpeó con los nudillos el micrófono hasta que los culpables guardaron silencio—. Gracias. Esto va a ir mucho más rápido si se mantienen en silencio mientras alguien más está hablando. A menos que quieran perder su espacio para las noticias de las seis.

Una fila de rostros reprendidos la miraron fijamente.

—Gracias. ¿Decía?

—La ubicación de los restos está a solo unos kilómetros de la sede de la policía. ¿Por qué tardaron hasta ahora en descubrirlos?

Todas las miradas se volvieron hacia Kay, y ella gimió internamente. Sabía que la policía sería criticada en este punto, pero había esperado tener más noticias para los medios antes de que se planteara la pregunta.

—Los restos, lamentablemente, no están

completos y no fueron encontrados en un lugar frecuentado por el público —dijo, y dirigió su atención a un rostro familiar.

Jonathan Aspley logró esbozar una sonrisa de agradecimiento antes de hablar.

—Los ciclistas que encontraron los restos... ¿están bajo sospecha?

Kay tragó saliva. Tenía que elegir sus palabras cuidadosamente.

Si los medios reunidos pensaban que Lee Temple y sus amigos eran un blanco fácil, los hombres y sus familias sufrirían la indignidad de ser acosados hasta que se resolviera el caso.

—Están colaborando con nuestras investigaciones —dijo—, y solicitaríamos que se respete su privacidad en este momento.

Dirigió su atención a Susie Chambers y le lanzó una mirada de advertencia.

La mujer tenía fama de escribir historias sensacionalistas, y Kay decidió pedirle a uno de los agentes uniformados del equipo que hablara con los ciclistas y les informara sobre sus derechos en caso de que la periodista y sus colegas no hicieran caso a la advertencia de Kay.

A medida que avanzaba la rueda de prensa, las

preguntas empezaron a volverse repetitivas y Kay levantó la mano.

—Eso es todo por hoy. Nuestro equipo de prensa se pondrá en contacto cuando tengamos más que informar.

Empujó su silla hacia atrás, metió sus notas en su bolso y se apresuró a seguir a Sharp por la puerta trasera de la sala.

Suspiró cuando la puerta se cerró detrás de ella, dejando que sus hombros se relajaran, y cerró los ojos mientras aliviaba una contractura en los músculos del cuello.

—Buen trabajo ahí dentro, Hunter —dijo Sharp.

Ella parpadeó. —Gracias, jefe.

—Estoy seguro de que lo adornarán un poco, pero eso no se puede evitar. Pasa todo el tiempo. —Miró su reloj y levantó una ceja—. Será mejor que te vayas. Mañana hay que madrugar. Saluda a Adam de mi parte, ¿quieres?

—Gracias, jefe.

CAPÍTULO 6

Kay atravesó la puerta de la sala de incidentes a las seis y media de la mañana siguiente, con una bandeja de cartón con cuatro tazas de café para llevar equilibrada en una mano y su teléfono móvil en la otra.

El móvil sonó mientras se apresuraba hacia su escritorio y, en su prisa por contestar antes de que saltara el buzón de voz, su bolso se deslizó por su brazo y el café caliente se derramó sobre su mano. Maldijo entre dientes, dejó caer su bolso al suelo y alargó la mano hacia una caja de pañuelos mientras pulsaba el botón de respuesta y se llevaba el móvil a la oreja.

—Hunter.

Se secó la mano con un pañuelo antes de limpiar el charco en su escritorio, luego arrojó el desastre empapado a una papelera a sus pies y se hundió en su silla.

—Soy Jonathan Aspley. Me preguntaba si tenías tiempo para charlar.

Kay suspiró.

—No tengo más noticias para ti, Jonathan. Escuchaste todo lo que sabemos en la rueda de prensa de ayer.

—Oh, vamos. Tienes que darme algo más que eso. Mi editor espera que proporcione una actualización en nuestro sitio web antes de las nueve de esta mañana; estamos tratando de adelantarnos a todos los demás.

Kay cerró los ojos y se obligó a contar hasta diez antes de responder.

—Estás tentando a tu suerte. Tus índices de audiencia no son mi problema; tengo un equipo de investigación que llegará a esta oficina en quince minutos para una reunión informativa. Cuando tengamos más detalles, nuestro oficial de enlace con los medios se pondrá en contacto.

Terminó la llamada antes de que él pudiera responder y deslizó el móvil sobre su escritorio.

Kay había trabajado estrechamente con el reportero antes, pero era la primera vez que intentaba aprovecharse de su pseudo amistad. Se mordió el labio. En el futuro, se prometió ser más cuidadosa; no podía permitirse distracciones.

Miró por encima del hombro hacia la oficina de Sharp, pero el inspector jefe estaba ausente.

Desde su ascenso, había logrado convencerlo de que se quedara donde estaba; ella estaba feliz en su escritorio, en medio de todo el ajetreo de la sala de incidentes, y su reticencia a encerrarse lejos del bullicio de las investigaciones la mantenía esperanzada de que él resistiera la tentación de mudarse arriba o, peor aún, a la sede central.

Sus pensamientos fueron interrumpidos por la llegada de dos de sus colegas, los detectives Gavin Piper y Carys Miles.

Dado el elegante traje de pantalón que llevaba la oficial y la expresión determinada en su rostro, a Kay le resultaba difícil recordar que la última vez que había visto a Carys estaba cantando a todo pulmón en un bar de karaoke en el centro de la ciudad el sábado por la noche mientras celebraba su trigésimo cumpleaños. Kay no le había dicho nada a Sharp, pero era en parte por lo que no había insistido en que los dos detectives asistieran a la sala de incidentes veinticuatro horas antes.

Gavin Piper, el más joven de los dos detectives, todavía parecía estar en mal estado y para alguien que le había dicho a Kay al principio de las celebraciones que no bebía mucho, ella recordaba haberlo visto tomando chupitos de tequila cuando ella y Adam habían dejado el bar y se habían tambaleado hacia una parada de taxis.

Señaló los cafés para llevar en su escritorio.

—Imaginé que los necesitaríais.

—Jefa, eres una leyenda —dijo Gavin, abriendo dos sobres de azúcar y vertiéndolos en el líquido caliente, su pelo rubio puntiagudo aún más desordenado de lo habitual.

—Supongo que ambos estáis bien descansados, ¿verdad?

El rostro de Carys palideció contra su cabello oscuro.

—Nunca volveré a beber. No me desperté hasta el mediodía de ayer, y me sentí enferma hasta las nueve de la noche.

Gavin le guiñó un ojo.

—Es porque ahora eres vieja. No más noches largas para ti, señorita.

Kay se rio cuando Carys le lanzó una pelota antiestrés, luego se giró cuando Barnes apareció en la puerta.

Caminó hacia donde ella estaba sentada y tomó el café que le ofrecía con un gesto de agradecimiento, su boca contrayéndose ante la vista de los otros dos detectives.

—Ah, ser joven y estúpido otra vez —dijo arrastrando las palabras.

—Déjalo ya —dijo Carys, reprimiendo un bostezo—. ¿Alguno de vosotros tenéis paracetamol?

Kay revisó su escritorio, su mano buscando el paquete que guardaba en el cajón superior, luego se detuvo y miró con el ceño fruncido a Barnes mientras se sentaba frente a ella.

—¿Has estado robando cosas de mi escritorio otra vez?

Él levantó las manos.

—No me mires a mí. Aprendí mi lección después de esas malditas clases de mecanografía que me hiciste hacer cuando tomé prestada tu grapadora.

—¿Prestada? ¡Nunca la volví a ver!

—Yo tengo —dijo Gavin, y abrió un bolsillo lateral de su mochila antes de lanzarle un paquete a Carys.

Kay empujó su silla hacia atrás mientras la habitación se llenaba de oficiales uniformados y personal administrativo, y señaló la pizarra al final de la sala.

—Vamos, todos. Pongamos esto en marcha.

Lideró el camino hacia el grupo de oficiales que

se movía cerca de la pizarra, asintió a algunas caras familiares y tomó una hoja de tareas que Debbie había impreso de la base de datos HOLMES.

Echando un vistazo a la lista, notó los puntos principales que el sistema informático había resaltado y alzó la voz por encima del ruido.

—Calmaos todos. Tomad asiento donde podáis.

Pasó los primeros veinte minutos de la reunión informativa poniendo al día a los recién llegados, la sala en silencio excepto por el rasgueo de los bolígrafos en los cuadernos o, en el caso de Debbie, el tecleo de sus dedos en el ordenador.

—Así que, los siguientes pasos —dijo Kay—. Lucas Anderson me ha enviado un correo electrónico para confirmar que la autopsia se realizará mañana por la tarde, momento en el que esperamos tener alguna información que podamos empezar a procesar para determinar quién es nuestra víctima. Mientras tanto, Carys, ¿puedes trabajar con Debbie y contactar al departamento de carreteras para averiguar cuándo se limpió por última vez esa área de descanso? Supongo que deben tener algún tipo de calendario para hacer eso, especialmente durante los meses de verano.

—Jefa. —Carys inclinó la cabeza, su bolígrafo volando sobre la página de su cuaderno.

—Barnes, Gavin, me gustaría que os coordinarais con los uniformados para revisar las declaraciones tomadas a los residentes locales y averiguar cuáles de ellos tienen cámaras de seguridad instaladas en sus propiedades. Parece que hay algunas personas en esa zona que también tienen negocios en casa, así que tengo la esperanza de que sean lo suficientemente conscientes de la seguridad como para tener algún tipo de sistema de monitoreo externo que pueda estar orientado hacia la carretera. Si alguien os parece de particular interés, hacédmelo saber de inmediato; veremos si podemos empezar a recopilar imágenes esta tarde.

—Lo haré. —Gavin se inclinó hacia Barnes y murmuró en voz baja, mientras el detective más veterano asentía antes de volver su atención a Kay.

Mientras Kay enumeraba el resto de las tareas del día a su equipo, le sorprendió lo bien que se habían compenetrado durante los últimos dieciocho meses.

Sin embargo, le preocupaba que la incorporación de un nuevo oficial al grupo afectara la dinámica que tanto apreciaba. A pesar de toda su fanfarronería, Barnes era el pegamento que mantenía unido al equipo, y tanto Gavin como Carys estaban mostrando un gran potencial para avanzar en sus carreras con la Policía de Kent.

Suspiró para sus adentros mientras escuchaba al sargento Hughes leer el cronograma que había elaborado para asegurar que la investigación estuviera bien cubierta, y se dio cuenta de que manejar al personal era una más de las tareas de gestión que había aceptado sin saberlo al aceptar su ascenso a inspectora.

¿Cómo demonios se suponía que iba a dirigir una investigación mientras introducía un elemento desconocido en el grupo y mantenía el equilibrio?

CAPÍTULO 7

Kay hojeó el documento de tres páginas que tenía en las manos, el texto espaciado uniformemente se volvía borroso mientras luchaba por concentrarse.

Mientras la sala de incidentes zumbaba con el rigor de un equipo de oficiales haciendo llamadas telefónicas, gritándose unos a otros a través de la habitación y dos fotocopiadoras rugiendo sin parar en la esquina más alejada, Kay se sujetó la cabeza con las manos e intentó concentrarse en la pila de currículos que el departamento de personal le había enviado por correo electrónico.

Sharp había insistido en que ella participara en el proceso de entrevista y selección de su nuevo oficial, y de repente sintió el impulso de arrojar todo al suelo por frustración.

—Por el amor de Dios, Ian, escucha este. "Demuestra una alta capacidad para mantener los registros de la oficina". Básicamente, es bueno actualizando HOLMES. Seguramente eso se da por sentado, ¿no? Es decir, si no pudiera usar el sistema correctamente, no estaría solicitando el puesto, ¿verdad?

—Apuesto a que tampoco sabe escribir a máquina —dijo Barnes, sonriendo.

—Nunca más —dijo Kay, arrojando el currículum a una pila creciente a su lado—. No ahora que te he puesto al día.

Una expresión seria cruzó el rostro de Barnes. —¿Entonces el inspector jefe Larch definitivamente no va a volver?

Ella negó con la cabeza y dejó caer la pila de documentación en una bandeja en la esquina de su escritorio. —No, no volverá. Sharp dijo que después de que muriera su esposa, Larch decidió que ya había tenido suficiente y optó por jubilarse anticipadamente. Creo que planea mudarse de vuelta a las Tierras Medias para estar más cerca de su hija menor.

—Así que Sharp será el jefe permanentemente.

—Supongo que sí.

—Eso es bueno. Puede ser brusco, pero al menos sabes a qué atenerte con él.

Kay levantó la mano cuando sonó el teléfono de su escritorio.

—¿Diga?

—¿Inspectora Hunter?

—¿Sí?

—Soy Helen Box.

Kay frunció el ceño y rebuscó en su memoria el nombre, pero no le vino ninguno. —Lo siento, ¿nos conocemos?

—Soy la concejala local de Boughton Monchelsea. ¿Qué están haciendo para encontrar a ese asesino?

—Señorita Box…

—Es señora. He recibido llamada tras llamada durante las últimas veinticuatro horas de mis votantes, todos preocupados por su seguridad. ¿Qué les digo, eh?

—Señora Box, estamos al inicio de nuestra investigación y, como comprenderá, el tiempo es crítico. Hemos emitido un comunicado a los medios al que puede remitir a sus votantes. Si me da su dirección de correo electrónico, le pediré a nuestro oficial de enlace con los medios que le envíe una copia. Cuando tengamos más información que podamos compartir con el público, lo haremos.

—Eso no es suficiente. ¿Han arrestado a alguien

ya? No puedo tener a la gente aterrorizada por sus vidas.

Kay miró al otro lado del escritorio y vio a Barnes observándola con una ceja levantada. Hizo girar su dedo índice en el aire, momento en el que él se llevó las manos a la boca y le gritó.

—Inspectora Hunter, tiene una llamada urgente.

Kay le guiñó un ojo y luego volvió su atención a Box. —Lo siento, señora Box, ha surgido una emergencia que debo atender. Tenga la seguridad de que la llamaré cuando tenga noticias.

Colgó el auricular en la base con un suspiro. —Te debo una, Ian.

Él sonrió. —Siempre hay un dolor en el…

—¿Jefa?

Kay miró por encima del hombro al oír la voz de Gavin. —¿Qué pasa?

El detective más joven se acercó a ellos, con su teléfono móvil en la mano. —He estado hablando con un tipo llamado David Carter, vive a unos ochocientos metros de la zona de descanso. Los uniformados intentaron entrevistarlo ayer, pero estaba fuera por el fin de semana. Dice que podría tener algo en las imágenes de su cámara de seguridad que nos ayude.

—¿Vas para allá?

—Sí. ¿Quieres…?

Kay empujó su silla hacia atrás y metió su teléfono móvil en el bolso. —Sí, quiero. Barnes, cuida el fuerte. Volveré a tiempo para la reunión informativa.

—De acuerdo. ¿Qué hay de los candidatos? —Miró la pila de solicitudes en su bandeja.

Ella hizo una mueca. —Los que están ahí pueden ir a la basura, pero hay siete en esa carpeta que podrían valer la pena entrevistar. Llamaré a Sharp de camino a Boughton Monchelsea para que pueda organizarlo con Recursos Humanos.

—ENTONCES, ¿puedo preguntarte cómo te va en el nuevo puesto?

Gavin sacó el coche a Palace Avenue y aceleró para pasar un semáforo que ya estaba en ámbar.

Kay dejó pasar la pequeña infracción sin comentarios y suspiró. —Bueno, digámoslo así, Gav. No te apresures a subir la escalera profesional, ¿de acuerdo?

Él se rio. —Entendido.

—¿Cómo te va a ti?

—Ha sido una mañana lenta revisando todas las declaraciones de los testigos, pero vamos avanzando.

Esperemos que este tipo nos pueda dar un empujón en la dirección correcta.

—¿A qué se dedica?

—Está casi jubilado ahora. Solía trabajar para una de las grandes compañías petroleras, viajando por todo el mundo para hacer sus sistemas informáticos. Ahora hace algunas consultorías aquí y allá.

Kay sacó su móvil del bolso y revisó sus correos electrónicos, antes de decidir que todos los mensajes podían esperar hasta su regreso a la comisaría y acomodarse para el corto viaje.

El campo de Kent había explotado de color durante la primera semana de junio, y ahora que estaban en pleno verano, sólo sería cuestión de semanas antes de que comenzaran las largas vacaciones escolares y las carreteras se congestionaran aún más.

Ella y Adam habían planeado tomarse unas vacaciones de último minuto en el continente antes de que los precios se dispararan al vaciarse las escuelas; estaban discutiendo posibles destinos cuando Sharp la llamó el domingo, así que se resignó al hecho de que no podría irse antes de septiembre.

Apretó la mandíbula y volvió su atención a la carretera mientras Gavin reducía la velocidad del coche e indicaba que giraba a la izquierda al acercarse a un par de puertas metálicas.

Se había fijado un intercomunicador de voz en el pilar derecho enlucido, y mientras Gavin anunciaba su llegada, ella observó la casa más allá.

Muchas de las casas a lo largo del camino eran edificios antiguos que habían sido renovados con el tiempo. La casa de David Carter se destacaba del resto, ya que tenía solo unos pocos años y era de diseño moderno.

Apéndices en forma de caja sobresalían del lado superior izquierdo de la casa, mientras que una larga ventana rectangular comenzaba a la derecha de la puerta principal y se extendía por toda la longitud del edificio, con el interior oculto detrás de vidrios oscuros para la privacidad.

Gavin soltó el freno de mano y avanzó lentamente el coche mientras las puertas se abrían hacia adentro, y Kay se maravilló del paisajismo que abrazaba el camino de asfalto, mientras que una mezcla de árboles maduros protegía el edificio de sus vecinos.

—Vaya. Esto es como algo sacado de ese programa de televisión con todas las casas ostentosas —dijo ella.

—No quiero ni pensar cuánto habrá costado.

—Parece que la consultoría de IT va bastante bien.

La puerta principal se abrió mientras Gavin detenía el coche y Kay se bajaba.

David Carter estaba de pie en el escalón, con su cabello gris de longitud media y sus ojos azules expectantes. Llevaba una camisa azul claro sobre pantalones de color crema y extendió su mano mientras se acercaban.

—Espero que esto no sea una pérdida de tiempo, detectives, pero pensé que debía llamarlos cuando vi las noticias.

—Se lo agradecemos —dijo Kay, cruzando el umbral y limpiándose los pies en una alfombra que se extendía por un suelo de hormigón pulido—. Preferimos escuchar a las personas que creen que podrían tener algo para nosotros que quedarnos con la duda.

Él cerró la puerta después de que Gavin entrara y les hizo un gesto.

—Mi oficina está arriba. No se preocupen por sus zapatos. Vengan.

Los guio a través de un pasillo y subieron una escalera que estaba rodeada a ambos lados por paredes de un rojo brillante intercaladas con nichos. En cada uno, una escultura o una pieza de decoración de lujo estaba colocada bajo un foco, y Kay se tomó su tiempo para admirar las piezas mientras seguía a Carter y Gavin.

En la parte superior, el consultor de IT se hizo a un lado, y Kay se encontró en una oficina de planta abierta como nunca antes había visto.

Se dio cuenta de que estaba parada al borde de las estructuras en forma de caja que había visto desde el camino de entrada, que en el interior creaban una serie de grandes nichos alrededor de un área de trabajo central.

En uno, una hamaca colgaba del techo con una lámpara alta a un lado para leer. En otro, se habían fijado una serie de estanterías de manera que cada una se deslizara hacia la habitación, con un sistema de índice inscrito en el extremo para que Carter pudiera ver de un vistazo lo que había dentro.

A lo largo de la pared izquierda, se había colocado una ventana del suelo al techo en cada uno de los nichos, dejando que la luz inundara el lugar de trabajo.

—Esto es increíble —logró decir.

Carter sonrió.

—Siempre había querido un espacio de trabajo así cuando viajaba por el mundo. Cuando comencé mi propio negocio, pensé "¿por qué no?". Algunos podrían decir que es pretencioso, pero a mí me gusta.

—Señaló hacia el escritorio—. Tengo las imágenes de seguridad en mi portátil aquí. Me doy cuenta de que querrán todas las grabaciones, pero no pude resistirme a echar un vistazo yo mismo. Conozco los vehículos de la mayoría de mis vecinos, ¿saben? Pero no había visto este antes, por eso los llamé.

Lo siguieron y esperaron mientras iniciaba sesión y mostraba las imágenes en la pantalla.

Kay se inclinó más cerca cuando las imágenes cobraron vida al presionar otra tecla.

Las noches de verano habían sido claras con una luna a mitad de su ciclo, y el camino fuera de la casa de Carter había sido bañado por una luz azul fría en el momento de la grabación.

—¿Cuándo se tomó esto?

—Esto es de hace cinco noches. Cada película se guarda en bloques de dos horas —dijo—. Estamos a unos cincuenta y cinco minutos de esta. Aquí vamos.

Tocó la pantalla cuando una camioneta de color claro pasó rápidamente frente a la cámara.

—¿Puede ralentizar la grabación? —dijo Gavin.

—Claro.

Carter extendió la mano y tocó el teclado, reiniciando la grabación al punto antes de que apareciera el vehículo, y luego presionó el botón de "reproducir" una vez más.

Esta vez, la camioneta pasó lentamente, y Kay entrecerró los ojos.

—¿Alguna idea de qué marca es, Gav?

—No desde aquí, pero es antigua; la forma no coincide con ninguna marca o modelo actual. Calculo que debe tener unos veinte años. Y, aunque llevemos una copia de esto a Grey y su equipo de forenses digitales, no nos va a ser de mucha utilidad todavía. Mira.

Kay maldijo por lo bajo.

—Le han quitado la matrícula, maldita sea.

CAPÍTULO 8

Kay empujó la puerta principal de su casa y tropezó en el umbral, mientras una oleada de fatiga la invadía.

Ni siquiera había visto a Adam esa mañana; él se había ido antes del amanecer después de recibir una llamada telefónica de un granjero más allá de Hacking que criaba alpacas.

Kay podía oírlo ahora en la cocina, el golpeteo de un cuchillo sobre la tabla de cortar y el aroma punzante de cebolla le hacía cosquillas en los sentidos mientras se quitaba los zapatos y dejaba caer su bolso en el primer escalón.

Caminó descalza por el pasillo y se ató el pelo en una coleta antes de entrar en la cocina y deslizarse en uno de los taburetes junto a la encimera.

Adam se apartó de la estufa y sonrió, con una

cuchara de madera en la mano mientras removía los comienzos de una salsa boloñesa.

Ella paseó la mirada por la cocina, confundida.

—¿Qué pasa? —dijo él.

—¿No hay visitantes peludos?

Él sonrió. —Tengo algo especial preparado para ti, pero tienes que esperar.

—Oh, no. ¿Qué? Por favor, dime que no es otra serpiente.

—No te haría eso de nuevo —dijo. Equilibró la cuchara en el mango de la cacerola, luego abrió el refrigerador y sacó una botella de vino blanco antes de acercarse a la encimera donde ella estaba sentada.

Kay deslizó dos copas de vino vacías hacia él y esperó mientras servía una generosa cantidad en cada una.

—Más te vale que no —dijo, chocando su copa contra la de él.

Él le guiñó un ojo, tomó un sorbo de su vino y luego volvió a la estufa. —¿A qué hora llegarán Barnes y Pia mañana por la noche?

—Me imagino que Barnes y yo no terminaremos hasta al menos las seis y media, así que ¿quizás a las siete y media?

—Bien, eso me da tiempo de sobra para preparar la barbacoa.

Kay escuchó mientras Adam describía sus planes sobre qué cocinar la noche siguiente, incluyendo carne de origen local. Él se esforzaba por apoyar a otros que intentaban mantener vivas las viejas tradiciones, muchos de los cuales conocía durante sus rondas por las granjas de Kent cerca de Maidstone.

—¿Necesitas que recoja algo de camino a casa? —dijo ella, tomando otro sorbo de vino y dejando su copa sobre la encimera.

—No, estás bien, recogí todo lo que pude hoy, y Scott me ayudará en la clínica mañana. Se ha ofrecido a encargarse de cualquier emergencia que surja mañana por la noche, así que podré relajarme un poco.

—Parece que se está adaptando bien.

—Sí, y también tiene muy buen ojo para los negocios para su edad.

Scott Mildenhall se había unido a la práctica hace ocho meses después de que Adam lograra persuadirlo de dejar la clínica más pequeña en la que había estado trabajando cerca de Paddock Wood. Con la promesa de oportunidades para ampliar sus horizontes y trabajar con animales más grandes como ganado y caballos de carreras, Scott no necesitó mucha persuasión. Kay solo lo había conocido una vez, pero el fornido treintañero había sido amable y estaba ansioso por contribuir al éxito de la clínica, y Adam había llegado a confiar en él.

—¿Dónde quieres comer, aquí o afuera? —dijo Kay.

Adam dejó la estufa y se acercó a la ventana de la cocina, estirando el cuello. —Aquí, creo. Pronosticaron lluvia esta noche. Aunque deberíamos estar bien para la barbacoa de mañana.

—Suena bien.

Kay se deslizó del taburete y abrió un cajón, recogiendo cubiertos y colocándolos sobre la encimera antes de recuperar la botella de vino y rellenar sus copas mientras Adam servía espaguetis y salsa en dos platos cuadrados. Ya había rallado una gran pila en forma de pirámide de queso parmesano y mientras Kay espolvoreaba una generosa cantidad sobre su cena, su estómago rugió sonoramente.

—Justo a tiempo —dijo Adam, sonriendo—. ¿Supongo que no tuviste tiempo de comer hoy?

Ella negó con la cabeza. —Me muero de hambre.

—Bueno, no te quedes ahí parada, atácalo antes de que te desmayes.

Se quedaron en silencio mientras comían, y Kay saboreó cada bocado. Tenía suerte de que a Adam le gustara tanto cocinar; sus propios intentos se limitaban a las comidas que había preparado cuando aún era estudiante universitaria, y después de un episodio en el que Adam la había visto casi cortarse el pulgar con un cuchillo de verduras, había sido relegada a encargada de cargar el lavavajillas.

Cuando bajó el tenedor y la cuchara a su plato por última vez, su teléfono móvil empezó a sonar.

—Maldición —murmuró, y se apresuró a salir al pasillo para recuperarlo de su bolso.

El número de Carys apareció en la pantalla.

—Hola, ¿qué pasa?

—Enciende la televisión —dijo la joven detective—. No te lo vas a creer.

Kay frunció el ceño, luego se encogió de hombros mirando a Adam, que había aparecido en la puerta de la cocina, con ambas copas de vino en las manos y una expresión interrogante en su rostro.

—Carys dice que pongamos la televisión.

—Las noticias terminaron hace diez minutos.

—Entonces no sé por qué... ella dijo que la encendiéramos.

Él hizo un gesto hacia la puerta de la sala de estar con las copas. —Tú primero.

Kay se llevó el móvil a la oreja una vez más y se dirigió a la sala de estar, tomando el control remoto de la mesa de café mientras se sentaba y apuntándolo hacia el televisor.

—¿Qué está pasando, Carys?

—Cambia al canal local, no a la BBC.

Kay hizo lo que le dijeron, y luego maldijo profusamente, sus palabras fueron repetidas por Adam una fracción de segundo después.

En la pantalla, Suzie Chambers presidía un pequeño grupo de invitados alineados en un sofá rojo brillante, su rostro serio mientras hablaba a la cámara.

—Una de nuestras concejales locales, la señora Helen Box, está aquí para hablar sobre el efecto que este horrible hallazgo ha tenido en su circunscripción local, y a su izquierda, damos la bienvenida a Stephen Mannering, portavoz del grupo Amigos de la Parroquia, que ha ofrecido apoyo a cualquier persona afectada por estos terribles acontecimientos.

Kay gimió, dejó caer el control remoto sobre la mesa frente a ella y tomó la copa que Adam le entregó mientras se sentaba en el brazo del sofá.

—¿Cómo lo supiste? —le dijo a Carys mientras observaba el programa en la televisión.

—Un amigo mío me llamó. Al parecer, el programa es un nuevo espacio semanal de actualidad que la cadena está probando. El papel de Suzie como presentadora se mantuvo en secreto durante los últimos meses. Lo primero que se supo fue cuando lo anunciaron después de las noticias de las seis y emitieron un breve clip promocional con Suzie diciendo que tenía una exclusiva sobre los restos encontrados ayer. Dieron los titulares deportivos y luego pasaron directamente a esto.

Se quedó en silencio mientras la cámara enfocaba el rostro de la concejala local mientras Suzie la interrogaba sobre sus preocupaciones.

—Bueno, ciertamente creo que la policía podría ser más cooperativa con la información que se presenta al público —resopló la mujer—. Después de todo, tenemos el deber de cuidar a los residentes de la zona.

—¿No cree que lo que han informado los medios hasta ahora sea de ayuda? —dijo Suzie, cruzando las piernas e inclinándose hacia adelante.

—Creo que los medios están haciendo lo mejor que pueden con la información que tienen —dijo Helen Box—. Lo que digo es que debe haber más que puedan contar a los mandatarios locales, incluso si no están listos para compartir esa información con el público en general.

—Sabía que Box causaría problemas después de hablar con ella antes —dijo Kay.

—No te preocupes por eso —dijo Carys—. Está tratando de hacerse conocida antes de las próximas elecciones parciales. Sabe que no puedes darle más información de la que ya tenemos. Solo estaba tanteando el terreno.

Kay se recostó contra los cojines.

—Me pregunto cuál será el juego de Suzie. Box y Mannering no son exactamente exclusivas, ¿verdad?

Ambas guardaron silencio mientras Suzie agradecía a sus dos invitados y luego se dirigía a la cámara, que enfocó su rostro perfectamente maquillado.

Su expresión se volvió seria mientras hablaba, sus ojos transmitían compasión y preocupación.

—Gran actriz —dijo Carys.

—Shh.

—Por supuesto, cualquier descubrimiento de esta naturaleza macabra es tanto impactante como traumático para los miembros del público involucrados —dijo Suzie, su voz traicionando su emoción—. Mi próximo invitado conoce muy bien el impacto emocional y físico que puede tener tal experiencia, ya que estuvo presente cuando su amigo encontró los restos ayer. Por favor, demos la bienvenida a Paul Banks.

Kay se atragantó con su vino.

—Oh, maldita sea.

CAPÍTULO 9

Kay caminaba de un lado a otro frente a la pizarra mientras el equipo de investigación se acomodaba en sus asientos a la mañana siguiente, y les llamó la atención en el momento en que la última persona se sentó.

—Supongo que a estas alturas todos habréis oído hablar de la breve incursión de uno de nuestros testigos en la televisión en horario estelar.

Un murmullo de descontento recorrió la sala.

—El inspector jefe Sharp y el equipo de enlace con los medios están reunidos actualmente con Suzie Chambers y su productor, y les recordarán sus obligaciones en relación con la información responsable en el futuro. Dado que han causado un daño irreparable a nuestra investigación al entrevistar a Paul Banks, tengo que decir que me alegro de no estar en el lado receptor de esa conversación. Mientras tanto, Barnes, quiero que te pongas en contacto con los otros ciclistas del grupo, especialmente con Lee Temple, y les recuerdes sus obligaciones en relación con mantener la boca cerrada sobre lo que encontraron. Ya sabes cómo va esto, asegúrate de que lo hagan.

—Sí, jefa.

Kay señaló una fotografía en la pizarra que se había tomado de las imágenes de seguridad del ordenador de David Carter.

—Piper, vamos con una actualización tuya sobre el vídeo que obtuvimos, por favor.

—He hablado con Andy Grey en la unidad de forense digital —dijo Gavin mientras se movía hacia un lado de la sala y se giraba para mirar a sus colegas—. Actualmente está trabajando en mejorar lo que David Carter nos dio para ver si puede obtener una imagen más clara del rostro del conductor o cualquier cosa que nos ayude a rastrear el vehículo. Le he pedido que me llame en el momento en que encuentre algo que relacione esa camioneta con el pie amputado que se encontró.

—¿Qué hay de otros vehículos que pasaron por allí? —dijo Carys—. ¿Podría haber sido uno diferente?

Gavin negó con la cabeza.

—He estado trabajando con Debbie y algunos de los otros agentes uniformados para revisar todas las imágenes de los diez días previos al descubrimiento. Nada pasa por ese lado de la carretera que pueda interpretarse como un vehículo sospechoso. Ningún vehículo reduce la velocidad al pasar por la casa de Carter, así que nadie se detuvo allí y los demás están registrados en las propiedades vecinas.

—¿Estamos seguros de que el pie provino de un vehículo, en lugar de ser arrojado allí por un peatón? —dijo un agente hacia el fondo de la sala.

—Es un punto que vale la pena tener en cuenta —dijo Kay—. De momento, este vehículo es nuestra prioridad. Si alguno de vosotros obtiene información que pueda significar que un peatón fue responsable a través de vuestras investigaciones, informad a Barnes o a mí inmediatamente.

Un murmullo recorrió la sala.

—Trabajaré con el Ayuntamiento de Maidstone para obtener imágenes de videovigilancia de la zona —dijo Gavin—. Intentaremos rastrear los movimientos del vehículo antes de ser visto en la cámara de Carter. Tal vez así podamos averiguar a dónde iba o de dónde venía.

—Bien —dijo Kay—. Hablando del Ayuntamiento, Carys, ¿conseguiste programar una reunión para hablar con su equipo de residuos?

—Tenemos cita a las dos —dijo Carys—. Pensé que tal vez quisieras asistir. Voy a ver a alguien llamado Robert Wilson.

—Gracias. Barnes, ¿puedes recopilar de los uniformados qué información tienen registrada hasta ahora con respecto a las empresas locales? Estamos buscando a cualquiera que esté apartado y que pueda tener acceso al tipo de herramientas que se necesitarían para separar ese pie del resto del cuerpo de nuestra víctima.

—Lo haré.

—¿Alguien tiene alguna pregunta o todos tenéis claras las prioridades de hoy?

Cuando nadie habló, Kay terminó la reunión y se abrió paso por la sala hasta su escritorio.

Se hundió en su silla y miró los nuevos correos electrónicos del departamento de personal que habían aparecido durante su ausencia, luego miró con anhelo el reloj sobre la fotocopiadora.

Las dos no podían llegar lo suficientemente pronto.

CARYS LIDERÓ el camino desde la sala de incidentes hasta el aparcamiento, atrapando el juego de llaves que el sargento Hughes le lanzó mientras pasaban por la recepción, y gritando su agradecimiento por encima del hombro mientras ella y Kay salían por las puertas traseras de la comisaría.

—¿Cuál?

—El que tiene aire acondicionado. —Carys sonrió y se dirigió hacia un vehículo de cuatro puertas de color azul claro en los límites exteriores del aparcamiento.

—Hughes debe estar de buen humor para compadecerse así de nosotras.

—Le compré un café helado y un pastel esta mañana.

—Astuta. Buen trabajo.

Las oficinas del Ayuntamiento a las que se dirigían estaban a poca distancia en línea recta de la comisaría, pero debido a las obras en la carretera y a un desvío complicado pasando por la escuela secundaria, a Carys le llevó más de media hora llegar al depósito en Parkwood.

Se apresuraron hacia las puertas principales del edificio de poca altura cinco minutos antes de la hora.

Una ráfaga de aire acondicionado dio la bienvenida a Kay cuando entró en el área de recepción y se dirigió al mostrador.

El hombre detrás del mostrador levantó la mirada cuando ella se acercó, y notó que tenía el desafortunado hábito de empujarse las gafas sobre la nariz con el dedo medio. Se preguntó cuántos visitantes habrían malinterpretado el gesto.

—¿Puedo ayudarles? —dijo, con un tono bastante amistoso.

Kay se presentó a sí misma y a Carys.

—Estamos aquí para reunirnos con Robert Wilson.

—Oh, claro. No hay problema. Firmen aquí y le avisaré de que han llegado.

—Gracias.

Se apartó del mostrador e intentó no caminar de un lado a otro mientras esperaban. Afortunadamente, Wilson apareció momentos después, con la mano extendida y una carpeta bajo el otro brazo.

—Detectives, buenas tardes. Pasen por aquí, hay una sala de reuniones que podemos usar para tener un poco de privacidad. —Indicó una puerta abierta junto al mostrador de recepción.

Kay le siguió, sus largas zancadas lo impulsaban por delante de las dos policías.

Las guio por un pasillo que recorría todo el edificio. Al final, giró a la derecha y entraron en una sala de conferencias sin ventanas.

Wilson encendió los interruptores de luz junto a la puerta, luego la cerró e indicó los asientos alrededor de la gran mesa ovalada en el centro antes de apartarse el flequillo de los ojos.

—Por favor, tomen asiento. ¿Puedo ofrecerles agua o algo?

—Estamos bien, gracias.

—Supongo que están aquí por los restos humanos que se encontraron el domingo. —Sus ojos verdes brillaron.

Kay notó la señal reveladora de alguien que disfrutaba del sensacionalismo de informes como los de Suzie Chambers y que estaba ansioso por saber más.

Se llevaría una decepción.

Juntó las manos sobre la mesa y se aseguró de que Carys estuviera lista para tomar notas antes de comenzar.

—Señor Wilson, ¿puede decirme cuándo fue la última vez que su equipo limpió esa zona de descanso?

—Em, debe haber sido hace cinco semanas, porque debía hacerse de nuevo este viernes —Se estremeció—. Horrible. No puedo imaginar cómo fue para ese ciclista y sus amigos.

—¿Cinco semanas?

—Sí, ese es el ciclo. El ayuntamiento es responsable de toda la limpieza de las calles en el área, así como de las paradas de autobús, carreteras rurales y zonas de descanso.

—¿Y está seguro de que se revisa cada zona de descanso?

—Tenemos indicadores clave de desempeño para cada miembro de nuestro personal. Si no estuvieran haciendo su trabajo correctamente, el público nos lo haría saber, se lo puedo asegurar.

Se rio entre dientes y se reclinó en su asiento.

—Necesitaremos los nombres del equipo de limpieza.

Su frente se arrugó.

—Oh, ya veo. Eso podría ser un poco complicado, ya que a veces usamos personal temporal para complementar nuestro propio contingente de trabajadores.

—¿Ese personal temporal también tiene evaluaciones de desempeño?

—No, los traemos según sea necesario.

—Entonces, si ellos fueron responsables de esa

ruta hace cinco semanas, podrían haber pasado por alto esa zona de descanso y usted no lo sabría.

—Como dije, generalmente escuchamos del público si hay basura tirada que no se ha tratado.

—¿Y si nadie lo reportó?

Su mandíbula se tensó y tragó saliva antes de responder.

—Entonces supongo que se haría en el siguiente ciclo de cinco semanas.

—¿Tiene registros de ese personal permanente y temporal responsable de esa ruta?

—Sí, por supuesto, solo tomará tiempo.

—¿Hay alguien aquí que pueda proporcionarnos esa información esta tarde? Como comprenderá, esta es una investigación importante y estamos bastante interesados en atrapar a la persona que hizo esto.

Las mejillas de Wilson se pusieron de un rojo carmesí, y se levantó de su asiento.

—Esperen. Veré qué puedo hacer.

Cuando salió de la habitación, Kay se volvió hacia Carys y puso los ojos en blanco.

—Uno pensaría que habría organizado eso antes de que llegáramos.

—Yo se lo pedí. —Carys suspiró—. Algunas personas no tienen sentido de la urgencia, ¿verdad?

CAPÍTULO 10

Kay esperaba junto a Barnes mientras este presionaba el botón del intercomunicador a la derecha de las puertas de cristal y anunciaba su llegada al personal de la morgue.

Podría haber encargado a Gavin o a Carys que lo acompañaran, pero aún ansiaba la acción directa en lugar del papeleo y se alegraba de tener una excusa para escapar de la sala de incidentes por un rato. Además, estaban faltos de personal, y si una inspectora decidía arremangarse para ayudar, nadie se quejaba.

Sharp tenía una expresión agobiada al regresar de una reunión en la jefatura, y ella sabía que estaba pensando lo mismo que el resto: ¿y si este asesinato no era un caso aislado?

Sus pensamientos se vieron interrumpidos por el sonido del mecanismo de la cerradura al abrirse. Barnes abrió la puerta y le hizo un gesto para que lo siguiera al cruzar el umbral.

Un joven larguirucho de unos veinte años les tendió la mano, sus ojos azules tan llamativos contra su piel pálida y cabello castaño oscuro que Kay se preguntó si llevaba lentes de contacto especiales.

—Soy Simon Winter. El nuevo asistente de Lucas.

Kay y Barnes se presentaron, luego siguieron a Simon por el pasillo hasta la oficina. Esperaron mientras él recuperaba una carpeta del escritorio y la abría.

—¿Están aquí por la autopsia del pie que se encontró?

—Así es.

—Bien, hoy estaré asistiendo a Lucas. —Echó un vistazo al reloj en la pared—. Está terminando otra autopsia en este momento, pero si quieren venir por aquí, les proporcionaré unos monos. ¿Quieren un té o un café o algo?

Ambos detectives negaron con la cabeza.

Kay nunca se acostumbraría a la normalidad que Lucas y su personal transmitían en la morgue; la idea de comer o beber cerca de un cadáver la llenaba de repulsión.

Simon los condujo desde la oficina hasta los

vestuarios. —Encontrarán los monos sellados en paquetes en los estantes justo dentro de las puertas. Hay taquillas allí para sus pertenencias, y pueden poner los monos en los contenedores de riesgo biológico proporcionados cuando hayamos terminado. —Señaló con el pulgar por encima de su hombro—. Los esperaré dentro. Es la puerta de la derecha, allí.

Quince minutos después, Kay movía los pies, tratando de ignorar el picor en la parte posterior de su cuello causado por una etiqueta rebelde del mono desechable que llevaba puesto.

A su lado, Barnes refunfuñó por lo bajo y miró su reloj.

—Creí que dijo que empezaría esto a las dos y media.

—Ha sido una semana ocupada —dijo Simon—. Hubo un par de accidentes desagradables en la M20 el domingo, además de nuestra carga de trabajo actual: turistas del continente. Parece que olvidaron en qué lado de la carretera se suponía que debían conducir.

Kay hizo una mueca. Los meses de verano siempre traían una afluencia de viajeros de Europa, lo que era una bendición para la industria turística, pero conllevaba un alto riesgo de accidentes y lesiones en las concurridas carreteras; y esto era antes de que las escuelas del Reino Unido cerraran por las vacaciones de verano.

La puerta detrás de ella se abrió y apareció Lucas, colocándose un par de guantes nuevos en las manos. Una mirada a su rostro agobiado acabó con cualquier pensamiento de hacer un comentario desenfadado, e incluso Barnes contuvo su lengua.

—Lo siento, Kay, Ian. Un caso desagradable en la otra sala: dos niños pequeños. Incendio en una casa el fin de semana en Leybourne.

Suspiró, luego dirigió su atención al objeto que Simon había preparado en el centro de la mesa de examen. Arqueó una ceja.

—Parece que tienes la costumbre de traerme partes del cuerpo con el resto de su dueño desaparecido, Hunter.

El ambiente sombrío se aligeró un poco, y Kay y Barnes se unieron a él en la mesa.

—No sé tú, pero yo encuentro esto más fácil de manejar que una cabeza decapitada —dijo ella.

Lucas hizo un gesto a Simon, quien se estiró y tiró de un cordón, y una luz brillante parpadeó sobre sus cabezas e iluminó el pie cortado.

El patólogo proporcionó un comentario continuo mientras trabajaba, dictando en un micrófono sujeto a la solapa de su mono mientras Simon le entregaba varios instrumentos quirúrgicos.

Kay sabía por experiencia que, aunque su informe sería minucioso, a menudo era mejor asistir a la autopsia para tener la oportunidad de hacer preguntas a medida que surgían, en lugar de esperar una llamada telefónica o un correo electrónico para aclarar algo que podría ser urgente.

El examen del patólogo terminó en treinta minutos. Apagó su micrófono y se volvió hacia Kay y Barnes.

—Bien, no hay mucho que decir, pero su víctima ciertamente estaba muerta cuando le amputaron el pie. Había sufrido una lesión en el dedo gordo en los últimos meses y parece tener un problema continuo con él, aquí. He retirado un vendaje que había sido aplicado profesionalmente.

Kay se asomó hacia donde él indicaba y vio un área de piel rota.

—Así que empezamos con podólogos locales, hospitales, ese tipo de cosas —dijo Barnes.

—Esa es nuestra mejor apuesta. Ver si alguien ha faltado a una cita recientemente. —Kay miró a Lucas al otro lado de la mesa—. ¿Crees que habría estado recibiendo tratamiento regular para esto?

Lucas asintió. —Eso habría sido doloroso para

caminar. De hecho, me atrevería a sugerir que ya se le había pasado la fecha de una cita.

—¿Qué hay del método de corte utilizado? Para separar el pie de la pierna, quiero decir.

—Bueno, no es un trabajo profesional, pero eso no significa que debas descartar a alguien de la profesión médica; simplemente quiero decir que no se utilizó un instrumento quirúrgico. Estás buscando algo crudo, probablemente también desafilado. — Usó su dedo meñique para indicar el muñón—. Sin tener en cuenta el daño causado por la fauna silvestre antes de que esto fuera descubierto, la piel y el músculo han sido desgarrados, probablemente por un movimiento de ida y vuelta, como con una sierra, y puedes ver aquí los surcos hechos en el hueso por ese instrumento. Realizaremos más pruebas para ver si podemos identificar un tipo exacto.

Kay se enderezó. —De acuerdo, volvamos a la comisaría. Ya tenemos gente revisando la base de datos de personas desaparecidas. Si nadie ha sido reportado como ausente a una cita, entonces empezaremos con las clínicas locales y ampliaremos la búsqueda si es necesario. ¿Qué antigüedad tiene? Es decir, ¿cuánto tiempo hace que fue…?

—¿…separado de su dueño? Un par de días, no

más —dijo Lucas—. Lo que, por supuesto, plantea la pregunta: ¿dónde está el resto de él?

—Eso es lo que nos preocupa —dijo Barnes—. Los uniformados han realizado una búsqueda en el área de descanso, la carretera, la cuneta opuesta y los setos. No han encontrado nada.

Kay gimió. —Esto nunca iba a ser fácil, ¿verdad?

—No tenemos una pierna sobre la que apoyarnos —dijo Barnes, y luego soltó un grito cuando ella le dio una palmada en el brazo.

CAPÍTULO 11

Más tarde ese día, Kay forzó una sonrisa mientras se levantaba de su asiento y extendía la mano al candidato de rostro picado de viruela una vez que este había recogido sus notas y su chaqueta.

—Nos pondremos en contacto —dijo, y lo guio hacia la puerta, indicándole que siguiera sin ella.

Después de asegurarse de que estaba fuera del alcance del oído, se volvió hacia Sharp. —Uno pensaría que, si hubiera solicitado ser transferido aquí, habría investigado un poco sobre el lugar, maldita sea —siseó.

Él puso los ojos en blanco como respuesta y la hizo salir de la habitación con un gesto.

Ella alcanzó al candidato y, una vez que lo vio salir por el área de recepción, se volvió hacia el sargento Hughes detrás del escritorio. —¿Dónde está nuestro siguiente candidato?

Él señaló con la cabeza una sala de reuniones a un lado. —Allí. Parece que necesitas un trago.

—Ya me he tomado dos cafés.

—Me refería a algo alcohólico.

Ella sonrió. —Más tarde, Hughes.

Él le guiñó un ojo, luego ella se alisó la chaqueta y abrió la puerta de la sala de reuniones.

Un hombre dejó de caminar por la habitación cuando ella entró y se dio la vuelta.

Su cabello castaño corto enmarcaba un rostro redondo que le sonrió, sus manos cayendo de la corbata que había estado ajustando.

—¿Brendan Rhodes?

—Inspectora Hunter, es un honor conocerla en persona. —Rhodes avanzó hacia ella tan rápido que Kay dio un paso atrás con la boca abierta.

Él hizo una pausa, una expresión preocupada cruzó su rostro, y luego extendió su mano.

—Lo siento, es solo que leí sobre su caso contra Jozef Demiri el año pasado. Fue tan inspirador.

Ella entrecerró los ojos. —¿Continuamos? El inspector jefe Sharp nos está esperando.

—Por supuesto, por supuesto.

Kay mantuvo la puerta abierta para él, luego usó

su tarjeta de acceso para dejarlo pasar por la barrera de seguridad junto al escritorio, ignorando la sonrisa plasmada en el rostro de Hughes.

Sharp saludó a Rhodes en la puerta de la sala de entrevistas y levantó una ceja inquisitiva hacia ella.

Ella negó con la cabeza y se sentó en la silla junto a él, esperó hasta que los dos hombres se hubieran acomodado y se aclaró la garganta.

—Brendan, ha solicitado un traslado desde East Sussex para ocupar el puesto de oficial en la Policía de Kent aquí en Maidstone. ¿Puede decirnos por qué?

Rhodes se removió en su asiento, un leve sonrojo apareció en su cuello que lentamente se extendió hacia sus mejillas.

—Estoy listo para un nuevo desafío, y siento que Kent ofrece más oportunidades para un trabajo de detective orientado a resultados de lo que podría ver en Hastings.

Kay se mordió el labio con fuerza para evitar sonreír ante la respuesta preparada e hizo un gesto a Sharp para que interviniera.

—Estoy seguro de que East Sussex tiene su buena cuota de desafíos —dijo él—. ¿Cuáles han sido algunos de sus éxitos recientes?

Mientras Kay escuchaba a Rhodes responder cada pregunta planteada, la monotonía de su voz la distrajo y se encontró volviendo sus pensamientos a la investigación que continuaba sin ella en la habitación de arriba.

Le picaban las manos por estar allí con sus colegas, profundizando en la información que habían recopilado hasta la fecha, y lidiando con las numerosas decisiones que debían tomarse cada pocos minutos.

Fue devuelta de golpe a la entrevista al escuchar su nombre.

—...Hunter. Sería un honor y un verdadero punto culminante en mi carrera trabajar con usted. Después de todo, fue muy valiente al enfrentarse a Jozef Demiri.

Sharp logró disfrazar su estallido de risa con un falso estornudo.

Kay lo fulminó con la mirada antes de volver su atención al candidato.

—No estoy segura de qué rumores ha estado escuchando, señor Rhodes, pero la detención de Jozef Demiri fue un esfuerzo de equipo tras una exhaustiva investigación. Me temo que la Policía de Kent, así como muchas otras fuerzas, tiene una visión bastante negativa de las personas que buscan reconocimiento para impulsar sus propias carreras.

Rhodes se sonrojó y, debidamente amonestado,

respondió el resto de las preguntas preparadas con una intensidad nacida de la evidente vergüenza.

Minutos después, Kay cerró el archivo frente a ella mientras Sharp se ponía de pie y agradecía a Rhodes antes de llevarlo al área de recepción, luego miró su reloj.

El equipo de investigación aún estaría arriba, y ella quería asegurarse de estar presente para la reunión informativa. Barnes era más que capaz, pero sabía por experiencia propia que algunas de las mejores teorías podían compartirse entre el grupo en ese momento, y quería estar presente para galvanizarlos a la acción si era necesario.

Pasos llegaron a sus oídos cuando Sharp regresó.

Le dio una palmada en el hombro al pasar, luego se sentó en el escritorio frente a ella, con la comisura de la boca temblando.

—¿Qué opinas de tu club de fans de un solo miembro?

—No es gracioso. No puedo creer que solicitara el trabajo solo para poder decirles a sus amigos que me conoció.

Él ya no pudo contener más su alegría y soltó una carcajada.

—Para ya. Dame algunas buenas noticias, Devon.

—Recursos Humanos ha organizado otras tres entrevistas para mañana.

Kay se inclinó hacia adelante y apoyó la cabeza en sus brazos mientras un gemido escapaba de sus labios.

—Preferiría una autopsia a esto cualquier día.

CAPÍTULO 12

El sonido del timbre interrumpió el canto de Kay a mitad de la clásica canción de Aerosmith, y ella se inclinó sobre la encimera para bajar el volumen de los altavoces antes de secarse las manos con una toalla.

Barnes y su pareja, Pia McLeod, estaban en la puerta.

—Hola, pasad —dijo Kay, haciéndose a un lado—. Adam está en camino. Estoy preparando las ensaladas.

—Hemos traído vino —dijo Pia—. Espero que esté bien.

—Si es blanco y frío, estará perfecto —respondió Kay con una sonrisa.

Kay y Adam habían conocido a Pia hacía poco más de un año. Después de que Emma, la hija de

Barnes, le insistiera sobre perder peso y luego atacara con vehemencia el anticuado guardarropa de su padre, él había comenzado a salir de nuevo y no pasó mucho tiempo antes de que encontrara el amor una vez más en su vida.

Inteligente, divertida y abogada de traspaso en una firma local, Pia era la pareja perfecta para el humor áspero de Barnes, y las dos parejas habían pasado mucho tiempo en las casas de los otros en los meses siguientes.

Kay envidiaba la forma en que Pia se movía con gracia por el pasillo con sus tacones de siete centímetros. Si ella intentara usar algo similar, se destrozaría los tobillos en minutos.

Kay los siguió hasta la cocina, luego tomó un cuchillo y comenzó a cortar tomates mientras Barnes y Pia se servían, sintiéndose cómodos en su casa.

Barnes extendió la mano para subir un poco el volumen de los altavoces y sonrió mientras servía una botella de cerveza en un vaso de pinta.

—¿Todavía escuchando música antigua?

—No hay nada mejor.

—¿Quieres que vaya a encender la barbacoa?

—Sería genial, gracias.

Mientras Barnes tomaba su pinta de cerveza y se

dirigía a la puerta trasera, Pia se unió a ella en la encimera.

—¿Puedo ayudar en algo?

Kay echó un vistazo a los ingredientes de la ensalada frente a ella. —A pesar de lo que Adam pueda decir sobre mí y las cocinas, creo que lo tengo todo bajo control.

Quince minutos después, los tres estaban reunidos alrededor de la mesa de teca al aire libre y disfrutando de la brisa que acariciaba el aire.

Kay estaba de espaldas a la casa y saboreaba la vista del jardín; no tenía una habilidad natural para la jardinería, pero disfrutaba cuidando el macizo de flores en el que había estado trabajando desde la primavera.

Barnes se había hecho cargo de la barbacoa, y el leve sonido del gas siseaba en el aire.

—Nunca entendí por qué Adam usa una de gas — dijo, tomando asiento junto a Pia y chocando su vaso contra los de ellas.

—Creo que le resulta más fácil de limpiar en comparación con las de carbón —dijo Kay, recostándose en su silla.

—Pero no es lo mismo. Tienes que admitir que hay algo muy veraniego en el humo de la barbacoa flotando por el jardín.

—Es relajante también, ¿no? —dijo Pia—. Me recuerda a mi infancia.

—A mí también. Y, de todos modos… —Barnes se interrumpió, con la boca abierta antes de recuperarse—. ¿Qué demonios es eso?

Un balido lastimero llegó a los oídos de Kay, y cuando miró por encima del hombro, se le subió la cerveza fría por la nariz.

—Oh, Dios mío —dijo, farfullando. Extendió la mano para coger una servilleta y se limpió, luego se giró cuando Adam apareció en el escalón trasero con una bandeja de carne en las manos.

Señaló a la cabra miniatura que había irrumpido por la puerta segundos antes. —¿Qué demonios hace eso en nuestro jardín?

Adam puso la bandeja sobre la mesa, saludó rápidamente a Barnes y Pia, y luego se limpió las manos en los vaqueros.

La cabra saltó por el césped hacia él y le golpeó la pierna mientras él le rascaba el pelaje color canela.

—Esta es Misha.

—¿Qué hace aquí?

—Mantener el césped corto.

Barnes se rio, y Kay lo fulminó con la mirada.

—No tiene gracia.

—Esta vez se ha superado, admítelo.

Luchó por mantener una cara seria mientras observaba al animal de pelo áspero. A pesar de sus protestas, tenía que admitir que Misha era adorable.

Sin embargo, cuando la cabra dejó el lado de Adam y se acercó a ella cojeando, notó que estaba renqueando.

—¿Qué le pasa?

—Tuve que recortarle las pezuñas esta mañana; el centro de rescate que patrocinamos la acogió ayer después de que su dueño dijera que ya no podía cuidarla, y el procedimiento le ha dejado un poco dolorida la pata delantera izquierda. La recogí después de ir a la carnicería en The Green. Estará bien en una semana más o menos, pero pensé que estaría más feliz aquí con un poco de compañía que encerrada en un corral en la clínica mientras se cura.

—Ay, pobrecita.

Ignoró las risas de los demás mientras se inclinaba y rascaba a Misha entre las orejas, y se dio cuenta de que disfrutaría teniendo al animal de visita. Normalmente lo hacía cuando Adam traía invitados inusuales a casa, excepto aquella vez que cuidó de una serpiente enferma.

—¿Estará segura aquí?

—Debería estarlo, sí. Ian, si no te importa, iba a pedirte que me ayudaras a hacer un recinto para ella después de comer. Fui a la ferretería esta mañana y conseguí lo que necesitaremos.

—Claro, sin problema.

Kay se enderezó y notó el círculo de alambrada que Adam ya había colocado contra el lado más alejado de la casa. Le encantaban los zorros urbanos que deambulaban por el vecindario, pero Misha no sería rival para ellos. Al menos ahora, mientras se quedara con ella y Adam, estaría segura por la noche, especialmente porque él también había traído una de las jaulas grandes de la clínica para ponerla en una esquina del improvisado corral.

—Siéntate, te traeré una cerveza —dijo Kay, y se dirigió a la cocina.

Podía oír a los demás haciendo alboroto con la cabra miniatura mientras sacaba más bebidas del refrigerador, y para cuando regresó al patio, Adam había enganchado el collar de Misha a una correa larga que había fijado a una de las tuberías de desagüe en el costado de la casa.

La cabra lo miró fijamente, su posición ahora a varios pasos de la mesa llena de comida.

Incluso Kay tuvo que reír mientras rellenaba los vasos y le entregaba a Adam una pinta de su cerveza artesanal favorita.

—Está enfurruñada.

—Puede enfurruñarse todo lo que quiera. Esta ensalada se ve fabulosa, y ella no va a probar nada.

Un balido lastimero llegó a sus oídos.

—Debo decir que me sorprende que no hayas pospuesto esto —dijo Pia mientras Adam se acercaba a la barbacoa y comenzaba a colocar la carne para cocinar—. Ian dijo que tienes un caso particularmente desagradable entre manos en este momento.

—Casi lo hago, pero luego pensé que podrían pasar unas semanas antes de que nos reunamos de nuevo —dijo Kay—. Me imagino que vamos a estar trabajando muchas horas durante un tiempo.

Barnes se inclinó hacia adelante y dejó caer un hueso de aceituna en el recipiente de cerámica en el centro de la mesa.

—Yo diría lo mismo. He estado esperando esto con ansias. De todos modos, valió la pena solo para ver tu cara cuando apareció esa cabra, Hunter.

—Muy gracioso.

CAPÍTULO 13

Geoffrey Cornwell despertó temprano después de que la promesa de un día perfecto de verano se colara por las rendijas de las persianas de la ventana del dormitorio una hora antes de que sonara la alarma.

No le importó; preparó una taza de té para su esposa, la dejó en la mesita de noche y le dio un suave empujón para despertarla, antes de bajar y sentarse en el patio con su café y el periódico.

Su perro, un beagle llamado Alan (legado de cuando los niños eran demasiado pequeños para saber elegir mejor y demasiado insistentes para que él se negara) se sentó a su lado, atrapando perezosamente las moscas que los molestaban.

Su turno comenzaba a las siete en punto.

Al llegar a la cantera en desuso, pasó su tarjeta de

seguridad por el panel de la puerta, guio su coche a través del hueco y trasladó su fiambrera y botella de agua a la sala de personal antes de coger las llaves de la máquina que iba a operar.

Parpadeó y usó la manga de su camisa de manga larga de alta visibilidad para limpiarse el sudor que le hacía cosquillas en la frente.

A media mañana, la temperatura se disparaba.

Geoffrey ajustó los controles de la excavadora y dejó que su mente divagara hacia el partido de dardos en el que iba a competir esa noche. Alan lo acompañaría, por supuesto. El perro tenía debilidad por los aperitivos con sabor a queso que se vendían en la barra de The Blue Anchor, y solo los conseguía cuando Mary no estaba cerca para verlo.

Pero eso aún estaba a seis horas de distancia, y el día se estaba haciendo largo.

El aire acondicionado de la cabina de la excavadora había dejado de funcionar hacía un par de meses, y nadie se había preocupado entonces; el verano había llegado tarde al sur de Inglaterra, y la idea de incurrir en un gasto innecesario obviamente no estaba en lo alto de la lista de "cosas por hacer" de sus empleadores en ese momento.

Ahora deseaba poder quitarse la camisa de la espalda.

La cabina tenía pequeñas ventanas a cada lado, pero estas habían sido diseñadas para ajustar los espejos y nada más. Solo podía sentir la brisa a través de ellas cuando giraba la máquina hacia la izquierda antes de mover el cucharón y atacar de nuevo el vertedero frente a él.

No era suficiente.

Pasándose la lengua por los labios resecos, maniobró los controles sobre la vegetación y el suelo de desecho. Trabajaría otros diez minutos, luego tomaría un descanso e iría a la oficina del sitio para rellenar su botella de agua.

Mary la tenía fácil: trabajaba en uno de los concesionarios de coches locales en una oficina de última generación con aire acondicionado centralizado, y a menudo se quejaba de que hacía demasiado frío. Geoffrey se había reído esa mañana después de que ella hubiera aparecido abajo con un cárdigan sobre el brazo, y se preguntó cómo se las arreglaría con el calor en la cabina.

Probablemente lo disfrutaría.

Se obligó a concentrarse, el raspar y tirar del cucharón sobre la tierra era un ritmo inestable que sacudía la cabina cada vez que encontraba una roca.

Esa mañana, había rellenado el aceite y repostado el tanque de diésel antes de comenzar su turno. En los viejos tiempos, quien usaba el vehículo el día anterior se aseguraba de que el tanque de combustible estuviera lleno para el turno del siguiente hombre, pero con el aumento de los robos, la postura reciente de sus empleadores y el cambio de procedimiento tenían sentido.

Ahora, vigilaba la máquina mientras trabajaba, sus manos moviéndose automáticamente en las palancas.

Levantó la mirada hacia donde uno de los otros trabajadores del turno operaba una segunda excavadora a unos cientos de metros de distancia.

Cada una de las máquinas trabajaba de forma autónoma, su operador excavando a través de los desechos que no podían enviarse al incinerador de Allington y convertirse en energía para el área circundante.

Su papel era segregar lo que se podía reciclar, y luego enterrar lo que quedaba.

Desde que había empezado a trabajar en el sitio hace dos años, él y Mary se habían vuelto cada vez más conscientes de lo que compraban; el enorme desperdicio que encontraba cada día lo había impactado, y había sido un firme defensor cuando sus empleadores anunciaron que recuperarían más de los desechos verdes por los que la excavadora ahora hurgaba y los venderían como mantillo para jardines.

Geoffrey giró la máquina hacia la derecha y apuntó el cucharón hacia la siguiente pila de ramas enredadas y tierra, y entonces se congeló.

Más allá de la ventana frontal rayada y sucia de la cabina, el brazo de la excavadora colgaba en el aire, esperando su siguiente maniobra.

No se movió.

A medio metro bajo el cucharón, los desechos revueltos de la zona local se extendían ante él.

Y, posado en la cima de la pila de tierra que había volteado, había un objeto que sería la fuente de sus pesadillas durante semanas, si no meses.

Extendió la mano, puso los controles en posición neutral, luego apagó el motor y abrió la puerta de un golpe.

Sus piernas temblaban mientras bajaba de la cabina, sus manos agarrándose a las barandillas de seguridad a cada lado. Cuando llegó al suelo, hizo una pausa por un momento, con el estómago revuelto.

Tragó saliva, luchando contra la bilis que le subía por la garganta, y miró hacia el suelo expuesto.

Solo podía haber estado allí unos pocos días. Su papel en el vertedero era clasificar y transferir los desechos entrantes para que otros pudieran procesarlos en otra parte del sitio, y ya se estaba formando una nueva pila al otro lado de los edificios de oficinas.

Geoffrey exhaló, enderezó los hombros y se movió hacia allí.

Se detuvo antes de llegar al cucharón de la excavadora, sus intestinos convirtiéndose en líquido.

Ante él, con sus dientes sonriendo ante su incomodidad y conmoción, había un cráneo humano chamuscado y ennegrecido.

CAPÍTULO 14

Kay observó al cuervo negro mientras se pavoneaba entre el enredo de raíces y ramas abandonadas. Cada pocos pasos, se detenía y clavaba su pico en la vegetación en descomposición antes de reanudar su camino por el borde del vertedero.

Sobre ella, las gaviotas giraban en el aire, sus gritos enviando un escalofrío por sus hombros.

—Aquí tienes.

Se dio la vuelta y tomó el traje de plástico que uno de los investigadores de la escena del crimen le ofrecía.

—Gracias —dijo, y deslizó los pies en los botines a juego. Se enderezó y se volvió hacia Barnes, que estaba cerrando la cremallera del traje que se había puesto sobre su camisa y pantalones—. ¿Listo?

—Sí. Vamos a echar un vistazo.

Kay alzó la mirada hacia el grupo de personas que se movían en el extremo más alejado del sitio.

Una excavadora abandonada se alzaba sobre Harriet mientras ella daba instrucciones a su equipo; uno de sus fotógrafos se agachaba al pie del montón de desechos que había sido rodeado con cinta de la escena del crimen.

Le complació ver que los primeros en responder habían tomado la iniciativa y creado un amplio perímetro que incluía la excavadora, así como los materiales apartados para su recuperación. Uno de los agentes uniformados estaba en la entrada de la escena del crimen, con un portapapeles en la mano mientras registraba el nombre de cada persona.

Cuando ella y Barnes llegaron al vertedero, cuatro agentes uniformados más estaban trabajando en la lista e interrogando a cada miembro del personal, así como a sus gerentes.

Debido al entorno peligroso y al riesgo de que las montañas de desechos se derrumbaran por la cantidad de personas presentes, los propietarios habían insistido en tener un máximo seis personas de su equipo dentro del perímetro en todo momento.

Esto obstaculizaba el progreso, pero nadie iba a discutir. La seguridad tenía que ser lo primero.

Kay arrugó la nariz ante el hedor de la vegetación podrida, y envidió al equipo de Harriet por sus máscaras. Maldijo entre dientes cuando su tobillo se torció en el terreno irregular, y luego murmuró su agradecimiento cuando Barnes se acercó para estabilizarla.

—Sé que estás ansiosa por ver otro cadáver, jefa, pero ve despacio. No se va a ir a ninguna parte.

Los labios de Kay se tensaron, y entrecerró los ojos bajo el brillante sol que se reflejaba en la pintura de la máquina.

—¿Dónde está el conductor?

—Es el tipo a la izquierda de la excavadora, el más alto. Ha estado trabajando aquí durante dos años; es de la zona. Los uniformados han tomado una declaración inicial.

—De acuerdo. Veamos qué tenemos, y luego hablaremos con él.

Esperó en la cinta de la escena del crimen mientras Harriet terminaba de hablar con Charlie, su fotógrafo, antes de volverse hacia los dos detectives y hacerles señas para que se acercaran.

Kay garabateó su nombre en el portapapeles que le ofrecieron, se lo devolvió al agente de policía y pasó por debajo de la cinta.

Harriet señaló un camino que había sido marcado

a través de la escena del crimen para asegurarse de que ninguna de las pruebas fuera contaminada y esperó mientras los dos detectives lo recorrían para llegar hasta ella.

—Vamos a estar aquí un buen rato, pero puedo confirmar que el cráneo es humano —dijo—. También hemos encontrado otros restos: posiblemente secciones de un fémur, tres dedos y un omóplato. Todos han sido quemados.

—¿Crees que es la misma víctima que nuestro pie amputado? —dijo Barnes.

Harriet los miró a ambos por un momento, luego extendió la mano y la colocó en el brazo de Kay antes de llevarlos más lejos de la pequeña multitud de curiosos.

—Lo estamos manteniendo en secreto por el momento, pero creo que tenemos dos víctimas aquí.

—¿Dos? —Kay miró por encima de su hombro hacia la tierra expuesta.

—Los fragmentos de hueso del fémur son demasiado pequeños para coincidir con el hueso del tobillo que encontramos —dijo Harriet—. Dado el grado de daño, voy a tener que traer a un antropólogo forense para ayudar en la identificación.

—Supongo que pasará un tiempo antes de que sepamos si estos dos están relacionados.

Harriet se rascó el pelo a través de la capucha de plástico que le cubría la cabeza. —No quiero pensar que hay más de una persona haciendo esto.

—¿Cómo diablos podréis tú y Lucas identificarlos? —dijo Barnes.

—El fuego no destruye todas las pruebas; aún podremos buscar señales de ADN en los dientes, por ejemplo. Con suerte, podríamos extraer suficientes detalles para ver si el método de amputación en los otros huesos fue el mismo que en el tobillo.

Kay recorrió con la mirada el resto de la basura que había sido arrojada en el vertedero y contuvo un suspiro.

—Supongo que no podemos estar seguros de que no haya más aquí.

Harriet señaló un área que había sido acordonada más allá de su posición. —Cuando llegamos aquí, hablamos con los propietarios y determinamos la antigüedad de cada sección del vertedero. Donde estamos ahora es lo más reciente: todo esto ha sido recolectado en los últimos dos meses. Todo lo de allá tiene más de seis meses y está programado para ser procesado en las próximas semanas. Planeamos trabajar en esta parte más reciente durante los próximos días, y si nos necesitas, si crees que nuestro asesino ha estado activo por más tiempo, entonces el propietario dejará la basura más antigua in situ hasta que hayamos tenido la oportunidad de revisarla.

—¿Cuánta gente tienes disponible para trabajar en esto? —dijo Kay.

—Media docena.

Kay no dijo nada, pero la magnitud de la tarea que tenía por delante el equipo de Harriet era evidente.

Harriet los llevó de vuelta a donde se había encontrado el cráneo y se agachó a su lado. Pasó su dedo meñique por la base del hueso.

—Esto parece una herida de trauma contundente. Lucas podrá decirte un poco más.

—Así que mata y luego corta el cuerpo de su víctima. —Kay frunció el ceño—. Eso es mucha sangre, y no sería fácil de hacer.

—Sin mencionar que podría estar transportando los restos —dijo Barnes—. Tal vez así fue como perdió el pie.

—Y prende fuego a las partes, luego las tira aquí —añadió Kay—. Es demasiado riesgoso moverse tanto así.

—¿Kay? Quien hizo esto no esperaba ser atrapado —dijo Harriet, poniéndose de pie y limpiándose las manos enguantadas en su traje.

—¿Crees que lo ha hecho antes?

La investigadora de la escena del crimen se

mordió el labio y dirigió su mirada a través del vertedero hacia donde un pequeño grupo de contratistas se movía, luego volvió a Kay. —Es más de lo que mi opinión profesional me permite considerar.

—¿Qué te dice tu instinto?

Harriet exhaló, frunciendo el ceño. —Creo que necesitas encontrarlo. Antes de que vuelva a hacer esto.

CAPÍTULO 15

Kay y Barnes dejaron a Harriet supervisando a su equipo y se quitaron los monos una vez que llegaron al perímetro.

Un investigador de la escena del crimen tomó la ropa desechada y la metió en un contenedor de riesgo biológico para evitar la contaminación, luego Kay guio el camino hacia donde el conductor de la excavadora estaba de pie con un colega y el agente Parker.

El conductor parecía tener poco más de sesenta años, con una mata de pelo canoso alborotado por la brisa que soplaba por el sitio, y una expresión preocupada en su rostro.

—Jefa, estos son Niles Whitman y Geoffrey Cornwell —dijo Parker.

—Llámeme Geoff —el hombre extendió su mano, y Kay notó el firme apretón al estrecharla.

A pesar del impacto del hallazgo, Cornwell parecía estar sobrellevándolo bien.

Se volvió hacia Whitman. —¿Hay algún lugar donde podamos hablar, lejos de aquí?

El encargado del sitio señaló con el pulgar por encima de su hombro. —Hay un área de descanso fuera de la oficina del sitio. Está desierta en este momento, pero tiene mesas y sillas. ¿Servirá?

—Perfecto. Guíenos.

Kay espantó una mosca que zumbó demasiado cerca de su cara y siguió a Whitman y Cornwell a través del terreno lleno de baches y revuelto, sorteando los profundos surcos dejados por la maquinaria utilizada en el sitio.

Whitman señaló una mesa de metal oxidada y cuatro sillas de camping a su alrededor. —Aquí estamos.

—Gracias —dijo Kay—. ¿Le importa si hablamos con Geoff a solas por un momento, y luego nos ponemos al día con usted?

El encargado se encogió de hombros. —No hay problema.

Kay observó mientras él se movía hacia una mesa en el extremo opuesto del área de descanso, luego sacó una silla y se sentó junto al conductor de la excavadora y esperó hasta que Barnes sacó su libreta del bolsillo de su chaqueta.

—Sé que ya ha dado una declaración a nuestros colegas cuando llegaron esta mañana, Geoff, pero me preguntaba si podría hacerle algunas preguntas más.

Cornwell se rascó la oreja, luego dejó caer las manos en su regazo. —Está bien.

—¿Puede contarme con sus propias palabras qué pasó esta mañana?

—Empecé mi turno a las siete en punto como de costumbre, supongo que unas dos horas después estaba trabajando donde está estacionada la excavadora ahora.

—¿Vio a alguien en el vertedero antes de llegar a esa área?

—No. Cuando una pila de residuos alcanza cierto tamaño, indicamos al público que tire sus desechos verdes en el otro lado del sitio. Eso habría ocurrido hace una semana. Evita que se haga demasiado alto, para que no caiga sobre alguien y lo lesione.

—Entonces, ¿alternan entre las dos áreas?

—Así es.

—De acuerdo. ¿Qué pasó después?

—Al principio pensé que podría haber sido un perro. Le sorprendería cuánta gente no quiere pagar por servicios de entierro de mascotas o no puede cavar un hoyo en el fondo del jardín porque están alquilando, así que lo tiran aquí. —Se estremeció, luego tragó saliva—. ¿Saben qué le pasó?

Kay hizo un ligero gesto a Barnes. No tenía sentido decirle a Cornwell que Harriet y su equipo habían descubierto más de un cuerpo.

—Todavía no —dijo ella—. Pero lo averiguaremos. ¿Fue directamente a la oficina del sitio?

—No inmediatamente, no. Supongo que estaba en shock. Apagué el motor; no estoy seguro de cuánto tiempo me quedé sentado allí. Al final, me bajé de la cabina para echar un vistazo más de cerca. No podía creer lo que estaba viendo. Cuando me di cuenta de que estaba en lo cierto, corrí a la oficina del sitio y le pedí a Ian que llamara a la policía.

Pasó una mano temblorosa por su boca. —No puedo creerlo. ¿Quién haría algo así?

Kay miró por encima del hombro del hombre hacia donde Whitman estaba sentado y le hizo señas para que se acercara.

—Geoff, muchas gracias por hablar con nosotros. Sé que ha tenido un shock tremendo, así que lo aprecio. Es posible que nos pongamos en contacto con usted en los próximos días con algunas preguntas más, pero por ahora es suficiente.

Cornwell asintió, luego se dio una palmada en los muslos y se puso de pie. —Supongo que será mejor que vuelva al trabajo.

Whitman dio un paso adelante. —Geoff, tómate el resto de la semana libre. En serio, después del shock que has tenido hoy, no es problema. Y habla con tu médico de cabecera si lo necesitas, ¿de acuerdo?

El hombre parpadeó, luego sus hombros se relajaron. —Gracias, Niles. Lo aprecio.

—¿Necesita que lo lleven a casa? —dijo Kay.

—No, está bien, tengo el coche de mi esposa aquí. Estaré bien.

Ella lo observó mientras se alejaba de la mesa, con la mirada fija en la maquinaria abandonada, luego se giró y se protegió los ojos de la luz del sol que rebotaba en el parabrisas de otra excavadora. Miró fijamente la imponente colección de vegetación y otros desechos verdes que atravesaba.

—¿Qué pasa con todo esto, señor Whitman?

—Los operadores de las excavadoras separan primero los materiales más pequeños para reciclar, luego las piezas más grandes se rompen y se procesan. —Whitman señaló al otro lado del sitio—. El material pequeño se pasa por esas grandes trituradoras de madera y se vende de vuelta al público y a los ayuntamientos locales como mantillo para paisajismo ornamental.

—¿Trituradoras de madera? —Kay se giró y vio a Barnes arqueando una ceja hacia ella.

—¿Cuándo fue la última vez que estuvieron operativas? —le dijo a Whitman.

El hombre palideció. —Hace unos cuatro días. No creerá que…

Se interrumpió y miró hacia donde la otra excavadora se movía de un lado a otro, paleando desechos verdes hacia una pila creciente, cerca de uno de los edificios temporales.

—Necesito que detenga las operaciones allí hasta que nuestros investigadores de la escena del crimen hayan procesado lo que han clasificado hasta ahora —dijo Kay.

Afortunadamente, el encargado del sitio no discutió, sacó una radio de su cinturón y transmitió el mensaje.

Un crepitar de estática precedió a la detención del motor de la máquina, y un momento después el operador bajó de la cabina, levantando la mano en su dirección.

Whitman se volvió hacia Kay. —¿Hay algo más que necesiten?

—¿Supongo que no llevan un registro de quién

trae los reciclables aquí para desecharlos?

Él negó con la cabeza. —No, pero tenemos una cámara en las puertas del recinto que fotografía las matrículas de los vehículos cuando entran. ¿Eso les servirá?

—Nos lo llevaremos, gracias —dijo Kay—. Vamos a necesitar una lista completa de nombres de las personas que trabajan aquí, así como de cualquier contratista que utilicen de vez en cuando.

Una sombra cruzó su rostro. —Las personas que trabajan aquí son de confianza, detective.

—Estoy segura de que lo son, pero es rutinario para nosotros comprobar todos los ángulos, sin mencionar que uno de sus empleados podría haber visto alguna actividad sospechosa. —Su mirada volvió a los investigadores de la escena del crimen mientras trabajaban metódicamente en el terreno hinchado frente a ellos, marcando su progreso a medida que se descubría cada nuevo hallazgo—. Tenemos que encontrar a quien hizo esto.

Amonestado, el hombre se encogió de hombros. —De acuerdo. Haré que una de las chicas de la oficina se los envíe por correo electrónico.

—Gracias —dijo Kay, y le entregó su tarjeta de presentación antes de llamar a Parker—. Uno de mis oficiales lo acompañará de vuelta a la oficina para que pueda hacer una copia de las grabaciones de las cámaras de seguridad también.

Whitman se dio la vuelta y caminó pesadamente por la tierra revuelta hacia la fila de cabinas temporales en los límites exteriores del sitio, con su teléfono móvil en la oreja, mientras Parker se apresuraba tras él.

—¿Qué piensas? —dijo Barnes.

—Creo que Harriet tiene razón. Quien haya hecho esto tiene práctica. ¿Cómo diablos ha permanecido oculto, Ian?

—Suerte —dijo Barnes—. A veces, eso es todo lo que se necesita.

Kay arrugó la nariz ante el hedor de la vegetación podrida mientras recorría con la mirada las pilas de basura e intentaba ignorar la sensación de hundimiento en su corazón.

—No quiero ni pensar cuántas víctimas más hay por ahí.

CAPÍTULO 16

Barnes se quitó la corbata, la dobló y luego la arrojó sobre su escritorio antes de abrirse paso entre los oficiales reunidos.

Kay se hizo a un lado cuando se unió a ella, y le dio un rápido asentimiento.

—Gracias, jefe. Bien, todos. Carys ha confirmado que tenemos una lista de nombres del personal y contratistas del Ayuntamiento, pero todos ellos tienen coartada. Mientras tanto, las grabaciones de las cámaras de seguridad de la oficina del vertedero llegaron hace tres horas. El agente Aaron Stewart y sus colegas de uniforme nos han ayudado a revisarlas todas, concentrándonos en los vertidos realizados en los siete días previos al descubrimiento.

Hizo una pausa mientras Gavin se acercaba a

la puerta y accionaba los interruptores de luz a un lado, sumiendo la sala de incidentes en un falso crepúsculo. El proyector de techo zumbó al encenderse, y apareció una imagen en la pared lisa junto a la pizarra. Barnes apuntó el control remoto hacia él, y la imagen reprodujo la secuencia.

—La calidad es mala, y la cámara de la parte trasera del edificio no funciona en absoluto —dijo—. Sin embargo, tenemos esto.

Pausó la grabación cuando una camioneta de color claro se acercó a las puertas.

—¿Es el mismo vehículo? —preguntó Carys, inclinándose hacia adelante en su silla.

—Creemos que sí.

—Tiene matrícula —dijo Kay.

Barnes asintió. —La tiene, y ya la hemos comprobado en el sistema informático nacional de la policía. Fue robada de un Ford Mondeo estacionado en el centro comercial de Ashford el mes pasado.

Un gemido colectivo llenó la sala.

—¿Qué, así que pone placas robadas para deshacerse de las partes del cuerpo? —dijo Gavin—. ¿Podemos obtener una foto de su cara de esto?

—Desafortunadamente, no. Obviamente está familiarizado con el lugar, porque hace todo lo posible por evitar que se vea su cara. Ha estado aquí antes.

—¿Alguno de los empleados o contratistas de Whitman reconoce el vehículo? —preguntó Kay mientras se apoyaba en el escritorio de Debbie.

—No, lo que me hace pensar que también es robado —dijo Barnes—, especialmente porque lo tenemos en las grabaciones de seguridad de David Carter sin matrícula.

—Menudo riesgo conducir sin matrícula hasta llegar al vertedero —dijo Carys.

—Probablemente se mantuvo en caminos secundarios —dijo Gavin—. Hay muchos lugares para mantenerse fuera de la vista hasta que pudiera deshacerse de las partes del cuerpo.

—No estoy segura —dijo Kay—. Este vehículo desapareció durante dos días enteros entre las cámaras de Carter y estas. Entonces, ¿adónde fue?

—¿Y dónde escondió las partes del cuerpo? —dijo Barnes. Hizo un gesto a Gavin para que encendiera las luces de nuevo y le devolvió el informe a Kay mientras el haz del proyector se atenuaba.

Ella dibujó una línea vertical en un lado de la pizarra, luego se volvió hacia el equipo.

—Muy bien. Quienquiera que sea este individuo, tiene los medios para matar a alguien y desmembrar partes del cuerpo sin ser molestado. Por alguna razón, decide transportar esas partes a otro lugar. Luego, tira los restos en el vertedero. Hagamos una lluvia de ideas sobre esto. ¿A qué se dedica que le proporciona las herramientas y el escondite para cometer un asesinato e intentar deshacerse de los cuerpos, y qué demonios está haciendo al tratar de quemarlos? ¿Por qué no enterrar las partes donde las mató?

Hizo un gesto a la sargento uniformada que había levantado la mano. —¿Sí?

—Podría haber tenido la intención de enterrarlas, jefa, pero no hemos tenido una lluvia decente en más de dos semanas. El suelo está duro como una roca por aquí en este momento.

—Buen punto. ¿Alguien más?

—Lo dijiste cuando estábamos en el vertedero antes —dijo Barnes—. Habría hecho un desastre tremendo. Todo el mundo subestima cuánta sangre hay realmente en el cuerpo humano. Así que, tiene que tener un lugar que pueda usar sin ser molestado.

—Y con buen drenaje —dijo Carys.

—El informe de Lucas confirmó que no se usaron herramientas eléctricas —dijo Gavin mientras hojeaba sus notas—, así que nuestro asesino debe ser físicamente fuerte y tener acceso a herramientas manuales que puedan infligir este tipo de heridas de corte.

Kay recorrió con la mirada la línea de tiempo que había escrito en la pizarra. —Tampoco hay un patrón claro. No hay nada que indique si la persona responsable de esto lo ha hecho antes o lo volverá a hacer.

Tapó el rotulador y lo arrojó sobre el escritorio a su lado con frustración. —Es como si hubiera salido en una ola de asesinatos y luego se hubiera detenido.

—¿Crees que ha hecho esto antes? —dijo Gavin.

Ella frunció los labios. —Desafortunadamente, sí, lo creo. Con la excepción del pie, es casi como si hubiera tenido práctica.

—Tal vez no vuelva a matar —dijo Debbie—. Tal vez ha hecho lo que se propuso hacer.

—De cualquier manera, no nos ayuda —dijo Kay—. Si se ha escondido, aún tenemos que encontrarlo y llevarlo ante la justicia por lo que ha hecho; y, si no ha terminado, tenemos que detenerlo antes de que lo haga de nuevo.

Se volvió hacia la pizarra con un suspiro y se pasó la mano por el pelo.

—Y todavía no tenemos idea de por qué está haciendo esto.

CAPÍTULO 17

Kay apartó una pila de carpetas manila, echó un vistazo a la creciente lista de correos electrónicos en la pantalla de su ordenador y soltó un gemido.

El último miembro del equipo de investigación se había marchado hace media hora, y la sala de incidentes estaba en silencio, salvo por una mosca errante que se golpeaba contra la ventana sobre el escritorio de Debbie en un frenético intento por escapar.

Miró su reloj, sorprendida al descubrir que eran casi las siete. Había estado tan absorta en su trabajo que no había oído el rugido de la aspiradora. Los limpiadores ya estaban al final del pasillo exterior, casi terminando con su trabajo.

Se inclinó hacia adelante y apoyó la cabeza entre las manos, cerrando los ojos por un momento.

Cuatro días en una investigación importante, y estaban frustrantemente lejos de un avance de cualquier tipo.

Sonaron pasos en el pasillo, seguidos de voces tenues, y el suave *clic* de la puerta de la sala de incidentes al abrirse llegó a sus oídos.

Kay mantuvo la cabeza inclinada, repasando los escenarios que conocía de memoria y preparando mentalmente nuevas tareas para su equipo cuando regresaran por la mañana. Era vital mantener su impulso; eran unidos y trabajadores, pero pronto la frustración empezaría a notarse.

Habiendo sido responsable de cerrar un caso sin resolver en el registro de la División, no tenía intención de añadir otro en su lugar.

Sintió que alguien se acercaba y abrió los ojos cuando una taza humeante de té fue depositada en el escritorio a su lado.

—Pensé que podrías querer esto —dijo Sharp, y acercó una silla a su lado—. ¿Qué haces todavía aquí?

Ella hizo un gesto con la mano hacia la pila de papeleo.

—No tengo sospechoso. No hay escena del crimen. No tengo idea de quiénes son las víctimas.

Él miró por encima de su hombro hacia la pizarra al fondo de la sala.

—Parece que has tomado un enfoque exhaustivo. A veces estas cosas tardan más de lo que nos gustaría. Lo conseguirás.

Kay suspiró y extendió la mano hacia el té, pero Sharp negó con la cabeza.

—Espera. Parece que te vendría bien algo más fuerte. Vuelvo en un minuto.

El sonido de un cajón de archivo abriéndose y luego cerrándose de golpe precedió a su reaparición, con una botella de whisky de malta en la mano.

Kay frunció el ceño.

—No sabía que guardabas una botella de eso bajo llave en tu archivador.

—El lugar más seguro. Al menos Barnes no puede ponerle las manos encima.

Sonrió, llevó sus tazas a la cocineta en la esquina, las enjuagó antes de volver y sirvió una medida del licor en cada una.

—Salud.

Kay chocó su taza contra la de él, tomó un sorbo y se recostó en su silla.

—¿Dónde has estado, de todos modos? No te he visto en unos días.

—En la central.

—¿Algún problema?

—No, solo política. Como siempre. —Estiró el

cuello para ver la pizarra al fondo de la sala—. ¿Crees que tus dos cuerpos en el vertedero están relacionados con el pie?

—Eso espero. Odiaría pensar que hay dos de ellos ahí fuera haciendo esto.

—¿Alguna idea de a quién pertenecen los restos todavía?

—No. Harriet ha traído a un antropólogo forense para los cuerpos del vertedero; cree que incluso considerando el hecho de que los restos estén quemados, podrían extraer ADN y algunos otros detalles que podrían ayudar.

Sharp se volvió hacia ella.

—Sé que estás frustrada, pero dale tiempo. No todos los casos se resuelven en los primeros días.

—Lo sé, jefe, pero me preocupa, no tenemos nada en absoluto. Oh, una camioneta de color claro sin matrícula en una foto, y con una robada en otra. Eso es todo.

—¿Puedo darte un consejo?

—Por favor. Lo que sea.

Sharp apuró su bebida, luego se levantó de su asiento y le dio una palmada en el hombro.

—Ve a casa, Kay. Pasa la noche con Adam. Ve una película. Despeja tu mente. No vas a ganar nada sentada aquí dejando que tu mente trabaje a toda máquina.

KAY EMPUJÓ LA PUERTA PRINCIPAL, el aroma de un curry picante cosquilleando sus sentidos mientras se quitaba los zapatos y se apresuraba hacia la cocina.

Adam estaba sentado en la encimera central, hojeando el periódico gratuito local. Levantó la cabeza cuando ella apareció.

—Hola. Creí oír tu coche aparcar fuera.

Ella se acercó a donde él estaba sentado y lo besó, antes de servirse una cerveza del refrigerador y coger otra para él.

Colocándola junto a su vaso vacío, frunció el ceño.

—¿Dónde está Misha? Esperaba verla correteando por aquí, conociendo cómo eres normalmente.

Él se reclinó y la miró con cautela.

—Está castigada.

—¿Qué ha hecho?

—Ya no hay más orégano en el jardín.

—Oh, no… Pensé que tú y Barnes habíais construido ese cercado para que no pudiera escapar.

Adam se encogió de hombros y logró parecer un poco culpable.

—Llegué a casa y parecía aburrida encerrada ahí, así que pensé que mientras me duchaba la dejaría correr un poco. No volveré a hacer eso.

Kay sonrió.

—Bueno, podemos comprar más cuando se haya ido.

—No me importaría, pero es un fastidio cultivarlo.

—¿No queda nada en absoluto?

—No, y espero que tenga un buen caso de indigestión, también.

—¿Es por eso que estamos cenando curry esta noche en lugar de pasta?

—Muy graciosa. Ve a cambiarte; serviré en un minuto.

CAPÍTULO 18

A la mañana siguiente, Kay había comenzado a informar a su equipo cuando sonó el teléfono en el escritorio de Gavin y este se disculpó para atender la llamada.

—Bueno —dijo Kay—, Harriet confirmó ayer por la tarde que hay restos de dos víctimas en el área en la que Geoff Cornwell estuvo trabajando ayer. No se han encontrado más partes de cuerpos allí. A partir de hoy, extenderán su búsqueda a las partes más antiguas del vertedero, trabajando con la unidad canina para determinar si aún quedan más víctimas por descubrir.

—¿Jefa?

Ella miró por encima del hombro desde la pizarra para ver a Gavin esperando al borde del grupo.

—¿Qué pasa?

Él se abrió paso entre dos colegas sentados al frente de la reunión y le entregó un trozo de papel.

—Era un podólogo de Tunbridge Wells. Dice que un paciente suyo faltó a una cita hace una semana. Le pareció inusual en ese momento, porque el hombre había tenido una cirugía reciente y necesitaba que le cambiaran un vendaje. No tuvo tiempo de llamarlo para verificar la semana pasada y acaba de regresar de una conferencia en Oxford esta mañana cuando se enteró de las noticias sobre el hallazgo del fin de semana.

Un murmullo de emoción llenó la sala mientras Kay recorría el mensaje con la mirada.

—¿Has concertado una cita para entrevistarlo? —preguntó.

—Tenemos programado reunirnos con él en una hora.

—Buen trabajo.

Gavin asintió y luego se dirigió de vuelta hacia el escritorio de Carys, apoyándose en la pared detrás de ella mientras Kay continuaba con la reunión.

—Sin dejar de lado la pista que Gavin nos ha conseguido, todavía tenemos otras víctimas de las que no sabemos nada. Debbie, ¿algo de la base de datos de personas desaparecidas?

La oficial de policía uniformada se levantó de su asiento para dirigirse a la sala.

—Hay varias personas desaparecidas en el área de Kent, algunas de las cuales llevan desaparecidas más de un año. Hemos reducido esa lista para concentrarnos solo en hombres adultos por el momento, basándonos en lo que nos dijo Harriet sobre los hallazgos de ayer. Hoy planeo revisar esa lista refinada para asegurarme de que esté actualizada antes de que comencemos a hacer preguntas a los familiares.

—Bien. Trabaja con Carys para preparar un resumen para nosotros antes del final del día. Harriet ha confirmado que el antropólogo forense estará disponible mañana por la mañana, y realizarán una serie de pruebas en los hallazgos para ver si pueden extraer ADN o cualquier otra información para complementar el informe de la autopsia de Lucas. Con suerte, eso nos ayudará.

Kay escribió una actualización en la pizarra junto a cada acción. —Ian, ¿tienes esa lista de empleados de Whitman?

Barnes levantó un fajo de papeles. —Llegó esta mañana por correo electrónico. Estoy trabajando con los uniformados para revisar estos y ver si hay antecedentes penales o algo así. Whitman también nos está enviando las grabaciones de las cámaras de seguridad del último mes para que podamos rastrear las entradas y salidas del acceso público al vertedero.

—Eso es genial, gracias. —Kay miró su reloj, luego tapó el rotulador y lo tiró en el estante metálico debajo de la pizarra—. Barnes, tú estás a cargo aquí mientras yo voy con Gavin a entrevistar a este podólogo. Tendremos otra reunión a última hora de la tarde para ponerlos al día sobre nuestros hallazgos.

KAY REVISÓ sus correos electrónicos en su móvil mientras Gavin cambiaba de marcha y golpeaba el volante con frustración.

Ella levantó la vista, vio que solo habían avanzado unos metros más hacia la rotonda y el cruce con la A21, y suspiró.

—Jesús, esto me recuerda por qué no vengo a Tunbridge Wells tan a menudo como solía hacerlo. Juro que el tráfico empeora cada vez.

—Esto en realidad está bastante bien —dijo Gavin—. Deberías verlo cuando las escuelas se vacían a las tres y media.

—¿Dónde tiene su consultorio el podólogo?

—Al otro lado de la ciudad, en Mount Ephraim.

—Caramba, le debe ir bastante bien.

Gavin sonrió. —Práctica privada.

Media hora después, había encontrado un lugar para estacionar en The Common cerca del pub The Mount Edgcumbe, y después de cerrar el coche, lideró el camino pasando una gran formación rocosa que dominaba el espacio verde a su derecha.

Una ligera brisa atrapó el cabello de Kay mientras lo seguía por la estrecha carretera, y ella contempló la vista del ajetreado centro de la ciudad desde la empinada cuesta.

Podía entender por qué la ciudad había sido popular entre los visitantes refinados de Londres hace cientos de años y todavía tenía su cuota de turistas durante todo el año.

Casas del siglo XVIII se asomaban al Common, lejos del bullicioso centro de la ciudad, intercaladas con alguna ocasional oficina moderna entre los edificios históricos.

Se detuvieron en la cima de la colina para cruzar la concurrida calle, luego Gavin giró a la derecha.

—Es por aquí —dijo, y señaló una gran casa más adelante en la calle.

La piedra blanca brillaba bajo la luz del sol de la

tarde. Pizarras oscuras cubrían el techo y mientras Kay dejaba la acera y crujía sobre la grava del camino de entrada que conducía a la puerta principal, se encontró envidiando a los residentes que podían sentarse en las ventanas saledizas de sus casas y mirar el resto de la ciudad balneario debajo.

—¿Es dueño de todo esto? —dijo en voz baja.

Gavin sonrió. —No. La mayoría de las casas por aquí han sido divididas en apartamentos, pero aun así te costarán más de medio millón o más. El Dr. Andrews tiene el apartamento inferior como su consulta, y él y su familia viven en uno de los de arriba.

Entró en el porche que protegía la puerta principal de los elementos en el clima más frío y presionó un intercomunicador junto a una ventana de vitrales antes de anunciar su llegada.

Un momento después, apareció una figura al otro lado de la puerta, difuminada por el efecto moteado de los colores brillantes del vidrio. La puerta se abrió y un hombre con gafas de unos cincuenta y tantos años se asomó, con una sonrisa compungida en su rostro.

—Supuse que se habían quedado atrapados en el tráfico.

—Disculpe el retraso, Dr. Andrews —dijo Gavin. Presentó a Kay, y ella estrechó la mano del especialista.

—Gracias por atendernos con tan poco aviso.

—No hay problema. Por favor, llámenme Rob. Pasen a la clínica.

Mientras seguía al podólogo a través del espacioso pasillo embaldosado, Kay echó un vistazo de derecha a izquierda al mobiliario a medida que bordeaba la habitación.

A un lado, una credenza de caoba oscura contenía folletos y anuncios de gimnasios locales y terapias alternativas, mientras que al otro lado una fila de sillas a juego estaba vacía.

—Tienen suerte, la clínica está tranquila hoy, así que no tenemos que apresurarnos. —Andrews abrió una puerta a un lado del pasillo y les hizo un gesto para que pasaran.

Kay entró en un espacio luminoso y ventilado, con un enorme mirador que dominaba la habitación y ofrecía una vista de The Common, mientras que, al fondo, una chimenea con marco de piedra estaba complementada por estanterías empotradas a ambos lados. Un gran escritorio se encontraba a la derecha de la habitación. Dos sillones estaban a cada lado de la chimenea y fue hacia estos que Andrews hizo un gesto.

—Mejor nos ponemos cómodos en lugar de usar una de las salas de consulta —sonrió. Su rostro se volvió serio mientras se sentaba en el escritorio y entrelazaba las manos frente a él—. Ahora, supongo que les gustaría preguntarme sobre mi paciente desaparecido.

—Si es posible. —Kay esperó hasta que Gavin hubiera rebuscado en su bolsillo su libreta y un bolígrafo, luego se volvió hacia Andrews—. ¿Qué puede decirnos sobre él?

—Clive Wallis. Cuarenta y dos años. Soltero, vive en Camden Park, al otro lado de la ciudad.

—¿Qué estaba tratando en él?

Andrews frunció los labios.

—Problemas relacionados con la diabetes tipo 2. Desafortunadamente, al señor Wallis le gustan demasiado los bocadillos azucarados y el alcohol, y se niega a perder peso, así que ha comenzado a experimentar ulceraciones que tardan en curarse. Una herida en particular se infectó y no tuve más opción que recomendarle una cirugía ambulatoria en el hospital local; era más de lo que podía tratar aquí.

—¿Y cuándo fue esto?

Andrews se volvió hacia su portátil y tecleó un

poco, luego se subió las gafas y pasó un dedo por la pantalla.

—Se operó hace catorce días. Tenía que verme a primera hora del viernes de la semana pasada para que pudiera comprobar cómo estaba cicatrizando y cambiarle el vendaje para evitar infecciones.

—¿Qué hizo cuando no se presentó a su cita?

—Jenny, mi recepcionista, llamó a su número de móvil quince minutos después de la hora prevista, pero no hubo respuesta. Volví a intentarlo más tarde esa noche y le dejé un mensaje de voz. Nunca lo devolvió, y tuve que conducir hasta Oxford para una conferencia durante el fin de semana. Tenía una nota en mi calendario para llamarlo de nuevo hoy, pero entonces vi el titular en el periódico dominical que mi esposa había sacado para reciclar esta mañana, y fue entonces cuando llamé a la policía.

—¿A qué se dedica?

—Espere. Lo siento. Tendré que buscarlo. —La frente de Andrews se arrugó mientras sus dedos volvían a teclear—. Ah, aquí está: es consultor de importación y exportación para una empresa con sede en Dover. Trabaja desde casa la mayor parte del tiempo, pero recuerdo que me dijo que tiene que ir a la oficina central una vez al mes para reuniones y cosas así.

—¿No tendrá por casualidad los datos de su empleador? —dijo Kay.

—De hecho, sí los tengo. —Andrews estiró la mano hacia un bloc de notas y garabateó en la página antes de empujar hacia atrás su silla y caminar hasta donde ella estaba sentada—. También he anotado su dirección particular.

—¿Ha intentado llamar a su teléfono fijo?

Negó con la cabeza.

—No tiene. Muchos de mis pacientes hoy en día han prescindido de las líneas fijas en favor de los teléfonos móviles.

—¿Y no hay ningún familiar cercano anotado en sus registros?

—Ninguno en absoluto —Se quitó las gafas y metió una de las patillas en el cuello de su camisa de manga corta—. Era hijo único, al parecer. Dijo que heredó su casa de su padre.

Volvió al escritorio, girándose para apoyarse en él y cruzó los brazos.

—Mire, ¿cree que Clive es su víctima? Es decir, es un poco coincidencia, ¿no?

Kay se levantó de su silla, y Gavin la imitó.

—Es demasiado pronto para decirlo en este momento. —Extendió su mano—. Muchas gracias por su tiempo, de todos modos. Lo aprecio.

—No hay de qué. Ya saben dónde encontrarme si me necesitan.

—Gracias, y si el señor Wallis reapareciera, ¿me lo haría saber?

—De inmediato, detective Hunter.

CAPÍTULO 19

—¿Y ahora qué, jefa?

Kay escudriñó por encima del techo del coche hacia los edificios de ladrillo y los tejados de pizarra del centro de Tunbridge Wells, con el ceño fruncido.

—Contacta con la policía local. Hazles saber que vamos a echar un vistazo a la casa de Clive Wallis en Camden Park y que estén en alerta por si los necesitamos.

—Entendido.

Gavin se agachó, su voz llegando a través de la puerta abierta del pasajero hasta donde Kay estaba de pie, reflexionando sobre lo que Rob Andrews les había contado.

Aunque nunca se lo admitiría al especialista, tenía razón: era demasiada coincidencia que su paciente hubiera desaparecido sin dejar rastro, y dentro del plazo que el informe de la autopsia de Lucas había identificado.

Sin embargo, no podía conciliar la idea de que, si el hombre se estaba recuperando de una cirugía menor, ¿cómo había terminado así?

Seguramente, habría estado descansando en casa hasta su próxima cita, ¿no?

Parpadeó e intentó concentrarse.

¿Atacaría su asesino a Wallis en casa y luego se arriesgaría a transportar su cuerpo hasta Boughton Monchelsea?

Y, ¿por qué?

¿Se conocían? ¿Por qué no deshacerse del cuerpo más cerca de Tunbridge Wells?

Un golpecito en la ventana la sacó de sus pensamientos, y miró hacia abajo mientras Gavin abría la puerta.

—Sube. Estamos en marcha.

—¿Qué dijeron? —preguntó Kay. Se abrochó el cinturón de seguridad mientras él maniobraba por la estrecha calle y apretujaba su vehículo entre los retrovisores de los coches estacionados a ambos lados.

—Al parecer, una vecina les llamó esta mañana; dijo que estaba preocupada porque no había visto a Wallis en unos días y se preguntaba si la policía local podría revisar los hospitales para asegurarse de que estaba bien. Está en la lista de tareas del turno de hoy; aún no habían llegado a ello.

—Les ahorramos trabajo, entonces.

—En efecto.

Gavin metió el coche en el tráfico de Mount Ephraim antes de girar a la izquierda, lo que los llevó de vuelta hacia el centro de la ciudad.

Kay aprovechó el tiempo para abrir el buscador en su móvil y tecleó los detalles de los empleadores de Clive Wallis. —Esta empresa para la que trabaja… importan vino de Francia y Alemania, y exportan vino local, licores y otros productos alimenticios.

—No es exactamente el negocio turbulento que uno esperaría que resultara en un asesinato, ¿verdad? —dijo Gavin. Maldijo por lo bajo cuando un motociclista esquivó su coche para adelantarlos en la mini rotonda al final de la colina.

—No, no lo es. —Comprobó el progreso del navegador satelital, luego miró a través del parabrisas —. Debería haber un giro a la derecha un poco más adelante, luego toma el segundo a la derecha antes de la estación de tren.

Momentos después, Gavin estacionó el coche en reversa en un espacio frente a un semicírculo de elegantes casas de estilo de la Regencia.

Kay recordó que una de las residencias se había vendido recientemente por cerca de un millón de libras, y mientras bajaba del vehículo, echó un vistazo a la ornamentada mampostería color crema y los setos de haya que la bordeaban, y no pudo evitar el murmullo de asombro que escapó de sus labios.

—Caramba —dijo Gavin mientras cruzaban el camino hacia la puerta principal de la casa que habían identificado como la de Wallis—. ¿A qué demonios se dedicaba su padre para poder permitirse esto?

—Sabe Dios —dijo ella—, pero dado que estamos a poca distancia a pie de la estación de tren, apuesto a que trabajaba en la ciudad.

—Ni siquiera tienen jardines privados, mira; todos son comunitarios.

—Bueno, todo el parque es privado, así que no es como si fueras a tropezarte con tus vecinos si vives por aquí.

Se interrumpió al oír que se acercaba otro vehículo y se apartó cuando un coche patrulla se detuvo junto a ellos.

Dos oficiales bajaron, y ella se presentó junto con Gavin.

—Nigel Best, señora —dijo el más bajo de los dos —, y este es Ben Allen. Nos pidieron que viniéramos, por si necesitaban ayuda.

—Gracias —dijo Kay—. ¿Quieren empezar por intentar con los vecinos de ambos lados? Supongo que fue uno de ellos quien hizo la denuncia esta mañana.

—Lo haremos.

Mientras los dos oficiales se separaban y se acercaban a las propiedades vecinas, Kay volvió su atención a la casa de Wallis.

Las cortinas de la habitación que daba al creciente no estaban corridas y ella sorteó un arbusto antes de proteger la ventana con su mano y mirar hacia adentro.

En el interior, un espacioso salón parecía estar desierto, los muebles inmaculados, incluso desde su posición podía ver el brillo del pulido en las patas de caoba de una chaise longue, mientras que la habitación en sí parecía luminosa y aireada, y desprovista de su ocupante habitual.

Se enderezó al oír pasos y vio a Best y Allen corriendo hacia ella.

—Ambos vecinos confirman que no lo han visto desde la semana pasada —dijo Best—. También revisé la parte trasera; el lugar parece desierto.

—Supongo que ninguno de ellos tenía una llave, ¿verdad?

En respuesta, él levantó un objeto de latón.

—Bien. Vamos.

Se dirigieron a la puerta principal y ella asintió al oficial uniformado quien, después de primero tocar para comprobar si Wallis estaba en casa, giró la llave en la cerradura y empujó la puerta.

Se abrió, y él se volvió hacia Kay cuando no hubo respuesta desde el interior a su llamado. —Con todo respeto, jefa, comprobaré primero que sea seguro.

—Adelante, entonces.

Cruzó el umbral y desapareció a su derecha, llamando a Clive por su nombre mientras recorría la casa.

Kay se mordió el labio y esperó lo que pareció una eternidad mientras él entraba en su campo de visión antes de subir las escaleras.

Finalmente, regresó y negó con la cabeza. —No hay nadie. Pueden proceder, jefa.

Kay tomó un par de guantes que Gavin le ofrecía, se los puso y entró en el pasillo.

Lo primero que le llamó la atención fue lo limpio que estaba el lugar: Wallis podría haber sido soltero, pero era meticuloso en su pulcritud.

Olisqueó el aire.

Un ligero aroma a pulidor de muebles tentó sus sentidos, y cuando miró por encima del hombro para ver a Gavin subiendo las escaleras, notó el alto brillo en las baldosas blancas y negras que cubrían el suelo.

—Grita si me necesitas, Gav.

—Lo haré.

—¿Best? ¿Podrías quedarte junto a la puerta y asegurarte de que ninguno de los vecinos nos moleste?

—Sí, jefa.

Gavin desapareció de la vista, y Kay se dirigió a través de una puerta abierta hacia una sala de estar.

Las paredes habían sido pintadas de un verde intenso, acentuadas por una selección de plantas en macetas que habían sido estratégicamente colocadas alrededor de la habitación, dando una atmósfera relajada al espacio.

Un gran escritorio ocupaba el extremo más alejado de la sala de estar, y Kay se acercó a él, echando un vistazo a las fotografías enmarcadas que se exhibían en una esquina.

Era la primera vez que veía una foto de Wallis, y en todas las fotografías estaba recibiendo premios, su rostro radiante de orgullo.

A pesar de la descripción del podólogo, Kay pensó que el hombre era bastante atractivo. Era lo suficientemente alto como para que su peso pareciera distribuido uniformemente, y en todas las fotografías estaba impecablemente vestido.

Dejó el último de los marcos y se volvió para examinar el resto de la habitación. Una estantería se alzaba contra la pared a la izquierda del escritorio y contenía una mezcla de novelas de acción y aventura y tomos de negocios con títulos que profesaban enseñar al lector cómo influir tanto en los clientes como en la dirección.

Aquí había un hombre que parecía vivir para su carrera.

Se detuvo en medio de la habitación y frunció el ceño. No había toques personales, ninguna indicación de lo que Wallis disfrutaba fuera de su vida laboral. No solo eso, tampoco había un ordenador.

Salió de la sala de estar y volvió al pasillo. El agente Best estaba de pie en el umbral, de espaldas a la casa. Kay giró a la derecha y encontró una gran cocina por la que Adam habría babeado. Cada electrodoméstico brillaba bajo la luz del sol que entraba por la ventana trasera, y cada aparato era una elección de alta gama para un chef exigente.

Excepto que, mientras Kay hurgaba en los armarios y luego abría la puerta de un refrigerador vacío, no parecía que Wallis cocinara nunca.

Sus ojos se posaron en una llave sobre la

encimera. La recogió y la insertó en la cerradura de la puerta trasera.

Afuera, encontró el cubo de basura a la izquierda de la puerta trasera y levantó la tapa.

Fue recompensada con el dulce hedor de cajas de pizza desechadas. Espantando una mosca, cerró la tapa y volvió a la cocina, cerrando la puerta detrás de ella y volviendo a cerrar con llave.

Comenzó a abrir cada uno de los cajones de la cocina, buscando algo que pudiera darle una pista sobre el destino del hombre, cuando oyó a Gavin llamar.

Cerró el cajón de golpe, cruzó apresuradamente el pasillo y subió las escaleras de dos en dos, usando el poste de la barandilla en la parte superior para reducir su velocidad.

—¿Qué pasa?

—Creo que sé qué le ha pasado a Clive.

—¿Dónde estás?

—En el baño. Al fondo de la casa.

Ella avanzó por el pasillo, siguiendo su voz hasta que lo encontró agachado junto a un mueble de lavabo bajo un fregadero de porcelana.

Él se puso de pie cuando ella apareció.

—Mira. Falta el cepillo de dientes. La mitad del contenido de este cajón ha desaparecido, incluyendo una maquinilla de afeitar eléctrica, y he revisado el dormitorio. Hay perchas vacías en el armario.

Kay parpadeó mientras procesaba sus palabras. —¿Qué hay de un portátil o un teléfono móvil?

—No hay señales de ninguno aquí arriba, ¿y tú?

—No, y tampoco hay cargadores de ninguno de los dos abajo.

Kay se quitó los guantes de los dedos y se los entregó antes de exhalar un suspiro de alivio. —No está desaparecido, ¿verdad? Se ha ido.

CAPÍTULO 20

A la mañana siguiente, Kay sostuvo la puerta de la sala de incidentes para que Sharp entrara, luego se dirigió hacia su escritorio y arrojó su bolso sobre él antes de elevar la voz por encima del murmullo que llenaba el espacio.

—Todos reuníos. Al frente de la sala, por favor.

Las conversaciones se apagaron mientras sus colegas se le unían, algunos con expresiones inquisitivas en sus rostros.

Esperó mientras arrastraban las sillas sobre la alfombra desgastada y el equipo encontraba lugares para sentarse en los escritorios, luego les agradeció y proporcionó una actualización de las actividades del día anterior.

—Basándonos en nuestra búsqueda en la casa de

Clive Wallis, parece que pudo haber dejado su hogar voluntariamente. Sin embargo, hasta que lo sepamos con certeza, el caso del Sr. Wallis seguirá siendo tratado como un caso de persona desaparecida.

Esperó mientras el equipo reunido se ponía al día con sus notas, luego hizo un gesto a Carys. —¿Puedes investigar a sus empleadores por mí mientras estamos aquí? Están basados en Dover; los detalles están en el sistema. Averigua si saben dónde está.

—Lo haré, jefa. —Carys se movió a su escritorio y buscó la información relevante en HOLMES mientras Kay continuaba.

—¿Cuál es el progreso en las cámaras de seguridad del vertedero? ¿Alguien?

Un oficial uniformado junto al escritorio de Carys dio un paso adelante. —Hemos obtenido las imágenes de tres de las cuatro cámaras del sitio —dijo—. Dos de ellas no nos sirven: muestran el recinto de vehículos donde se guardan las excavadoras y todo lo demás, así como la oficina del sitio. Hoy empezaremos a revisar las otras de la entrada y el camino público.

Kay frunció el ceño. —Habría tenido más sentido hacer esas primero.

—Sí, jefa. El problema fue que ninguno de los archivos estaba nombrado correctamente, así que fue un poco al azar hasta que nos dimos cuenta de lo que habían hecho.

—Está bien. De todas formas, tan rápido como puedan.

El teléfono en el escritorio de Kay sonó, y Barnes levantó la mano. —Yo contesto.

—Gracias. —Kay se volvió hacia la pizarra—. ¿Qué hay de las declaraciones de los otros empleados del vertedero?

Debbie se aclaró la garganta. —Las hemos completado y están todas en el sistema ahora. Nadie ha reportado ninguna actividad inusual, y no hay otros casos de objetos sospechosos encontrados en el sitio.

—¿Qué hay de condenas anteriores para alguno de los empleados?

—Solo un tipo: Justin Tinner. Dos meses por posesión de drogas cuando tenía diecinueve años. Ha estado limpio desde entonces, y eso fue hace casi seis años.

Kay notó que Carys terminaba su llamada telefónica y esperó mientras regresaba al grupo. —¿Algo útil?

—Hablé con la gerente de recursos humanos de Clive Wallis. Dice que lo vio por última vez en una conferencia en un hotel fuera de Maidstone la semana pasada. Dijo que cojeaba un poco, pero estaba bien.

No se le ha visto desde entonces; están a punto de escribirle y emitir una advertencia formal.

Kay notó que la frente de Gavin se arrugaba, notando que probablemente ella tenía la misma expresión perpleja.

—¿Cuándo terminó la conferencia?

—El jueves, aparentemente.

—Y, sin embargo, todos sus efectos personales siguen desaparecidos de su casa.

—¿Jefa? —Barnes levantaba la mano para llamar su atención. Volvió a colocar el teléfono de escritorio en su base, luego se movió de vuelta a donde el grupo se reunía y se abrió paso entre un par de miembros junior del equipo uniformado, extendiéndole un trozo de papel mientras se acercaba—. Era Lucas; confirma que tenemos una coincidencia entre el pie amputado y algunas de las otras partes del cuerpo encontradas en el vertedero.

Kay escaneó la página, luego levantó la mirada hacia Carys. —Tal vez quieras sugerir a los empleadores de Wallis que suspendan ese plan de emitir una advertencia formal hasta que hablemos con ellos.

Las cejas de Carys se dispararon hacia arriba. —¿Crees que es él?

Kay exhaló. —Podría ser. Lucas necesita una

muestra de ADN para confirmarlo. ¿Puedes contactar con Tunbridge Wells y pedirles que tomen una muestra de la casa? Gavin, conmigo. Vamos a averiguar qué pueden decirnos los empleadores de Wallis.

Kay y Gavin partieron hacia Dover tan pronto como concluyó la reunión informativa, y aunque el tráfico de la hora punta de la mañana ya había pasado, a Gavin le tomó más de una hora llegar a la bulliciosa ciudad portuaria.

Pasaron junto a un flujo constante de camiones articulados en la M20, muchos de ellos con matrículas internacionales y coloridos logotipos adornando los remolques. El carril contrario estaba igual de concurrido, con mercancías de la terminal de ferry siendo transportadas por el sur de Inglaterra hacia sus destinos.

Cuando entraron a la ciudad por la carretera principal, Gavin frunció el ceño al observar las etiquetas de grafiti que adornaban los escaparates tapiados de las tiendas.

—Algunas cosas no cambian. Fui agente en prácticas aquí durante seis meses —dijo—. Fue una experiencia reveladora.

—Suelen elegir uno interesante para tu primer año.

—¿Y tú? ¿Dónde hiciste tu formación?

—En Tonbridge. Me encantó.

—Qué suerte. ¿Siempre quisiste ser detective?

—Sí. Solicité el puesto tan pronto como pude y me ofrecí voluntaria para cualquier oportunidad de ayudar en una investigación importante que surgiera, igual que hace Debbie. Hubo un par de años en los que Adam y yo apenas nos veíamos, éramos como barcos que se cruzan. Ahí estaba yo tratando de ascender en mi carrera en la Policía de Kent, y él ansioso por establecer su propia clínica veterinaria.

—¿Cómo lo logró al final?

Kay dejó caer su teléfono móvil en su bolso. —Había estado cuidando un par de caballos para una anciana que vivía en una pequeña granja cerca de Tenterden. Ella los había rescatado de ser enviados al matadero después de que sus carreras terminaran, y él solía ir allí una vez al mes para revisarlos. No le cobraba nada, ya sabes cómo es. También pasaba mucho tiempo charlando con ella mientras estaba allí y a menudo hacía trabajos ocasionales por la propiedad los fines de semana si yo estaba trabajando. Creo que ella estaba sola; su marido había muerto años antes y no habían tenido hijos, y disfrutaba de la compañía de Adam. Cuando ella murió, nos llevamos una gran sorpresa: resultó que era muy adinerada y le dejó la casa en Weavering Street y la pequeña granja con la condición de que continuara cuidando de los caballos.

—Vaya.

—Lo sé. Él no tenía ni idea. Ella nunca le había dicho nada, pero creo que quería asegurarse de que esos caballos estuvieran en buenas manos después de su muerte, y él era la única persona en quien confiaba. Vivimos en la pequeña granja en Tenterden durante un par de años hasta que los caballos murieron, y luego vendimos eso y nos mudamos de vuelta a Maidstone.

—¿Y usó el dinero de la venta de la pequeña granja para iniciar la clínica?

—Sí, no ha mirado atrás desde entonces. Ama su trabajo, como sabes, y ahora que la clínica está establecida puede permitirse traer veterinarios más jóvenes para formarlos.

Gavin activó el intermitente para girar a la izquierda y señaló a través del parabrisas un imponente edificio de tres pisos que se alzaba sobre las unidades industriales de poca altura a su alrededor.

—Este es el lugar.

El cristal ahumado impedía que Kay viera el interior del edificio, pero cuando atravesaron la puerta única, se sorprendió al encontrarse en un espacio grande, luminoso y aireado que desmentía la fachada exterior.

La mujer detrás del mostrador de recepción les indicó un grupo de sillas alrededor de una mesa baja en el extremo más alejado del atrio.

Las sillas estaban diseñadas para impresionar, más que para la comodidad, y Kay resistió el impulso de moverse inquieta mientras esperaba.

Afortunadamente, el empleador de Clive Wallis no los hizo esperar mucho, y ella se giró para ver a un hombre enorme acercándose a ellos.

Su apariencia le dio la impresión de que consumía regularmente sus propias importaciones de alimentos y vinos. Su boca formó una amplia sonrisa mientras se acercaba.

—Montgomery Fisher, gerente general de ventas —ladró, y extendió su mano—. Llámenme Monty.

Kay logró no hacer una mueca cuando él le aplastó la mano entre las suyas y suspiró aliviada cuando la soltó y se volvió hacia la recepcionista.

—¿Hay alguna sala libre, Sharon?

—La sala de conferencias —dijo la mujer—. He preparado una cafetera.

—Buena chica. —Se volvió hacia Kay y Gavin—. Vengan conmigo.

Para ser un hombre tan grande, se movía con una prisa mal disimulada, como si cada minuto precioso con ellos le impidiera hacer otra venta, o comer.

Abrió una puerta de golpe y se hizo a un lado para dejarlos pasar, luego señaló los ocho asientos colocados alrededor de una mesa de conferencias muy pulida.

—¿Café?

—Por favor —dijo Kay.

Se acomodó en la silla más cercana frente a la puerta, Gavin tomó la que estaba a su lado y esperaron mientras Fisher se afanaba con la cafetera.

Deslizó una taza y un platillo hacia Gavin, colocó el de Kay frente a ella y se acomodó en un asiento frente a ellos antes de abrir dos sobres de azúcar y remover su bebida.

—Bien, su colega dijo por teléfono que querían hablar conmigo sobre Clive Wallis. ¿Qué quieren saber? Supongo que Hayley de Recursos Humanos les dijo que estábamos a punto de emitirle una advertencia formal.

—Sí, ¿puedo preguntar por qué? —dijo Kay.

—Ha estado ausente desde la conferencia de ventas del jueves, por eso. Se espera que nuestro personal permanente nos llame de inmediato si no pueden trabajar, y no hemos tenido noticias suyas desde hace más de una semana. Es inaceptable.

—¿Es inusual en él?

—Sí, pero tienen que entender: hemos tenido que hacer varios despidos a principios de este año; el negocio no ha ido tan bien como debería, y Clive fue uno de los que acordamos mantener. La reunión de la semana pasada se organizó para animar un poco a todos, para que se enfocaran de nuevo después del mal momento que todos pasamos. Costó una fortuna, eso sí. Y luego no se ha visto a Clive desde entonces.

—Esa "reunión" como usted la llama. ¿Dónde se llevó a cabo? ¿Aquí?

—Dios, no. —Extendió las manos ampliamente—. Esta es la sala más grande que tenemos. No sirve en absoluto. Muchos de nuestros vendedores permanentes trabajan desde casa, como Clive. Ayuda a mantener bajos los gastos generales, ¿ven? Significó que no tuvimos que alquilar instalaciones más grandes, gracias a Dios.

—Entonces, ¿dónde se llevó a cabo? —dijo Gavin, pasando la página de su cuaderno.

—En ese nuevo hotel en la A20 a las afueras de Maidstone. No recuerdo el nombre. Sharon lo organizó todo. Dos días de formación ejecutiva, actividades para afianzar lazos en el equipos, ese tipo de cosas, y luego a todos se les dieron sus objetivos de ventas para el resto del año. Carísimo, como dije. Pero los reúne a todos en un mismo lugar; trabajan de forma autónoma, así que es bueno para la moral, especialmente en este momento.

—¿Qué día terminó la conferencia?

—Jueves. Todos llegaron el miércoles a partir del mediodía. Se realizaron algunas actividades y cosas por la tarde para romper el hielo: golf, juegos de formación de equipos, ese tipo de cosas. Luego, tuvimos la formación de ventas el jueves por la mañana. Todos estaban de camino a casa a las cuatro de la tarde de ese día.

—¿Y no ha tenido noticias del señor Wallis desde entonces?

—No. —Fisher se reclinó en su asiento y cruzó los brazos—. Odio pensar que se ha ido y se ha reunido con un competidor. Parte de la información compartida en la conferencia del jueves por la mañana era condenadamente confidencial.

—¿Y ha estado intentando contactarlo?

—A diario. Por teléfono y correo electrónico.

Como le dije a su colega, nuestro próximo paso es emitirle un aviso formal. No podemos permitir que nuestro personal desaparezca así. Es inaceptable.

—¿Sabía usted que había estado en el hospital la semana anterior?

Frunció el ceño.

—Solo un procedimiento menor en su pie, tengo entendido. Cojeaba un poco, pero no parecía estar muy incómodo.

—¿Por qué asistiría a la conferencia si había estado en el hospital? —dijo Kay.

Fisher suspiró y jugueteó con su corbata.

—Mire, como dije, los tiempos son difíciles. Quizás pensó que, si no se presentaba, sería el próximo en la lista para el despido.

—¿Lo amenazó usted?

—Por supuesto que no. —Un ligero rubor comenzó en su cuello y se extendió hacia arriba—. Eso no es legal, para empezar.

—¿Tiene un contacto de emergencia en el archivo de personal del señor Wallis? ¿Alguien que pueda ayudarnos a entender dónde podría estar? —dijo Kay.

—Tendré que preguntarle a Hayley. Si los hay, ella habría tratado de contactarlos también.

Kay sonrió.

—Gracias. Esperaremos.

Se volvió hacia Gavin cuando el gerente de ventas salió de la habitación, y él levantó su móvil.

—Mensaje de texto de Barnes. Tunbridge Wells obtuvo la muestra y la envió por mensajería a Lucas inmediatamente. Le he pedido que me envíe un mensaje en cuanto tenga noticias del laboratorio de patología.

Kay asintió, luego se recostó en su silla cuando Fisher regresó, con un delgado archivo en la mano.

Dudó un momento, luego lo deslizó por la mesa hacia ella.

—Entiende que no puedo dejar que se vaya de aquí con eso a menos que tenga una solicitud formal, ¿verdad?

—Está bien.

Abrió el archivo y escaneó el escaso contenido hasta que encontró lo que buscaba. La sección de los detalles del empleado de Clive donde normalmente se anotaría un contacto de emergencia estaba en blanco.

—¿Sin familia?

—Su padre murió hace algunos años por complicaciones derivadas de la diabetes y su madre falleció hace un año o algo así —dijo Fisher—. Le dejó la casa. Es un poco triste, en realidad. No creo que tenga mucha vida social. Nunca parece hablar de ello, de todos modos.

Ella empujó el archivo de vuelta hacia Fisher cuando un *bip* de dos tonos llegó a sus oídos.

—Jefa.

Tomó el teléfono que Gavin le tendía, escaneó el mensaje, luego se levantó de su asiento antes de devolverlo y volverse hacia el gerente de ventas.

—Última pregunta, señor Fisher. ¿Cuál es el nombre del hotel que utilizaron para la conferencia?

CAPÍTULO 22

—¿Lucas? Acabo de recibir tu mensaje. ¿Qué puedes contarme?

Kay metió el móvil en el soporte manos libres del salpicadero y activó el modo de altavoz para que Gavin pudiera escuchar ambos lados de la conversación mientras conducía de regreso a Maidstone, con el velocímetro oscilando un poco por encima del límite de velocidad nacional.

—Bien, tenemos los resultados del análisis de sangre de Clive Wallis de su médico de cabecera junto con las muestras que tomamos del pie amputado. También hemos extraído ADN del pie, de los huesos encontrados en el vertedero y hemos hecho una comparación con la muestra de ADN tomada de un vaso de agua en su baño por tus colegas en

Tunbridge Wells. Tienes suerte de que sea una semana tranquila en el laboratorio; normalmente tendrías que esperar al menos una semana.

—Lo sé, gracias. Entonces, ¿definitivamente coincide con Wallis?

—Estamos seguros.

Kay exhaló, liberando algo de tensión de sus hombros.

—Es un gran trabajo, Lucas. Gracias. Por favor, agradece también a Harriet y su equipo de mi parte; me doy cuenta de que fue un trabajo duro en el vertedero para ellos.

—No hay problema.

—¿Qué hay de la segunda víctima?

—Nada por el momento; esos resultados aún no han llegado. Me pondré en contacto contigo con mi informe formal tan pronto como sea posible.

Kay finalizó la llamada y miró hacia arriba mientras el vehículo pasaba bajo una pasarela. Un letrero azul y blanco mostraba la distancia hasta la capital del condado, y ella trató de no dejar ver su impaciencia mientras el tráfico se detenía por completo a las afueras de Ashford.

—¿Qué sigue, jefa?

La voz de Gavin la sacó de sus pensamientos.

—Directo al hotel donde se alojó Wallis.

Desplazó los contactos en el teléfono de Gavin hasta encontrar el nombre que buscaba, y luego presionó el botón de llamada.

Barnes respondió al tercer tono.

—¿Gav?

—Soy yo —dijo Kay—. Estamos en altavoz. Hemos hablado con Lucas; recibirás una copia de un correo electrónico que me está enviando en breve, pero ha confirmado que tiene una coincidencia de una de nuestras víctimas como Wallis.

—¿Cómo les fue en Dover?

—No hay familiares cercanos, pero su gerente, Montgomery Fisher, confirmó que fue visto por última vez en una conferencia de ventas y un ejercicio de para formar lazos de equipo que se llevó a cabo durante dos días la semana pasada en ese nuevo hotel justo al lado de la M20 en Maidstone. Nos dirigimos allí ahora. ¿Puedes organizar el papeleo para que tengamos acceso a sus archivos de personal? Voy a intentar echar un vistazo a las grabaciones de seguridad del hotel cuando lleguemos allí.

—Lo haré. ¿Qué estaba haciendo Wallis allí el día después de salir del hospital?

—Intentando mantener su trabajo, por lo que parece.

Terminó la llamada cuando el tráfico comenzó a

moverse de nuevo, y en quince minutos Gavin había encontrado el hotel y aparcado en un espacio cerca de las puertas de recepción.

Mientras Kay salía del coche, notó a un grupo de cuatro hombres con pantalones claros y camisas de manga corta en tonos pastel que se dirigían desde el estacionamiento hacia una abertura en un seto en el extremo derecho del hotel. Un letrero junto a la plantación ornamental anunciaba el campo de golf de dieciocho hoyos más nuevo de Kent y prometía competiciones semanales para entusiastas locales.

—Me pregunto cómo se mantienen en el negocio —dijo Kay—. Hay otro hotel a pocos kilómetros de aquí con un campo de golf, ¿no? Te hace preguntarte cómo les va a estos, teniendo que competir con un hotel establecido.

—Muchas empresas en el condado necesitan un lugar central para conferencias, jefa, y el golf es un juego popular.

Ella arrugó la nariz, y Gavin se rio mientras se unía a él en los escalones que conducían al área de recepción antes de abrirle la puerta.

El recepcionista, un hombre de unos veinte años con demasiado entusiasmo para un viernes por la tarde en opinión de Kay, se puso de pie de un salto cuando se acercaron, con una amplia sonrisa arrugando su boca.

—¿Puedo ayudarles?

Su alegre comportamiento vaciló cuando Kay abrió su placa.

—Necesito hablar con el gerente de turno —dijo ella.

—Me temo que está con un grupo de delegados de una de nuestras empresas accionistas en este momento.

—Está bien. Por favor, hágale saber que estamos aquí para discutir el posible asesinato de uno de los huéspedes de su hotel y que lo estaremos esperando aquí. Sin duda, los medios locales querrán hablar con él en algún momento también, pero con suerte, el momento de nuestra visita le ayudará a mantenerlos alejados y evitar cualquier vergüenza que esto pueda causar a este hotel y sus accionistas.

El recepcionista dejó escapar un jadeo de asombro, su rostro palideciendo, antes de extender la mano y marcar una serie de números en el teléfono de su escritorio.

Kay se apartó del mostrador y llevó a Gavin hacia cuatro sillones que rodeaban una mesa de café baja y tomó uno de los folletos del hotel mientras se sentaba.

La voz del recepcionista llegó hasta ella, con un tono alterado acentuado por su conmoción.

Gavin sonrió. —Eso fue cruel.

—Lo sé, pero no tenemos tiempo para andar con rodeos, Gav. Llevamos casi una semana en esta investigación y no tenemos pistas. Es hora de subir la apuesta.

Cinco minutos después, el sonido de pasos apresurados llegó a sus oídos y ella levantó la vista del folleto cuando un hombre delgado de cabello negro se acercó a ella, con el ceño fruncido.

—¿Inspectora Hunter?

Ella se levantó de su silla y estrechó su mano extendida antes de presentar a Gavin.

—Soy Kevin Tavistock, gerente de turno senior. Vengan por aquí. Mi oficina está por aquí.

Kay enrolló el folleto entre sus dedos y siguió a Tavistock a través de una abertura junto al mostrador de recepción hacia una oficina en la parte trasera del hotel.

Un horario había sido garabateado en una pizarra blanca fijada a la pared del fondo, con una nota de los huéspedes más importantes que se esperaban durante el fin de semana.

Tavistock les indicó dos sillas de plástico gris que daban a un escritorio en la esquina y se acomodó en una silla detrás de él, moviendo un ratón para despertar el ordenador frente a él.

—Entiendo que querían hablar conmigo sobre uno de nuestros huéspedes.

Las palabras escaparon de sus labios en un solo aliento, y Kay se preguntó si era por conmoción o emoción.

Sospechaba que era lo segundo.

Recitó la advertencia formal antes de continuar. —Debo insistir en que lo que discutamos aquí sea tratado con la máxima confidencialidad.

—Por supuesto, por supuesto. —Tavistock apoyó los codos en el escritorio—. ¿Qué necesitan saber?

—En primer lugar, ¿puede confirmar que Clive Wallis fue huésped de su hotel la semana pasada? —dijo Gavin, y abrió su libreta.

Tavistock se volvió hacia su computadora, tecleó un poco y luego asintió. —Sí. Aquí está. Parte de una delegación que reservó una de nuestras salas de conferencias el jueves. Tomamos nota de todos los nombres para cualquier requisito dietético, y por supuesto, por seguridad en caso de incendio o algo así.

Kay levantó el folleto. —Entiendo por los empleadores del Sr. Wallis que parte de su confer-encia incluyó ejercicios para estrechar lazos de equipo organizados por el hotel. ¿Puede decirme cuáles fueron?

—Por supuesto. Déjeme ver… llegaron aquí el miércoles por la tarde y después de un almuerzo ligero, asistieron al taller de artesanía. Ahí es donde ofrecemos a los huéspedes la oportunidad de probar artesanías tradicionales locales, como tejer cestas y cosas así. Para el ejercicio de formar lazos de equipo, creo que hubo algún tipo de competencia involucrada. —Sonrió con benevolencia mientras escaneaba la pantalla en busca de detalles—. Algunos de nuestros clientes corporativos son firmes creyentes en lograr que su personal trabaje más estrechamente a través de ejercicios prácticos. Oh, aquí está: tiro con arco. Se puso bastante ruidoso, según un par de nuestros huéspedes más mayores.

Cuando ni Kay ni Gavin respondieron, se aclaró la garganta. —Eh, después de eso jugaron unos hoyos de golf, luego organizamos una barbacoa para ellos en la terraza. Al día siguiente, su conferencia de ventas se llevó a cabo en la Sala Majestic en el primer piso. Té de la mañana a las diez y media, almuerzo en la terraza a la una, y bebidas de despedida a las cuatro.

—¿Y en qué habitación se quedó? —dijo Gavin.

Siguieron más pulsaciones de teclas, luego silencio.

Tavistock frunció el ceño. —Lo siento. No tengo registro de que el Sr. Wallis se haya quedado con nosotros ni el miércoles ni el jueves por la noche. Aquí solo dice que asistió a la conferencia.

—Necesitaremos una lista de los delegados para compararla con lo que tenemos de sus empleadores, y también nos gustaría entrevistar a los miembros del personal que estuvieron de servicio ese día —dijo Kay.

El labio superior del hombre se curvó. —Bueno, obviamente necesitaré las autorizaciones necesarias.

—Las tendremos para usted antes del cierre de operaciones hoy.

—También será difícil reunir a todo el personal, tienen diferentes turnos y el horario de servicio se cambió apenas ayer por la mañana.

Kay se levantó de su asiento y forzó una sonrisa mientras extendía su mano. —Tengo un equipo de oficiales asistiendo en esta investigación que son más que capaces de coordinar entrevistas. Nos pondremos en contacto.

El hombre logró una débil sonrisa mientras salían de la oficina, y Kay lideró el camino de vuelta a través de la recepción hacia el estacionamiento más allá.

Una vez afuera, Gavin se volvió hacia ella y metió

las manos en sus bolsillos mientras miraba hacia arriba el logo del hotel grabado en el pórtico sobre sus cabezas.

—Bien. Si no se quedó aquí, ¿dónde diablos estuvo el miércoles y jueves por la noche?

CAPÍTULO 23

—Cálmense, todos.

Kay caminaba frente a la pizarra blanca, consciente de que Sharp merodeaba a un lado.

Tan pronto como había regresado a la comisaría, golpeó la puerta de su oficina y pasó la siguiente media hora argumentando la necesidad de más recursos para ayudar con su investigación.

Sharp no había sido el problema, pero la jefatura era reacia a gastar el dinero y se había necesitado toda su paciencia y las habilidades diplomáticas de Sharp para conseguir la financiación adicional para las horas extras.

Finalmente, habían accedido, y ahora se enfrentaba a la tarea de informar a su equipo que sus planes de fin de semana habían cambiado.

El último agente uniformado se había desplomado en una silla libre al frente del grupo con una sonrisa de disculpa. Kay extendió un montón de papeles a Barnes, que estaba de pie al lado derecho del arco de miembros del equipo.

—Toma uno y pásalos —dijo—. Lo siento, pero los acontecimientos de hoy no me han dejado otra opción que insistir en que continuemos nuestra investigación durante el fin de semana.

No se emitió ningún sonido del grupo, por lo cual estaba agradecida. Su equipo estaba formado por profesionales y harían todo lo posible para atrapar al asesino entre ellos.

—Vamos a pasar los próximos dos días entrevistando al personal del hotel donde Clive Wallis fue visto por última vez. Según su empleador y el gerente del hotel, Wallis apareció el miércoles para participar en un evento de formación de lazos de equipo y una conferencia de ventas que duró hasta el jueves por la tarde. Tenemos un problema. —Kay se giró y señaló la fotografía de Wallis—. Según el sistema de reservas del hotel, no se quedó a dormir en el hotel como estaba planeado. Entonces, ¿adónde fue?

Se volvió hacia el grupo una vez más. —En la hoja de papel frente a vosotros, encontraréis una nota de con quién habéis sido emparejados y una lista de las personas que debéis entrevistar. Nos concentraremos en el personal del hotel mañana, luego en las personas que dirigen las actividades extracurriculares el domingo. Muchos de los negocios que proporcionan las actividades son gestionados por artesanos locales y similares, así que es posible que tengáis que entrevistarlos en casa si no están en el trabajo. Debbie ha sido muy amable al recopilar todos los correos electrónicos y números de teléfono relevantes que necesitáis para tener una ventaja inicial.

Hizo una pausa y tomó un sorbo de agua antes de colocar el vaso de plástico en el escritorio a su lado.

—Actualizad la base de datos mientras trabajáis y reportad cualquier cosa sospechosa conmigo, Barnes, Gavin o Carys inmediatamente. ¿Alguna pregunta?

Se levantó una ráfaga de manos, y Kay pasó los siguientes veinte minutos respondiendo consultas y afinando algunas de las tareas hasta que estuvo satisfecha de que el equipo tenía todo lo que necesitaba.

—Bien, el gerente del hotel nos ha asignado una de las salas de conferencias más pequeñas para nuestro uso mañana, pero no estará cerrada con llave, así que bajo ninguna circunstancia dejad información sobre esta investigación por ahí, ¿entendido?

—Sí, jefa.

—Sí, jefa.

—Estoy segura de que nuestros amigos de los medios se darán cuenta de que estamos realizando estas investigaciones mañana, así que, si tenéis algún problema, hacédmelo saber a mí o al inspector jefe Sharp.

Kay miró el reloj en la pared, luego volvió a su equipo y forzó una sonrisa. —Todos estáis haciendo un gran trabajo, así que gracias. Nos reuniremos aquí como grupo el lunes por la mañana. Estaré en el hotel ayudando a realizar las entrevistas también, así que, si me necesitáis mientras tanto, venid a buscarme. Podéis retiraos.

Sharp se acercó a ella mientras el equipo se dispersaba, y ella se volvió hacia él con un suspiro.

—Bueno, al menos todos fueron lo suficientemente educados como para no quejarse del fin de semana en mi cara.

—Saben que solo se los pedirías si no tuvieras otra opción. No te preocupes por eso. Quieren atrapar a este asesino tanto como tú.

Su mirada cayó sobre las fotografías en la pizarra blanca. —¿Y si no podemos, Devon? ¿Y si ha hecho lo que se propuso hacer? ¿Y si ha desaparecido?

Él extendió la mano y le dio una palmadita en el brazo. —Entonces lo encontraremos, Kay. Eso es lo que hacemos, ¿recuerdas?

—Sí.

Él señaló con el pulgar por encima de su hombro a sus colegas mientras apagaban sus ordenadores por la noche y comenzaban a salir de la habitación. —Vamos. Ve a casa. Tienes un día ocupado por delante mañana, y vas a necesitar una buena noche de descanso. Será un caos en el hotel por la mañana, ya lo verás.

El teléfono móvil de Kay comenzó a sonar, y ella sonrió al ver el número familiar en la pantalla.

—Hola, Abby —dijo.

—Espera. —Una voz amortiguada regañó a alguien en el fondo antes de volver—. Lo siento por eso, las niñas están siendo difíciles en este momento. Estaba comprobando si aún estabas disponible para reunirte por mi cumpleaños el próximo mes.

Kay sonrió. Su hermana había logrado persuadir a sus padres para que cuidaran a las niñas durante un fin de semana para que Abby y su esposo pudieran tener un fin de semana relajante para celebrar su cumpleaños, y Kay y Adam se unirían a ellos en un retiro rural en Surrey.

—Ese es el plan. Incluso voy a usar ese vestido rojo que compré hace meses.

—Demonios.

Se rieron, y luego el teléfono en el escritorio de Kay se iluminó y ella gimió.

—¿Puedo llamarte más tarde? Tengo que atender esta llamada.

Terminó la llamada y levantó el otro teléfono mientras metía su móvil en su bolso.

—¿Hola?

—Soy Jonathan Aspley. ¿Tienes alguna actualización para mí?

—No, no la tengo.

—¿Qué estabas haciendo en el Hotel Belvedere?

Kay dejó caer su bolso sobre el escritorio, atónita.

—¿Me estás siguiendo?

—No respondiste la pregunta.

—No voy a hacerlo. Aléjate, Jonathan. Estás pisando terreno peligroso.

—¿Hay alguna conexión entre la víctima y el hotel?

—Estamos realizando varias investigaciones en relación con nuestro caso.

—No me evadas, Hunter.

—Adiós.

Kay golpeó el teléfono de vuelta en su base y lo miró con furia, luego agarró sus llaves del coche y su bolso del escritorio y salió furiosa de la habitación.

CAPÍTULO 24

Kay estacionó su coche en la esquina más alejada del aparcamiento del hotel a la mañana siguiente. Los espacios más cercanos a las puertas de recepción estaban señalizados con advertencias que decían "solo para huéspedes", lo que daba una clara indicación de los sentimientos del gerente del hotel sobre el equipo de investigación que descendía sobre el negocio un fin de semana.

Se colgó el bolso al hombro, apuntó el mando a distancia hacia la puerta del coche para cerrarlo y luego cruzó el asfalto con paso decidido y la mandíbula apretada.

Mientras atravesaba las puertas de recepción y se dirigía hacia el mostrador, notó las sutiles notas de música ambiental que se filtraban por el espacio, sin duda un esfuerzo del mismo gerente por añadir un matiz de calma para contrarrestar la cantidad de oficiales uniformados que deambulaban por allí.

Momentos después, apareció Kevin Tavistock, con el rostro acalorado mientras le clavaba un portapapeles en su dirección.

—Detective Hunter, debo insistir en que su gente se aleje inmediatamente del área de recepción. Dios sabe qué pensarán nuestros huéspedes.

Kay forzó una sonrisa. —No hay problema. ¿Puede mostrarme las habitaciones que nos han asignado para que podamos empezar?

Él resopló, luego giró sobre sus talones y gritó por encima de su hombro. —Por aquí.

Notó que Barnes y Carys rondaban junto a una salida de emergencia en el lado opuesto del área de recepción.

—Venid conmigo, Tavistock me está mostrando dónde podemos instalarnos. ¿Dónde está Gavin?

—En camino —dijo Carys—. Llegará en unos cinco minutos. Dijo que iba a pasar por la sala de incidentes para recoger material de papelería extra por si lo necesitamos.

Se pusieron a su lado, mientras el gerente de turno

los guiaba por un laberinto de pasillos hasta que se detuvo en un callejón sin salida.

Señaló un conjunto de hervidores de agua de tamaño industrial, jarras de agua rebosantes de cubitos de hielo y una pila de cristalería y tazas de té que habían sido organizadas en dos mesas.

—Mi personal se asegurará de que se rellenen regularmente —dijo. Se movió hacia una puerta cerrada junto a una de las mesas y le entregó una llave a Kay—. Usted y yo somos los únicos que tenemos llave de esta habitación. Adelante.

Abrió la puerta y los condujo a un gran espacio de conferencias con mesas y sillas dispuestas en filas. Cables de extensión de energía serpenteaban por la alfombra estampada, y una pizarra blanca y un proyector de transparencias habían sido dejados sobre una mesa en el extremo opuesto de la sala.

La luz se derramaba a través de las ventanas que bordeaban la pared a la izquierda de Kay, y ella parpadeó para ajustar su vista después del sombrío y desgastado pasillo del hotel.

—¿Será esto suficiente?

Se volvió hacia el gerente de turno. —Es perfecto, gracias. ¿Qué hay de las salas para entrevistas?

—Encontrará dos puertas más en el pasillo principal frente a las mesas de refrigerios. No se pueden cerrar con llave, pero tienen mesas, sillas y tomas de corriente para su equipo.

—Eso no importa; no dejaremos nada cuando terminemos esta tarde.

Tavistock juntó las manos. —Muy bien, bueno, si tiene todo lo que necesita…

—Sí, gracias.

Él asintió y luego salió apresuradamente de la habitación.

Kay giró sobre sus talones, preparándose mentalmente para la avalancha de un equipo de investigación ocupado descendiendo sobre la paz y la tranquilidad, luego se volvió hacia Barnes y Carys.

—Bien, vosotros dos, reunid a todos y empecemos, ¿de acuerdo?

———————

KAY OBSERVÓ a los oficiales uniformados salir de la habitación, una vez concluida la sesión informativa.

Cada uno llevaba una lista de empleados y contratistas del hotel que serían entrevistados durante las próximas horas, sus respuestas ingresadas en la base de datos HOLMES por Debbie West y dos de sus colegas que se sentaban más cerca de la pizarra con sus portátiles abiertos.

Kay esperaba que al filtrar la información a medida que se recibía de las entrevistas, el equipo tendría una ventaja inicial en procesarla toda cuando regresaran a la sala de incidentes en la comisaría de Maidstone el lunes por la mañana.

—¿Jefa? Carys y yo vamos a empezar a entrevistar a los profesores de actividades —dijo Gavin, colgando su chaqueta en el respaldo de una silla libre y arremangándose.

—Suena bien. Estaré aquí si me necesitáis. Barnes ha ido a hablar con los jardineros. ¿Con quién empezáis?

Carys consultó sus notas. —Marjory Phillips, dirige una escuela local de equitación y ofrece paseos a caballo para los huéspedes. Eso no se le ofreció a Clive Wallis y sus colegas según su itinerario, pero el sendero de equitación bordea la parte trasera de los terrenos del hotel, así que pensamos que sería mejor hablar con ella.

—Buen plan —dijo Kay.

—Gracias, y después tenemos a la mujer que dirige las clases de orientación —dijo Gavin.

Carys pasó la página de su portapapeles. —Finalmente, Kyle Craig. Dirige las clases de tiro con arco.

Eso debería llevarnos hasta la hora del almuerzo, y luego volveremos aquí para ver quién queda.

—Perfecto, gracias.

Kay los vio salir apresuradamente de la habitación, luego se apoyó contra uno de los escritorios e intentó relajarse.

CAPÍTULO 25

Gavin metió con cuidado el vehículo del cuerpo policial en el estacionamiento del hotel, exhalando mientras ponía el freno de mano. Se pasó una mano por la cara mientras arrancaba las llaves del encendido.

—Por Dios, ¿es posible que esa mujer sea aún más agotadora de tratar?

Carys se rio y dejó que su cinturón de seguridad se enrollara antes de abrir su puerta.

—Bueno, supongo que, si enseña orientación para este lugar, tiene que tener mucha energía. Esos grupos pueden ser muy intensos.

—Lo sé, pero sumado a la otra que dirige los establos, estoy agotado de escucharlas.

—Y yo pensando que eras un surfista súper en

forma. —Carys chasqueó la lengua—. Me has engañado.

Gavin puso los ojos en blanco y salió del coche, agitando el llavero por encima del hombro para cerrarlo y apresurándose para alcanzar a su colega.

—Es la cantidad de conversación lo que me resultó agotador. Si hubieran sido dos hombres, habríamos entrado y salido en media hora con cada uno, como máximo.

Carys entrecerró los ojos mirándolo.

—Sí, pero probablemente habríamos tenido que volver y pedir más información. Al menos de esta manera, tenemos dos entrevistas completas bajo el brazo. Útiles, además.

—Apuesto a que la del profesor de tiro con arco va más rápido.

Un autobús lleno de turistas abarrotaba el espacio de asfalto frente al edificio, el motor del vehículo hacía tictac mientras se enfriaba. Voces extranjeras llenaban el aire mientras cada persona intentaba localizar su maleta mientras un conductor exasperado trataba de dirigirlos hacia la zona de recepción.

Carys redujo la velocidad al acercarse a las puertas y frunció el ceño mientras leía los carteles al costado del edificio, cada uno apuntando en una dirección diferente.

—¿Por dónde queda el campo de tiro con arco?

—Está en la parte de atrás, hacia la izquierda. Vamos, será más rápido ir por fuera que abrirnos paso entre toda esta gente.

Ella se puso a su lado, y Gavin contuvo un zarcillo de glicina rebelde mientras avanzaban por un estrecho sendero junto al hotel.

—Gracias. ¿Has oído algo sobre el nuevo oficial?

—No, ¿y tú?

—Nada. No desde que Kay y Sharp entrevistaron a esos candidatos la semana pasada. Me dio la impresión de que no fue muy bien.

—¿Ah, sí?

—Dos eran de otras áreas, y uno estaba enamorado de Kay.

Gavin se rio.

—Apuesto a que eso cayó bien.

—Sí. Será raro tener a alguien más a bordo, ¿no crees?

—¿Después de todo lo que hemos pasado, quieres decir? Sí, lo será —hizo una pausa cuando llegaron al borde de una gran área de césped al final del camino y se volvió para mirarla—. ¿No te sentiste tentada a presentarte?

Carys frunció el ceño.

—Lo estuve, pero lo pensé mucho y creo que aún

no tengo suficiente experiencia. Si me presento a algo así, quiero saber que tengo buenas posibilidades, ¿sabes a qué me refiero?

Él asintió.

—Tiene sentido. Te felicito por tomar esa decisión. Sé cuánto quieres hacer de este trabajo una carrera a largo plazo. No sé si yo querría la responsabilidad extra, para ser honesto.

—Ah, ya verás lo que piensas cuando hayas sido agente un par de años más. Podrías cambiar de opinión.

—Tal vez. —Entrecerró los ojos bajo el sol brillante, luego señaló hacia donde una estructura baja tipo granero se elevaba sobre el césped en el extremo más alejado—. Ese debe ser el centro de tiro con arco.

Carys miró a ambos lados de donde estaban parados.

—¿Crees que es seguro cruzar?

—No hay dianas afuera. Te diré qué, tú ve delante y si veo volar alguna flecha, te diré que te agaches.

—Muy gracioso.

A medida que se acercaban, Gavin divisó una figura moviéndose dentro de la penumbra de la puerta principal del edificio, su rostro en sombras mientras trabajaba.

El hombre se enderezó cuando se acercaron, sus ojos

oscuros recorriendo a los dos detectives antes de apartar un mechón de cabello color maíz de sus ojos y asentir.

—Ustedes deben ser la policía, ¿verdad?

Gavin hizo las presentaciones.

—Veo que está ocupado, señor Craig, así que no le quitaremos mucho tiempo. Solo algunas preguntas rutinarias sobre uno de los huéspedes que se alojó aquí hace una semana.

Craig cambió su peso de un pie al otro, luego se dio la vuelta y colgó los arcos que había estado sosteniendo en un estante a la derecha de la puerta.

—No hay problema. ¿Qué quieren saber?

Carys le mostró una fotografía de Clive Wallis.

—¿Lo reconoce?

Craig miró la foto, pero no la tomó de ella.

—Sí, lo reconozco. Él y un grupo de otros pasaron una hora aquí a mediados de semana. El miércoles, si mal no recuerdo, aunque tendría que verificar las reservas. Algo así como una actividad para formar lazos de equipo. —Dio un paso atrás y frunció el ceño—. ¿Qué ha hecho?

—Está muerto —dijo Gavin.

—Maldita sea. Quiero decir, lo siento. ¿Cuándo?

—Eso es lo que estamos tratando de determinar —dijo Carys—. ¿Pasó mucho tiempo con él?

Craig se frotó la barbilla con una mano sucia.

—Solo tanto como con los demás. Un par de ellos habían probado el tiro con arco antes, así que pude dedicar más tiempo al resto del grupo para ponerlos al día. Probablemente solo hablé con él individualmente un par de veces.

—¿Qué le pareció? ¿Parecía preocupado por algo? —dijo Gavin.

—No, no realmente. —Señaló con el pulgar por encima del hombro—. Tenemos un refrigerador aquí para bebidas y cosas así. Con licencia, por supuesto, al estar en las instalaciones del hotel. A su hombre no parecía interesarle mucho las actividades. Parecía contento bebiendo cerveza y charlando con sus colegas. Aunque es una pena, parecía que le vendría bien un poco de ejercicio. Un tipo grande. No se veía muy saludable, aunque las mujeres del grupo parecían apreciarlo lo suficiente.

—¿Ah, sí?

Sonrió.

—Creo que se consideraba un poco mujeriego. Ciertamente las tenía cautivadas. Me costó bastante lograr que dispararan algunas flechas.

—¿Hubo problemas con alguien más del grupo?

—Ninguno que recuerde. Fue un grupo bastante

fácil de manejar, para ser honesto. Ojalá todos fueran así.

Gavin se giró y observó los terrenos a ambos lados del cobertizo. —Todo esto parece nuevo. ¿Cuánto tiempo llevan aquí?

—Unas dos semanas. Antes teníamos nuestro cobertizo allá, más adentro del bosque. Hay un claro por ahí, muy bonito. —Se encogió de hombros—. En fin, al hotel le va tan bien que han decidido ampliarlo. ¿Ve toda esa obra? Están despejando el terreno desde el extremo más alejado del edificio existente hasta donde termina el bosque aquí, y luego lo extenderán. He oído que van a poner una piscina climatizada y un spa, además de un lugar para bodas.

—¿Cuánto tiempo lleva trabajando aquí, señor Craig?

—Cerca de dos años y medio. Acababan de abrir cuando me hicieron la entrevista y estaban ansiosos por ofrecer diferentes actividades a los huéspedes. Yo ya había hecho esto antes cerca de Gloucestershire. Tan pronto como tuvieron los edificios anexos y todo listo para comenzar, empecé.

—Muy bien —dijo Gavin—. Creo que eso es todo por ahora. Gracias por su tiempo.

El profesor de tiro con arco levantó la mano en

señal de despedida y volvió a su trabajo, y Gavin encabezó el camino de regreso hacia el hotel.

—¿Ya tienes hambre? —preguntó Carys.

—Muero de hambre. Pero primero echemos un vistazo a ese sitio de construcción.

CAPÍTULO 26

Kay se levantó de su asiento, estiró los brazos por encima de la cabeza y reprimió un bostezo antes de llamar a Debbie por encima del hombro.

—¿Estarás bien aquí un rato? Voy a buscar algo de comer y a tomar un poco de aire fresco.

—No hay problema.

—Me aseguraré de que los del catering te traigan algo para que aguantes; por la forma en que algunos de esos agentes miraban la comida allá afuera, cualquiera diría que no han comido en un mes.

—Yo también me lo preguntaba. Pero no me pongas nada de ese pastel en el plato, ¿vale? Estoy intentando portarme bien, solo me queda un mes para mis vacaciones.

Kay abrió la puerta hacia el pasillo y evaluó la

variedad de comida que se había dispuesto en una segunda mesa junto a las bebidas sin alcohol y los termos de agua caliente.

Había acordado con Sharp que gastarían parte del presupuesto asignado en proporcionar comida al equipo de investigación en el hotel en lugar de enviarlos a buscar su propia comida.

Esto ayudaba a mantener el enfoque en completar las entrevistas a lo largo del día, y el equipo estaría menos inclinado a tomarse un descanso más largo de lo necesario.

Vio que se acercaba uno de los empleados del hotel y, después de asegurarse de que Debbie estaría bien atendida, cogió un plato para ella y lo llenó con una selección de sándwiches y frutas.

—Hazme sitio, algunos nos morimos de hambre.

Miró por encima del hombro al oír la voz de Barnes y sonrió. —¿Cómo ha ido tu mañana?

—No mal. —Bajó la voz mientras alcanzaba una porción de pastel—. ¿Quieres sentarte fuera? Hay menos posibilidades de que nos escuchen.

Hizo un gesto con la cabeza hacia el empleado que aún rondaba por allí, y ella asintió.

—Voy detrás de ti.

Al final del pasillo, Barnes abrió una puerta de

salida de emergencia a su derecha y la mantuvo abierta para ella.

Salió a un jardín sombreado en la parte trasera del hotel que les ofrecía una vista ininterrumpida del campo de golf.

Arbustos y helechos llenaban los bordes de flores contra la obra de ladrillo lisa del edificio, y árboles jóvenes recién plantados se mecían con la brisa y proporcionaban un poco de sombra sobre un grupo de mesas y sillas que se agrupaban en una esquina.

—Perfecto.

—Sí, yo pensé lo mismo. Lo vi mientras hablábamos con uno de los jardineros.

Apartó una silla metálica para ella junto a una mesa redonda, y comenzaron a devorar su comida.

—Dios, esto está genial —dijo Kay—. No quiero ni pensar cuánto le van a cobrar a Sharp por esto.

—Mejor que lo aprovechemos entonces. Podría ser la última vez que lo haga.

—Cierto.

—¿Qué te parece este caso, jefa? —dijo, limpiándose los dedos con una servilleta de papel.

Ella suspiró. —Sharp no deja de recordarme que aún es pronto y que no debería frustrarme, pero no puedo evitar sentir que va a ser una tarea larga. La prensa se va a dar un festín si no resolvemos esto rápido, Ian.

—No te asustes todavía; hace poco que hemos descubierto quién es nuestra primera víctima. Una vez que Harriet y Lucas puedan identificar a la segunda víctima, estaremos en mejor posición para ver si hay alguna conexión entre las dos.

Kay se limpió los labios y luego arrugó su servilleta sobre el plato y suspiró. —Qué manera tan horrible de morir; y Clive Wallis... no tenía a nadie que se preocupara por él. Todo parece bastante triste, ¿no?

Barnes le dio un suave puñetazo en el brazo. —Por eso nos tiene a nosotros. Lucharemos por él, ¿verdad?

Ella logró sonreír, entrecerrando los ojos bajo el brillante sol. —Verdad.

Barnes siguió su línea de visión y se protegió los ojos. —Caramba, esos dos sí que son entusiastas. ¿Han tenido algún descanso?

Kay observó cómo Carys y Gavin doblaban la esquina en el extremo opuesto del hotel y se dirigían hacia un montón de escombros en la parte trasera del edificio donde tres obreros estaban usando palas y picos para romper un viejo camino que llevaba a una zona boscosa.

—No creo —dijo ella—. Deben de haber vuelto de los establos hace siglos.

—Orientación después de eso, y luego tiro con arco, ¿no?

—Sí. ¿Cómo te fue esta mañana?

—El tipo que dirige el centro de golf no sirvió de mucho, pero me fue mejor con uno de los jardineros, Peter Radcliffe. Definitivamente recuerda haber visto a Wallis el miércoles por la tarde. Al parecer, solo jugaron nueve hoyos porque hacía mucho calor y llegaron demasiado tarde para hacer el recorrido completo. Dice que Wallis jugó bastante bien, parecía llevarse bien con sus colegas, y que incluso recordó agradecerle por el alquiler de los palos después. —Barnes sonrió—. Aparentemente, no todos los huéspedes son tan educados.

—¿Mencionó si vio a Wallis por la noche?

—No, se lo pregunté, pero solo trabaja hasta las seis. Iba con retraso limpiando después de que los últimos delegados hubieran dejado el campo, y se fue directamente a casa después.

Kay alcanzó el vaso de zumo de naranja que había traído afuera y dio un sorbo. —Empiezo a pensar que nos estamos agarrando a un clavo ardiendo.

—Sí, pero ya sabes cómo es esto. Podríamos escuchar algo que nos ayude. —Barnes extendió las manos ampliamente—. Quiero decir, mira este lugar. Si Wallis no fue a su habitación, podría haber estado en cualquier parte.

Kay se encogió de hombros, concediendo el punto.

—De acuerdo, pero ¿adónde fue?

CAPÍTULO 27

Trudy Evans se removió en el asiento frente a Kay y se ajustó el dobladillo de la falda.

—Nunca antes me habían entrevistado los policías —dijo, y soltó una risa nerviosa.

Kay ignoró el comentario mientras se apoyaba en el escritorio y esperaba a que Barnes pasara a una nueva página en su libreta.

Admiraba las habilidades de entrevista de su colega, Barnes era un investigador formidable. El ritmo de sus entrevistas lo hacía parecer tranquilo y sereno, aunque Kay sabía que, bajo esa fachada, el hombre estaba tan ansioso como ella por recorrer la lista de nombres y comenzar a extraer la información que podría llevarlos a su asesino.

Apresurarse no era una opción.

—Señora Evans, ¿cuánto tiempo lleva trabajando en el hotel? —preguntó Barnes.

—Oh, unos tres años. Desde que me mudé aquí desde Bristol. Se supone que solo trabajo a tiempo parcial, pero siempre hay algo que hacer.

Kay no dijo nada cuando la mujer le sonrió. No era su entrevista, y no quería alterar el equilibrio de la conversación.

Finalmente, la mujer volvió a mirar a Barnes, con la sonrisa desvaneciéndose.

—¿A qué hora comenzó su turno el miércoles? —preguntó él.

—Alrededor de las diez —respondió Trudy—. Normalmente somos dos en recepción, pero Bettina estaba ocupada ayudando a preparar una de las salas de reuniones, así que estuve sola hasta las cuatro.

—Entendemos que hubo una conferencia de negocios el miércoles y el jueves —dijo Barnes—. ¿A qué hora empezaron a llegar los delegados?

—Desde la una. Les digo, estuvo condenadamente movido. Ni siquiera tuve la oportunidad de ir al baño hasta las tres, y eso fue solo porque Kevin me cubrió durante diez minutos.

Barnes tomó una fotografía boca abajo de Clive Wallis de la mesa entre él y Trudy y la giró para que ella la viera.

—¿Reconoce a este hombre?

Trudy mantuvo las manos en su regazo, pero se inclinó para mirar la imagen. —Sí.

—¿Recuerda su nombre?

—Em, no, no puedo recordarlo. Eran tantos.

—No hay registro de su inscripción en las listas de alojamiento de ese día. ¿Tiene alguna idea de por qué?

La recepcionista frunció el ceño. —¿Tal vez no se alojó aquí?

—Si estaba asistiendo a una conferencia de dos días con socios comerciales, ¿sabe por qué no se quedaría? ¿Hubo algún problema con alguna de las habitaciones?

Trudy se mordió el labio inferior. —No que yo recuerde. No lo sé. Como dije, estaba muy ocupada. Tenía tipos mostrándome tarjetas de crédito por todos lados; todos llegaban en grupos de tres o más a la vez. —Soltó una risita—. Honestamente, en un momento pensé que se estaban reuniendo en el estacionamiento y esperando hasta que hubiera varios de ellos para hacerme la vida más difícil.

Ni Kay ni Barnes compartieron la broma, y la mujer se aclaró la garganta antes de señalar la fotografía.

—¿Hay algún problema? ¿Ha hecho algo malo?

—¿A qué hora terminó su turno? —preguntó Barnes.

—A las cuatro, cuando llegó mi reemplazo. Hicimos un traspaso que duró unos diez minutos; él nunca llega temprano, así que el traspaso siempre se hace en mi tiempo libre. Aunque nunca les cobro las horas extra.

Trudy apretó la mandíbula, como desafiando a Barnes a cuestionar su ética laboral.

—¿A qué hora salió del hotel?

—Alrededor de las seis, creo. Me detuve en el bar para tomar una copa y me puse a hablar con alguien.

—¿Con quién?

—Un tipo. Creo que podría haber estado en la conferencia, no estoy segura.

—¿Condujo a casa? —preguntó Barnes.

—Sí. Pero no estaba por encima del límite. Solo tomé una copa.

—¿A qué hora llegó a casa?

—Antes de las siete. —Trudy suspiró y se recostó en su asiento—. Los pies me estaban matando para entonces.

Barnes cerró su libreta de golpe. —Eso es todo, señora Evans. Nos pondremos en contacto si tenemos más preguntas.

Kay observó a la mujer salir de la habitación y

esperó hasta que cerró la puerta tras ella, luego se volvió hacia Barnes.

—No entiendo por qué no hay un registro de Wallis en ninguna parte de su sistema.

—Como ella dijo, estaba ocupada. Tal vez no ingresó sus datos correctamente en la computadora y no quiere meterse en problemas.

—Tal vez. ¿Alguna novedad con las cámaras de seguridad del hotel?

—Gavin está esperando noticias de la oficina central. Lo escalará si no lo tienen autorizado para cuando nos vayamos de aquí hoy. Planea revisar las grabaciones con un agente uniformado mañana.

—Está bien, bien. —Kay miró su reloj—. ¿Quién es esa Bettina que mencionó?

Barnes revisó la lista de nombres que les había dado el gerente de turno. —Bettina Merriweather. Es la supervisora de Trudy.

—De acuerdo. Hablemos con ella antes de hacer el informe y veamos si puede arrojar algo de luz sobre por qué ha desaparecido el registro de Wallis.

Diez minutos después, una mujer de aspecto eficiente con un uniforme similar al de Trudy Evans se sentó frente a Kay y resopló mientras Barnes la interrogaba sobre la información faltante.

—Lo siento mucho —dijo—. Hemos tenido problemas con la atención al detalle de Trudy bajo presión antes. Solo puedo suponer que con la cantidad de personas llegando al mismo tiempo, se puso nerviosa y cometió un error.

—Entendemos por Trudy que usted estaba ayudando a preparar una sala de conferencias para los delegados. ¿Eso es normalmente parte de sus funciones?

—Lo es en este momento. Estamos tan faltos de personal, ¿sabe? Creo que la popularidad del hotel tomó a los dueños por sorpresa. Están llevando a cabo una campaña de contratación en este momento, pero ya sabe cómo puede ser eso: para cuando hayamos revisado los currículos para encontrar candidatos para entrevistar, y luego hayamos pasado por esas entrevistas, podrían pasar semanas antes de que estemos enviando ofertas de trabajo.

Kay no comentó nada, pero habiendo participado en varias entrevistas en la última semana, podía empatizar con la frustración de la mujer.

—¿Tiene alguna otra forma de demostrar que Clive Wallis se alojó en el hotel esa noche? —preguntó Barnes—. Después de todo, a sus empleadores se les facturó por el contingente completo de delegados, así que debe haber un registro en alguna parte para él, ¿no?

La mujer frunció los labios.

—Me temo que no. Las facturas se envían automáticamente. A menos que el cliente nos contacte para avisar que alguien no vendrá y nos dé un aviso de veinticuatro horas para fines de catering, simplemente les cobramos el monto completo sin importar qué. Es su responsabilidad, no la nuestra. Quiero decir, si él hubiera elegido pagar su habitación con su propia tarjeta de crédito personal, sería un asunto diferente, pero no creo que lo haya hecho, ¿verdad?

—Muy bien, señora Merriweather —dijo Barnes—. Gracias por su tiempo hoy.

Ella asintió, se levantó de su asiento y se apresuró a salir de la habitación, alisándose el uniforme mientras desaparecía de la vista.

Kay gimió mientras alejaba su silla y estiraba la espalda.

—Reunamos a todos para una sesión informativa antes de volver a la estación. Tengo la sensación de que será una noche larga.

CAPÍTULO 28

Kay removió el contenido de un sobre de azúcar en su café y levantó la mirada cuando Sharp entró en la habitación.

—¿Cómo va todo?

—Lentamente. Hay café recién hecho allí si quieres uno.

Esperó mientras él se servía una taza de la pequeña cocina en la parte trasera de la sala de incidentes, luego reorganizó sus notas en el escritorio para hacerle espacio cuando él acercó una silla y se sentó.

—¿Qué opinas?

Se frotó el ojo derecho.

—Algo no cuadra. Tenemos evidencia de terceros (las cámaras en la carretera de doble sentido en

Beltring) que muestran claramente el coche de Clive en la carretera que pasa por aquí. Sus empleadores confirman que asistió a la conferencia; todos sus colegas confirman que estuvo aquí, y se le vio por la noche en el bar. A todos los efectos, se estaba hospedando aquí. —Pasó la mano sobre las páginas frente a ella—. El problema es que no hay ningún maldito registro de que tuviera una habitación.

—¿Con quién has hablado del hotel?

—Con la recepcionista que estaba trabajando cuando todos se registraron para la conferencia, Trudy Evans. No pudo explicar por qué faltaba el registro de Wallis, pero cuando hablamos con su supervisora resulta que no es la primera vez que ocurre.

—¿Qué hay de las clases que Wallis tomó mientras estuvo aquí? ¿Las actividades de equipo?

—Hemos hablado con el personal que dirige el campo de golf, la orientación, la equitación y el tiro con arco. El resto dirige negocios fuera de sus contratos con el hotel, así que no pudimos contactarlos hoy. Hay un mercado en el centro artesanal local donde muchos de ellos tienen sus negocios mañana por la mañana, así que iremos allí a primera hora y con suerte concluiremos las entrevistas allí.

—¿Alguna de esas personas tuvo contacto con nuestra víctima?

—El profesor de tiro con arco y el instructor de golf. Entrevistamos a los de orientación y equitación para descartarlos. Al menos estamos empezando a tener una mejor idea de los movimientos de Wallis mientras estuvo en el lugar.

Sharp tomó un sorbo de su café y dejó vagar su mirada sobre la documentación reunida.

En la esquina lejana, Debbie West estaba sentada en su escritorio, con su portátil abierto mientras terminaba de actualizar la base de datos HOLMES con los hallazgos del día, el *tac tac* de sus dedos en el teclado llegando hasta donde estaban sentados.

—La sede está presionando sobre volver a reunir al equipo de investigación allí —dijo Sharp—. Más recursos.

Kay arrugó la nariz.

—Más interferencia, también.

Él se encogió de hombros, concediendo el punto.

—Yo también preferiría que te quedaras en la comisaría, Hunter, pero necesitamos resultados. Algo que darles para mostrar que estamos progresando. ¿Hay algo en lo que pueda ayudar?

Ella negó con la cabeza.

—No, pero gracias. Gavin tiene las imágenes de las cámaras de seguridad del hotel, incluyendo el área de recepción. Puede que no tengamos un registro escrito de la estancia de Wallis allí, pero al menos podemos averiguar si simplemente se escapó de la red. Trudy Evans dijo que fue un caos cuando todos llegaron. Gav se ha llevado a un par de chicos a la sala de medios para revisar las cintas ahora.

Sharp miró su reloj.

—Eso le llevará unas horas.

—Por lo menos. Está planeando quedarse hasta tarde para revisarlas, así que le he dicho que puede empezar más tarde mañana. Necesito que este equipo esté alerta, jefe.

—De acuerdo. ¿Cómo lo está haciendo Barnes?

—¿Como segundo al mando, te refieres? Brillante, para ser honesta. Sé que puede ser un bromista, pero me ha impresionado esta última semana.

Sharp se pasó una mano por la mandíbula.

—¿Todavía no puedes convencerlo?

—Lamentablemente no, y no voy a presionarlo. Seamos realistas, el ascenso no es para todos. Parece bastante feliz en un papel de apoyo, y yo agradezco la ayuda.

—Leí tus notas sobre los candidatos.

—¿Y?

—Tengo que estar de acuerdo. No creo que hayamos encontrado el ajuste adecuado para este equipo todavía, y me resisto a traer a alguien a bordo solo por hacerlo. Sin embargo, me preocupa la carga de trabajo.

—Nos las arreglaremos. Siempre lo hacemos.

—Cierto. —Miró por encima del hombro cuando la puerta de la sala de incidentes se abrió y el equipo entró para la reunión informativa de la tarde—. Me quedaré para esto.

—Sin problema.

Kay esperó hasta que él se dirigió a su oficina y colgó su chaqueta en el respaldo de la puerta, luego agarró sus notas y se dirigió al frente de la sala.

Se detuvo en el escritorio de Carys, haciendo un gesto a la detective más joven para que esperara un momento.

—Vi que tú y Gavin ibais hacia las obras de construcción del hotel. ¿Algo de interés?

—No realmente. El profesor de tiro con arco con el que hablamos, Kyle Craig, dijo que el hotel se estaba expandiendo, y que algunos cobertizos y edificios anexos antiguos habían sido demolidos para dar paso a las nuevas construcciones. Pensamos en echar un vistazo por si podíamos encontrar algo, pero todo es escombros.

—¿No se está trabajando en ello?

—No en este momento; los hombres que estaban allí eran contratistas traídos para ordenar el lugar. Le pregunté a uno de los limpiadores sobre eso cuando volvíamos a la sala de conferencias, y dijo que toda la obra estaba detenida por el momento.

Se apresuraron hacia donde sus colegas estaban esperando cerca de la pizarra.

Kay se volvió para enfrentarse a todos.

—Muy bien, calmaos. Cuanto antes terminemos con esto, antes podréis iros a casa.

El alboroto se disipó hasta que solo un leve murmullo llenó el aire, entonces ella comenzó.

—En primer lugar, gracias por toda vuestra ayuda hoy; había muchas declaraciones que tomar, y habrá mucha información que correlacionar en los próximos días. Gavin y los agentes Stewart y Morrison están revisando actualmente las imágenes de las cámaras de seguridad y os informaremos tan pronto como tengamos algo que reportar al respecto. Tenemos una declaración de interés, de Trudy Evans, quien trabajaba en recepción el día que llegaron los delegados. Confirmó que reconoció a Wallis de la fotografía que proporcionamos, pero no puede explicar por qué sus datos no aparecen en el sistema de reservas del hotel.

—¿Error del usuario? —dijo Phillip Parker desde su posición en la parte trasera de la sala.

—Eso es lo que estamos pensando. Mañana, os enviaremos por parejas a entrevistar a las personas que proporcionan las actividades de ocio fuera del hotel. Hay bastantes de ellos asistiendo a este mercado en las instalaciones del centro de artesanía, así que quiero que estéis fuera a las siete en punto. Si llegáis más tarde, corremos el riesgo de recibir quejas por interrumpir el comercio habitual de la gente. Disculpas si planeabais dormir hasta tarde.

—Eso sería un lujo —dijo Barnes con un falso acento de Yorkshire, provocando una oleada de risas en la sala.

Kay esperó hasta que se calmaran. —He recibido noticias de Harriet de que su equipo debería obtener los resultados del laboratorio el lunes, así que con suerte podríamos tener un nombre para nuestra segunda víctima. Esperad una semana ocupada por delante, porque vamos a necesitar intentar vincular a las dos víctimas con su asesino. ¿Alguna pregunta?

Hizo una pausa, pero no hubo ninguna. —Bien. Idos a casa. Os veré en el centro de artesanía a las siete en punto. No lleguéis tarde.

CAPÍTULO 29

Kay apartó las sábanas y se frotó los ojos.

Había estado despierta durante las últimas dos horas, incapaz de dormir y sin querer despertar a Adam, que roncaba a su lado con el brazo sobre la cabeza, a pesar de la brillante luz del sol que se filtraba por un hueco en las cortinas.

Miró su reloj y suspiró, resignada al hecho de que solo había logrado descansar unas pocas horas, antes de ponerse unos pantalones cortos y una camiseta sin mangas y bajar las escaleras.

Bostezó mientras sacaba los granos de café del armario, luego cerró la puerta de la cocina para que el ruido de la molienda de los granos y las emisiones de vapor de la máquina no se escucharan arriba. La clínica no abriría ese día, y Adam había llegado a casa después de la medianoche tras una visita a una granja en las afueras de West Malling.

Lo dejaría dormir todo lo posible.

Una vez que el café estuvo listo y un rico aroma llenó la cocina, Kay se sirvió una taza grande y abrió la puerta trasera.

Misha emitió un balido lastimero desde detrás de su jaula de alambre, y Kay cruzó el césped descalza hasta donde la criatura en miniatura la miraba con ojos pálidos.

—Buenos días.

La cabra baló.

—Te dejaré salir un rato, pero mantente alejada de las hierbas, ¿de acuerdo?

Misha retrocedió dando saltitos, y Kay se rio.

Logró abrir el pestillo con una mano, luego se hizo a un lado mientras la cabra salía disparada del corral y trotaba alrededor del borde del césped, deteniéndose en diferentes arbustos para enterrar su cabeza entre las hojas e inhalar los diferentes aromas.

Con un ojo en el progreso de Misha, Kay regresó al patio y se hundió en una de las sillas, sorbiendo su café.

El mercado de agricultores en el centro de artesanía no comenzaría hasta dentro de hora y media y el tráfico sería ligero, así que se permitió un momento para relajarse.

Había dejado a Debbie a cargo de elaborar un cronograma para las entrevistas que debían realizarse, incluidos los puestos temporales que aparecían cada domingo, así como los arrendatarios permanentes del centro de artesanía.

Su mirada vagó por el césped hasta donde un macizo de flores explotaba de color, un legado del propietario anterior que era aficionado a las rosas. Se hizo una nota mental para quitar las flores marchitas de las plantas una noche después del trabajo para fomentar nuevas floraciones, luego miró por encima del hombro cuando se abrió la puerta trasera.

—Buenos días. El café está listo.

Apareció Adam, con una taza humeante ya en la mano y levantó un periódico. —Ya tengo, gracias. Esto acaba de llegar.

Colocó el periódico en la mesa junto a ella, luego se rio cuando Misha fue presa de un ataque de estornudos.

—Sí, bueno, eso es lo que obtienes por meter la cara en el huerto —dijo—. Ven aquí.

La cabra trotó hacia él y pasó sus dedos por su

pelo para aflojar las barbas que había recogido durante sus viajes por el jardín.

Kay echó un vistazo a los titulares impresos y se inclinó hacia adelante cuando un artículo hacia la parte inferior de la página llamó su atención.

La policía local no está más cerca de arrestar al asesino.

—Oh, genial.

—¿Qué?

Ella señaló con el dedo el titular. —Jonathan Aspley obviamente ha renunciado a obtener noticias de mí, así que ha escrito algo de todos modos.

Pasó la página. El reportero no había hecho más que regurgitar los hechos conocidos ya presentados a la prensa por el enlace de medios en la sede, y ella exhaló.

—¿Está todo bien?

—Sí, gracias a Dios. Tendré que hablar con Sharp sobre dar algo a la prensa. No esperarán para siempre, y no podemos arriesgarnos a especulaciones con este caso.

—¿A qué hora te vas al mercado?

—En unos treinta minutos, ¿por qué?

—¿Te importa si te acompaño? No me interpondré en el camino de tu equipo; podría dar una vuelta, ver si alguno de mis clientes está allí. Es un lugar popular, y sería bueno ver a algunos de ellos fuera del horario de consulta.

—Por supuesto que puedes venir. De hecho, sería agradable tener compañía.

—Genial. —Apuró su café—. Volveré a meter a Misha en su corral y podremos prepararnos para salir.

Misha baló mientras la llevaba hacia la cerca de alambre, y Kay se levantó de su silla, agarró el periódico de la mesa, luego lo enrolló y aplastó una avispa errante con él.

UNA HORA MÁS TARDE, estaban de pie junto a su coche en una zona sombreada de un estacionamiento de grava fuera de la entrada del centro de artesanía, junto a una fila de vehículos oficiales y modelos de propiedad privada.

El resto del equipo de detectives deambulaba con sus colegas después de saludar a Adam, y una vez que Kay comprobó que todos estaban presentes, se volvió hacia él.

Él sonrió. —Está bien, me apartaré de tu camino. Voy a ir a comprar algunas verduras para la cena de esta semana. Te veré más tarde, buena suerte.

Se alejó hacia el puesto de comida más cercano, y Kay volvió su atención a donde su equipo estaba congregado alrededor de sus diversos vehículos y les hizo señas para que se acercaran.

—Reuníos —dijo—. No voy a gritar porque no quiero que nadie más escuche esto. —Esperó mientras el equipo daba varios pasos hacia ella hasta que pudo hablarles en voz baja—. Para recapitular. El centro de artesanía está a menos de dos kilómetros del hotel en línea recta a través de ese bosque de allí. Estamos a unos seis kilómetros de donde se encontró el pie amputado de Wallis. Nuestros parámetros para las entrevistas de hoy incluyen determinar quién podría haber entrado en contacto con Wallis durante el transcurso del miércoles por la tarde y noche. Sabemos que todos los colegas de Clive Wallis participaron en un ejercicio para formar lazos de equipo con Derek Flinders, quien les enseñó cestería, pero Montgomery Fisher confirmó que esa actividad concluyó en dos horas. A sus empleados se les dio una hora para visitar las tiendas de artesanía en el sitio aquí antes de que su minibús los llevara de vuelta al hotel.

Revisó sus notas. —Debbie tiene aquí un paquete para cada uno de ustedes que contiene fotografías recientes de Clive Wallis. Estamos usando la del sitio web de su empleador en lugar de las proporcionadas por Lucas, por razones obvias. Si habláis con alguien que pueda arrojar luz sobre sus movimientos en la noche del miércoles, particularmente dónde se quedó, hacédmelo saber de inmediato. ¿Alguna pregunta?

—No, jefa.

—Todo bien, jefa.

—En ese caso, pongámonos en marcha. El mercado termina a las once, así que, si alguno de los puesteros de vuestra lista parece ocupado, tenéis tiempo de seguir adelante y volver más tarde. Queremos tratar de crear la menor interrupción posible, de lo contrario tendremos a los medios encima en un abrir y cerrar de ojos.

Observó cómo se dispersaban por el aparcamiento, luego se giró al sentir un codazo en el brazo.

Barnes sostenía una carpeta manila. —¿Te apetece acompañarme? Tengo que entrevistar a un escultor.

Ella sonrió. —Será mejor que lo haga. Dios sabe que no eres el tipo más culto por aquí, Ian.

—No me importa si realmente reconozco lo que están haciendo. Es cuando miro algo que no es más que un trozo de mármol o bronce que no logro emocionarme.

Kay se rio y lo siguió hasta la entrada del centro de artesanía. —¿A quién más tienes en tu lista?

—Travis Stevens. Herrero. Ahora, eso sí me gusta más.

—De acuerdo. Hablemos con él primero.

CAPÍTULO 30

Carys golpeó con los nudillos el revestimiento de chapa ondulada del cobertizo en el extremo más alejado del terreno ocupado por el centro de artesanía. Entrecerró los ojos para escudriñar el oscuro interior.

Desde donde ella y Gavin estaban, podía oír el raspado de un cincel, seguido de una maldición murmurada.

—¿Hola?

Un movimiento en la parte trasera del cobertizo captó su atención momentos antes de que una voz respondiera.

—Adelante, pasen.

Mientras ella guiaba el camino hacia el interior, el dulce aroma del aserrín tentó sus sentidos, recordándole las clases de carpintería en la escuela.

—Por aquí.

Motas de polvo llenaban el aire, girando en espiral en los rayos de sol que se filtraban a través de las ventanas toscamente cortadas en la parte superior de las paredes. Sus zapatos raspaban astillas y recortes de madera, y mientras sus ojos se adaptaban al espacio tenuemente iluminado, notó tablas pulcramente apiladas en montones ordenados.

—¿Puedo ayudarles?

Se volvió hacia la dirección de donde provenía la voz. Un hombre de mediana edad se erguía sobre ella, su línea de cabello en retroceso brillaba por el sudor. Se limpió las manos con una toalla, la suciedad y la grasa oscurecían el logo de un equipo de fútbol en el material, luego levantó una ceja cuando Gavin sacó su placa.

Carys se aclaró la garganta y mostró su propia placa antes de presentarse.

—¿Podría decirnos su nombre, por favor? —dijo Gavin.

—Derek Flinders. ¿Qué está pasando?

—Indagaciones rutinarias para una investigación en curso.

—Suena emocionante. ¿Qué necesitan saber?

Carys ignoró el destello de impaciencia en la

expresión de Gavin ante las palabras del otro hombre y señaló el banco de trabajo detrás de él.

—¿Qué es lo que hace aquí?

Él sonrió, se echó la toalla al hombro y cruzó los brazos. —Soy un flechero. Fabrico arcos y flechas, y a veces doy clases.

—¿Y suministra al centro de actividades del Hotel Belvedere?

—Ocasionalmente, sí.

—¿Con qué frecuencia? —dijo Gavin.

Flinders se encogió de hombros. —Tal vez una vez al mes. Obviamente, cuando abrió por primera vez, tuve un pedido de unos veinte arcos de diferentes longitudes y pesos. Ahora solo les proporciono reemplazos si algún huésped rompe uno.

Carys señaló hacia las herramientas que colgaban de ganchos en la pared del fondo. —¿Qué medidas de seguridad tiene aquí?

—¿Medidas de seguridad?

—Para evitar que alguien entre.

Se frotó la mandíbula. —Cierro con llave las puertas dobles por las que entraron hace un momento. Eso es todo, realmente. Las puertas principales del centro de artesanía las cierra quien sea el último en irse por la tarde. Todos tenemos una llave para el candado de esas.

—¿Alguna vez le han robado algo? —dijo Gavin, pasando una mano por el banco de trabajo.

—No. Nada de eso.

—Su acento. No es de por aquí, ¿verdad?

—Somerset. Crecí allí. Es un poco difícil perderlo después de cuarenta y tantos años.

—¿Cuánto tiempo lleva en Kent?

—Unos tres años, más o menos. Miren, ¿les importaría decirme de qué se trata todo esto?

Captando la mirada de Gavin, Carys sacó su libreta de su bolso junto con una fotografía de la primera víctima. —Estamos investigando el asesinato de un huésped del hotel, un hombre llamado Clive Wallis. Según nuestras fuentes, realizó un ejercicio para formar lazos de equipo con usted junto con algunos de sus colegas el miércoles pasado por la tarde.

Flinders arrugó la nariz. —Recuerdo al grupo, pero no puedo decir que lo recuerde a él. ¿Dicen que está muerto?

—Creemos que fue asesinado hace unos diez días —dijo Gavin—. ¿Dónde estaba usted la noche del miércoles hace dos semanas?

—Dios, no lo sé. —Se frotó la barbilla—. Esperen. Ya sé. Estaba preparándome para una visita de la escuela local a la mañana siguiente. De hecho, lleva mucho trabajo, especialmente asegurarse de que muchas de las herramientas más afiladas estén guardadas bajo llave.

—¿Había alguien más aquí con usted?

—Travis, que dirige la forja, debe haber estado aquí… sí, es cierto. Se fue unos quince minutos antes que yo y pasó a preguntarme si me encargaría de cerrar las puertas al salir.

Carys estiró el cuello y miró hacia las vigas. —¿No hay cámaras de seguridad?

Flinders sonrió y señaló las pilas de tablas de madera que bordeaban las paredes. —No hay mucho que robar.

—¿Tiene una camioneta, señor Flinders?

—No. Tengo un hatchback; de unos seis años.

Gavin señaló los arcos que habían sido colocados en el banco de trabajo. —Por curiosidad, ¿de dónde obtiene la madera para estos?

El orgullo se notó en la voz del hombre. —Todo es de origen local, del bosque que nos rodea aquí. Lo talo durante los meses de invierno, dejo que se seque, y luego durante el verano puedo empezar a hacer los arcos.

—¿Hace algo más? —dijo Carys.

—Claro. Por aquí.

Los condujo al otro lado del taller y luego se hizo

a un lado para dejarlos pasar.

Incluso Gavin fue incapaz de contener un silbido al ver la artesanía ante él. Carys recorrió con la mirada la colección de cestas para leña, pérgolas y obeliscos para plantas trepadoras, y se maravilló con la complejidad del trabajo.

—Esto es maravilloso.

—Gracias.

—¿Cuánto tiempo le lleva hacer algo como eso? —dijo Gavin, señalando un enrejado ornamentado.

Flinders se encogió de hombros, con una sonrisa tirando de la comisura de su boca. —Depende de cuántas interrupciones tenga durante el día. Normalmente tres días, entre otras cosas. Podría hacerlo más rápido, pero entonces no duraría tanto, y prefiero que mis clientes me recomienden.

Carys tocó a Gavin en el brazo y le indicó que habían terminado. —Puedo captar la indirecta. Nos quitaremos de su camino.

Él sonrió. —No hay problema, y si pudiera hacer una sugerencia…

Carys entrecerró los ojos. —¿Cuál es?

—Prueben los perritos calientes en el puesto de Alan Marchant; usa carne orgánica. Son las mejores salchichas que encontrarán a este lado de Speldhurst.

Gavin miró a Carys y levantó una ceja. —Sería una pena no hacerlo, ¿no crees, agente Miles?

—Suena como un buen plan. Gracias, señor Flinders.

CAPÍTULO 31

Kay retrocedió ante el calor salvaje que emanaba del extremo lejano del establo reconvertido. Parpadeó para sacarse el hollín del ojo y escudriñó el interior lleno de humo.

Un estruendo de metal contra metal llenaba el espacio, y Barnes tuvo que llamar dos veces antes de que el alboroto cesara.

—¿Hola?

—¿Podemos hablar un momento? —dijo Kay, esforzándose por ver al dueño de la voz dentro del oscuro interior del edificio contra el resplandor naranja del fuego de la forja.

Un perro se acercó hacia ellos, su pelaje gris moteado en marcado contraste con sus brillantes ojos azules.

Kay se inclinó y automáticamente lo acarició entre las orejas, luego se enderezó cuando un hombre se acercó, con el pelo rubio por el sol atado en una coleta y vistiendo una camiseta negra sobre unos vaqueros rotos. Se limpió la frente con la muñeca.

—¿Puedo ayudarles?

Barnes ya tenía su placa fuera y la sostuvo bajo la nariz del hombre.

—Estamos investigando la muerte de un huésped en el Hotel Belvedere y entendemos que visitó el centro de artesanía con sus compañeros de trabajo la semana pasada. ¿Usted es?

—Travis Stevens. ¿Es el tipo del que oí hablar en las noticias?

—Sí. ¿Alguien más trabaja aquí con usted?

El herrero soltó una risa ahogada.

—No, no puedo permitirme emplear a nadie más.

Kay se presentó, luego echó un vistazo a la multitud de personas que había comenzado a llenar el área fuera de la forja.

—Parece concurrido.

—Sí, bueno, los domingos suelen serlo. Gracias al mercado, ya sabe. Durante la semana es un poco diferente.

—¿Cómo se mantiene a flote su negocio?

—Encargos, principalmente. ¿Han conocido a Marjory Phillips? Dirige el centro local de equitación.

Kay asintió.

—Mis colegas hablaron con ella, como parte de nuestra investigación.

—Sí, bueno, yo me encargo de todos sus caballos. Además, hago puertas de jardín, ornamentos para chimeneas, ese tipo de cosas.

Barnes recitó su introducción estándar sobre la investigación.

—¿Dónde estaba las noches en cuestión?

Stevens señaló con la cabeza hacia la forja.

—Trabajando hasta tarde, hasta las ocho más o menos. A veces pasa así, cuando las cosas van bien y has cogido ritmo, no tiene sentido parar. —Una sonrisa se dibujó en la comisura de su boca—. No es como si el metal fuera a quedarse sentado esperando.

Sus ojos marrones brillaron, y Kay se alegró de que Carys no hubiera optado por entrevistar al herrero. No conseguiría sacarle una palabra coherente durante días una vez que hubiera puesto sus ojos en el hombre.

—¿Podemos echar un vistazo dentro? —dijo ella.

—Claro. Eso sí, manténganse alejados de la forja. Está caliente.

Les guiñó un ojo y luego les hizo un gesto para que lo siguieran al interior del edificio.

Kay aflojó los puños de su camisa y se arremangó para tratar de aliviar el repentino aumento de temperatura, luego dirigió su atención a los productos que se exhibían en estanterías en el lado izquierdo del espacio de trabajo.

—Esperen. Encenderé las luces —dijo Stevens.

Una hilera de focos se encendió sobre las estanterías, y ella dio un paso atrás para admirar el trabajo del hombre.

Sus ojos se posaron en una fila de cuchillos sellados dentro de una vitrina de cristal.

—¿Cómo están asegurados estos?

Stevens se acercó a donde ella estaba, luego alcanzó el lado derecho de la vitrina y le hizo un gesto para que mirara. Sostuvo un candado fijado a un bucle de metal en el lateral del armario de exhibición.

—Yo tengo la única llave.

Ella asintió, luego sacó su libreta mientras Barnes observaba las pesadas herramientas que colgaban de un estante cerca de las llamas.

—¿Dónde vive exactamente, señor Stevens?

—Cerca de Biddenden. Mis padres tienen una pequeña granja por esa zona.

—Y, ¿cómo se convirtió en herrero?

Señaló el trozo de metal que yacía en el banco.

—¿Les importa si trabajo mientras hablamos?

—Ya casi hemos terminado. ¿Podría responder a la pregunta, por favor?

Se encogió de hombros.

—No era muy bueno en la escuela. En realidad, eso no es estrictamente cierto: no me interesaba lo que intentaban enseñarme. Mi padre estaba preocupado de que acabara metiéndome en problemas, así que me consiguió un trabajo a tiempo parcial con un herrador local. Me encantó. Me hice cargo de su negocio cuando se jubiló hace unos seis años. Esperen, tengo que usar los fuelles, si no este fuego se va a apagar.

Les dirigió una sonrisa de disculpa, pasó junto a ella y se dirigió a grandes zancadas hacia la forja.

Kay y Barnes lo siguieron.

—¿Qué usa como combustible? —dijo ella.

—Madera. El truco está en mantener el carbón caliente. La madera de avellano funciona mejor para la herrería, porque arde a una temperatura más alta. Me da tiempo a hacer lo mío y no desperdicia combustible de esa manera.

Esperaron mientras él atendía las llamas. Una vez satisfecho con el fuego, se alejó y se limpió las manos.

—Lo siento. La chimenea necesita limpieza, así que a veces puede ser un poco temperamental.

—Cuando recibe visitantes del hotel, ¿qué tipo de actividades les ofrece? ¿Tienen la oportunidad de hacer algo ellos mismos?

—No, para empezar, mi seguro se dispararía. Les doy una charla interactiva, hablo sobre la historia del lugar y luego les muestro cómo hago algo simple como un atizador ornamental o un cuchillo, ese tipo de cosas.

—¿Qué vehículo conduce?

—Esa furgoneta destartalada de ahí fuera. Tiene unos noventa mil kilómetros y probablemente me durará otros dos años si tengo suerte.

Kay cerró su libreta de golpe, luego le entregó a Stevens una de sus tarjetas de visita.

—Muy bien. Gracias por su tiempo. Si se le ocurre algo que pueda ayudar en nuestras investigaciones, mi número y dirección de correo electrónico están ahí.

—De acuerdo.

Kay asintió al herrero, luego guio el camino de vuelta a través del establo reconvertido y salió al aire fresco.

Barnes sacó un pañuelo de algodón de su bolsillo y se secó la frente, entornando los ojos mientras se adaptaban a la brillante luz del sol después de la penumbra de la forja.

—Entonces, ¿qué te pareció Thor? ¿Viste los bordes serrados de los cuchillos que tenía en exhibición?

—Sí. —Kay miró por encima de su hombro al oír el sonido del martillo golpeando el metal una vez más, la silueta de Stevens destacaba contra las llamas que rugían en el fuego detrás de él—. Elévalo a persona de interés, Ian. Mantengámoslo vigilado.

—Anotado. ¿Quién sigue?

Kay revisó sus notas, luego señaló a través del bloque de edificios en forma de U hacia un taller en el extremo más alejado.

—Janice Upton. Tu escultora.

Barnes hizo una mueca.

—Otra persona con acceso a objetos punzantes y afilados. Este lugar está lleno de ellos.

CAPÍTULO 32

Un flujo constante de vehículos comenzaba a filtrarse por la salida del centro de artesanías. Kay caminó hacia una esquina sombreada del estacionamiento para unirse al grupo de oficiales uniformados que esperaban allí.

—Gracias a todos —dijo—. Aprecio su tiempo esta mañana. ¿Todos han entregado sus declaraciones a Debbie?

Un murmullo se extendió sobre ella.

—Bien. ¿Algo urgente que no pueda esperar hasta mañana? —Nadie alzó la voz—. De acuerdo, vayan a casa y disfruten el resto de su domingo. Reunión informativa a las ocho y media mañana.

Los oficiales se dirigieron hacia sus propios vehículos, aflojándose las corbatas y quitándose las chaquetas mientras se relajaban. Kay se volvió hacia su colega.

—Carys, ¿has visto a Barnes y Piper?

Carys sonrió y señaló hacia la entrada del mercado, donde una fila de personas esperaba junto a un puesto de colores brillantes del que se elevaba humo.

—Prueba en el puesto de perritos calientes.

Kay puso los ojos en blanco. —Debí imaginarlo. Nos vemos mañana por la mañana.

—Allí estaré, jefa.

Kay se subió el bolso por el brazo, luego caminó a través de la hierba alta hacia su coche y abrió la puerta trasera. Se quitó la chaqueta, cambió sus zapatos de trabajo por sandalias, arrojó la ropa descartada en el asiento trasero, volvió a cerrar el vehículo y se dirigió de nuevo al centro de artesanías.

Se quitó las gafas de sol de la cabeza mientras caminaba, maldiciendo por lo bajo cuando su cabello se enganchó en la bisagra metálica de un lado, luego pasó la mano por su pelo para alisarlo y se colocó las gafas de sol sobre la nariz.

A pesar de ser media mañana, el mercado aún estaba concurrido y recordó el comentario de Travis Stevens sobre la popularidad del centro de artesanías.

No pudo evitar que una sonrisa se dibujara en sus labios mientras se acercaba.

Barnes, Gavin y Adam estaban todos de pie junto al puesto, con servilletas en las manos mientras devoraban cada uno un perrito caliente, con los ojos fijos en su comida.

—Espero que me hayan comprado uno —dijo.

Adam miró por encima del hombro, sonrojándose mientras se limpiaba la boca. —Pensamos que aún tardarías un rato.

—Os he pillado con las manos en la masa. —Rechazó con un gesto la oferta del resto de su comida —. Está bien, estoy bromeando. Supongo que están buenos, ¿no?

—Los mejores que he probado —dijo Gavin—. El tipo que hace los arcos para las clases de tiro con arco en el hotel los recomendó; tiene un puesto aquí vendiendo cestas tejidas y cosas así.

—¿Una mañana productiva? —dijo Adam.

Ella suspiró. —No estoy segura. Eso espero. Quiero decir, Wallis estaba en el hotel, hay gente aquí que tiene conexiones con el hotel, se anima a los huéspedes a venir aquí y gastar dinero para impulsar la economía local… —Se detuvo, abrumada por la tarea que se había impuesto a sí misma y a su equipo.

—Proceso de eliminación, jefa —dijo Gavin, su

entusiasmo prestando un tono emocionado a su voz
—. Simplemente necesitamos reducirlo todo hasta
que tengamos un grupo potencial de sospechosos,
¿verdad?

Ella sonrió; era difícil no hacerlo, tal era su
perspectiva positiva. —Tienes razón, Piper. Proceso
de eliminación.

Kay miró por encima del hombro de Adam y
observó la cola del puesto de perritos calientes. —
Parece que son populares. Supongo que habéis entrevistado al dueño, ¿no?

—Sí —dijo Barnes con la boca llena. Tragó—.
Alan Marchant. Carnicero orgánico. Lleva el negocio
aquí desde hace dos años. Trabaja con las granjas
locales.

—¿Alguna conexión con el hotel?

—Ninguna. —Se metió el último trozo de perrito
caliente en la boca y se relamió los labios—. Aunque
puedo volver a entrevistarlo si quieres.

—Muy gracioso. Solo porque quieres un segundo
perrito caliente.

—Te han pillado, Ian —dijo Adam, y se rio.

CAPÍTULO 33

Kay sostuvo la puerta abierta para Sharp y luego se apresuró hacia su escritorio mientras él se dirigía a su oficina a la mañana siguiente.

La reunión en la jefatura había durado más de lo que había anticipado, a pesar de haber comenzado a las siete y media. Sin embargo, la mujer del equipo de enlace con los medios de la Policía de Kent con la que habían hablado los había impresionado a ambos con su propuesta sobre cómo manejar la afluencia de consultas de la prensa que la investigación estaba generando, así como el uso de los medios para aumentar la conciencia pública sobre la tarea monumental que enfrentaban.

Al menos no tendría que lidiar con Jonathan Aspley en el futuro previsible. Al reportero se le había dado la exclusiva de revelar el nombre de Clive Wallis horas antes que otros medios de comunicación como una forma de acallar sus protestas.

Kay había salido del edificio en Sutton Road con una determinación renovada: todos querían resultados, y rápido, pero no podía evitar sentir que ella y Sharp eran los únicos enfocados en detener a su asesino, en lugar de impulsar las calificaciones de relaciones públicas.

Carys le entregó una taza de café, y Kay miró su reloj.

—Te quedan otros cinco minutos antes de que comience la reunión informativa —dijo Carys—. Tómate un respiro. No nos vamos a ir a ninguna parte.

—Gracias.

Kay se hundió en su asiento y tomó un sorbo de café, luego echó un vistazo al flujo de correos electrónicos que atascaban su buzón y gimió.

Además de la investigación importante que estaba dirigiendo, se esperaba que continuara gestionando otros casos que le habían delegado sus superiores. A pesar de la experiencia de los detectives a los que había asignado tareas durante la semana pasada, seguía siendo responsable del resultado de sus investigaciones.

En algún momento, tendría que pasar tiempo con cada uno de ellos para obtener una actualización y brindar apoyo.

Suspiró, bloqueó la pantalla de su ordenador, empujó su silla hacia atrás y se asomó por el marco de la puerta a la oficina de Sharp. Vio que tenía el teléfono en la oreja y le hizo señas de que estaba a punto de comenzar la reunión informativa del día.

Él levantó un dedo y ella asintió antes de retirarse a su escritorio para recoger sus notas.

Ambos eran conscientes de que ella era más que capaz de manejar el caso por sí sola, pero valoraba su aporte.

Mientras caminaba hacia la pizarra, un flujo constante de policías uniformados comenzó a serpentear entre los escritorios, comparando notas y arrastrando sillas adicionales hacia donde ella esperaba que las conversaciones se apagaran.

Abrió la carpeta de manila, sacó cuatro fotografías y las fijó en el centro de la pizarra antes de volverse hacia sus colegas.

—Basándose en las entrevistas del fin de semana, Debbie y su equipo han terminado de actualizar HOLMES para que podáis revisar aquellas en las que no estuvisteis presentes. Quiero que todos hagáis eso después de que concluya esta reunión informativa.

Estas personas son nuestras personas de interés. —Señaló la primera de las fotografías—. Trudy Evans, trabajando en la recepción del hotel cuando Wallis se habría registrado. Sin embargo, no hay nada en el sistema que diga que se quedó allí. Podría ser un error en el sistema, pero aún no lo hemos descartado. A continuación, las tres personas que tienen negocios en el centro de artesanía y acceso a implementos afilados que podrían ser nuestra arma homicida: Alan Marchant, el carnicero orgánico, Derek Flinders, que hace los arcos para el centro de actividades del hotel, y Travis Stevens, un herrero. Carys y Gavin, trabajad con Debbie y Parker para elaborar un perfil de cada uno de ellos.

—Sí, jefa.

—Lo haremos, jefa.

Miró hacia donde Sharp se apoyaba contra un archivador, y él le hizo un gesto para que continuara.

—Gavin, ¿cómo vamos con respecto a la camioneta que se vio en la cámara de seguridad de David Carter?

—He recibido una respuesta de la Agencia de Licencias de Conducir y Vehículos, pero no tienen registro de que ese vehículo haya sido matriculado en el último año. Tampoco ha sido registrado como robado en nuestra base de datos HOLMES. Estoy trabajando con Morrison y Stewart para determinar si había sido registrado para chatarra; te lo haré saber tan pronto como tenga noticias.

Kay hojeó sus notas, luego levantó la cabeza cuando sonó un teléfono.

Debbie agarró el receptor de su base, luego cubrió el auricular con la mano. —Es Lucas, para ti. Dice que tiene algunos resultados sobre la segunda víctima.

—Lo atenderemos en mi oficina —dijo Sharp, haciendo señas a Kay para que se uniera a él.

—Muy bien, todos. Tenéis vuestras tareas para esta mañana. Tendremos otra reunión informativa a las cuatro en punto hoy. Mientras tanto, ya sabéis dónde estoy si me necesitáis.

Se apresuró hacia la oficina de Sharp, cerrando la puerta detrás de ella y acomodándose en la silla para visitantes junto al escritorio de Sharp.

Él conectó la llamada, ajustó el volumen y luego sacó un bloc de notas de la bandeja superior de su escritorio.

—Adelante, Lucas. Te tengo en altavoz, y Kay está aquí conmigo. ¿Qué tienes para nosotros?

—Bueno, como sabéis, no teníamos mucho con qué trabajar para identificar a su segunda víctima. Los huesos estaban tan quemados que no pudimos extraer ADN de ninguno de ellos. Sin embargo, nos fue un poco mejor con el cráneo. Debido a la forma en que el esmalte protege la pulpa de los diente, pudimos extraer una muestra de uno de ellos. Los resultados llegaron esta mañana.

Kay se inclinó hacia adelante para que Lucas la escuchara mejor. —¿Pudieron determinar una edad a partir de los huesos?

—No —dijo el patólogo—. Lo que podemos decirles es que es un hombre adulto, a juzgar por el tamaño de los molares. No coincide con el ADN de Clive Wallis. No sé si han tenido la oportunidad de hablar con Harriet todavía, pero me puse al día con ella esta mañana y su equipo puede confirmar que no había restos de más víctimas dentro del vertedero.

—¿Qué hay del arma? ¿Se usó la misma arma en ambas víctimas? —dijo Kay.

—No tengo nada que muestre cómo fue asesinada cada una de las víctimas —dijo Lucas—, pero la misma hoja se usó para cortar los cuerpos. La acción de serrar es la misma, en el sentido de que las crestas en los extremos de los huesos son idénticas tanto para la primera víctima como para la segunda. Desafortunadamente, algunos de los huesos se astillaron durante el transporte; están demasiado frágiles por haber sido quemados, así que no puedo decirles más, lo siento.

Sharp terminó de escribir y arrojó su bolígrafo. —Si puedes enviar tu informe, haremos que el equipo pase los resultados por el sistema para ver si podemos obtener una coincidencia de ADN con los registros en la base de datos de personas desaparecidas.

—Lo tendrán en los próximos cinco minutos.

—Gracias.

Sharp terminó la llamada y se recostó en su silla con un suspiro.

—Sin querer sonar insensible, esperemos que este tenga una familia para que podamos averiguar exactamente qué estaba haciendo antes de desaparecer.

Kay frunció los labios antes de hablar. —No estoy deseando decirles cómo murió, jefe.

CAPÍTULO 34

Kay caminaba de un lado a otro en la sala de incidentes frente a la pizarra blanca e intentaba contener su frustración.

Dos asesinatos, y nada que los vinculara con ninguno de los casos sin resolver del condado.

Golpeó el extremo del bolígrafo contra su barbilla y echó un vistazo a las fotografías que habían sido recopiladas. Tal vez debería estar agradecida de que su asesino hubiera hecho una pausa en su matanza, pero también le preocupaba.

Alguien tan calculador, tan cuidadoso en cubrir sus huellas, seguramente volvería a matar.

Pero ¿cuándo? ¿Y por qué?

Arrojó el bolígrafo sobre la mesa junto a la pizarra

blanca y se dirigió de vuelta a su escritorio, resignada a que no iba a llegar a ninguna parte mirando las fotografías. En su lugar, decidió limpiar la mitad de sus correos electrónicos para darle un descanso a su mente.

A veces funcionaba.

Media hora después, archivó la última de sus respuestas y dirigió sus pensamientos a subir por Gabriels Hill para comprar un café decente en la cafetería favorita del equipo.

Antes de que pudiera decidirse, vio a Gavin apresurándose hacia ella.

—¿Jefa? Creo que tengo algo.

—¿Es contagioso? —dijo Barnes.

Gavin puso los ojos en blanco y volvió su atención a Kay.

—No, me refiero a algo sobre el caso.

—Continúa —dijo ella, y miró fijamente a Barnes.

—Estaba pensando en el motivo de alguien en el centro de artesanía. Es decir, el lugar está a un par de kilómetros del hotel y solo está conectado por bosque, así que ¿qué podrían haber hecho Wallis y nuestra segunda víctima para atraer la atención de nuestro asesino, no?

—Cierto.

Gavin señaló su ordenador.

—¿Puedo?

—Adelante.

Kay clavó sus tacones en la delgada alfombra y empujó su silla hacia atrás, mientras Gavin se movía alrededor del escritorio y agarraba el ratón de su ordenador.

Abrió el navegador web y escribió la dirección del sitio web de un periódico local. Mientras se desplazaba por las historias archivadas, murmuró un gruñido de satisfacción y se volvió hacia ella.

—Echa un vistazo a esto.

Interesado, Barnes empujó su silla hacia atrás y se movió para unirse a ellos.

Kay se inclinó y leyó el artículo.

—Maldita sea —dijo Barnes—. Ahí tienes tu motivo.

—Aquí dice que "grupos ambientalistas locales han organizado protestas en las últimas semanas contra la expansión adicional del complejo hotelero, argumentando que destruirá el bosque local que ha sido de gran interés para los ecologistas durante muchas décadas"... Espera —dijo Kay—, Wallis nunca tuvo nada que ver con grupos ecologistas.

Además, ¿no hablaste con alguien en el hotel sobre las obras de construcción?

—Nos dijeron que estaban detenidas.

—¿Cómo es eso?

—Uno de los jardineros con el que hablamos en el hotel dijo que se habían quedado sin dinero y los propietarios habían pospuesto los planes hasta el próximo año.

—¿Quién te lo mencionó en primer lugar?

—Kyle Craig, el instructor de tiro con arco, mencionó que el hotel ya había sido ampliado: algunos cobertizos y edificios anexos viejos fueron demolidos a finales del mes pasado.

—¿Notaste algo sospechoso cuando investigaste las actividades de construcción?

—No, había un montón de escombros allí, que el jardinero nos dijo que eran de un muro divisorio entre el campo de golf y los edificios anexos, pero eso era todo. Lo que pasa es que estaba pensando, ¿y si alguien no quería que la expansión del hotel se llevara a cabo? Ya ha habido algunas protestas de grupos ambientalistas sobre la invasión de las obras planificadas en el bosque más allá del límite. Si la reputación del hotel se dañara, las reservas disminuirían y no podrían permitirse las obras de expansión.

Kay se enderezó, sus ojos cayendo sobre las fotografías fijadas en la pizarra blanca.

—Antes de sacar conclusiones, quiero que todos profundicen más en los antecedentes de nuestras personas de interés. Específicamente, averigüen si alguno de ellos tiene vínculos con los grupos ambientalistas locales que han estado protestando por las obras. Haz que Carys y Debbie te ayuden a darme una actualización mañana por la mañana.

—De acuerdo.

Barnes esperó hasta que Gavin hubiera regresado a su escritorio, luego se inclinó hacia adelante y bajó la voz.

—Matar a dos hombres inocentes para probar un punto sobre un problema ambiental parece extremo, jefa.

—Lo sé, pero en ausencia de otros motivos o ideas, al menos necesitamos eliminarlo. Hazme un favor: investiga la historia del sitio, aprobaciones de planificación, permisos de construcción, ese tipo de cosas. Mira si hubo algún problema que surgió cuando el hotel fue aprobado por primera vez para ser construido, y si alguien con quien hemos hablado en la última semana estuvo involucrado.

Kay se giró al oír su nombre.

Carys empujó su silla hacia atrás desde su

escritorio y se apresuró a acercarse, con su teléfono móvil en la mano.

—Creo que lo he encontrado: la segunda víctima.

—¿Quién es? —dijo Sharp, uniéndose a ellos desde su oficina.

—Un hombre llamado Rupert Blacklock. No apareció en nuestro radar porque es de Cardiff. Ha estado desaparecido durante seis meses. Su esposa e hijos en Gales han estado absolutamente frenéticos; al parecer, su desaparición fue completamente fuera de lo común. Acabo de recibir una llamada telefónica de la policía de Cardiff a raíz de un correo electrónico que envié anoche pidiendo a otras fuerzas policiales que revisaran sus registros para nosotros.

—¿Qué estaba haciendo en Kent? —dijo Kay.

—Es vendedor —dijo Carys—. Trabajaba para una empresa que se especializa en equipos de cocina comercial. Para hoteles.

Kay sintió una chispa de emoción ante las palabras de Carys.

—Ponte en contacto con sus empleadores y obtén una copia de su agenda y sus últimos movimientos conocidos.

—Lo haré, jefa.

Kay esperó hasta que Carys hubiera regresado a su escritorio, luego se volvió hacia Sharp.

—Dos víctimas. Mismo hotel. Demasiada coincidencia, ¿no crees?

—Yo diría que sí. Será mejor que tú y Barnes vayan allí y tengan otra conversación con el gerente.

CAPÍTULO 35

A la mañana siguiente, Kay se desabrochó el cinturón de seguridad en cuanto Barnes giró el vehículo hacia un espacio de estacionamiento libre, y luego se dirigió hacia las puertas de recepción.

Reconoció a la mujer detrás del mostrador de las entrevistas que habían realizado el sábado, pero no podía recordar su nombre. Automáticamente, mostró su placa.

—Necesitamos ver a Kevin Tavistock, ahora.

La mujer palideció, pero alargó la mano hacia el teléfono frente a ella, marcó una secuencia de cuatro números y se llevó el auricular al oído, sin apartar los ojos de Kay y Barnes. Murmuró algo al teléfono y luego lo colgó.

—Estará con ustedes en un par de minutos. ¿Les gustaría tomar asiento?

—No, gracias. Esperaremos aquí.

Kay le dio la espalda a la mujer mientras Barnes sacaba su libreta de la chaqueta y pasaba las páginas hasta encontrar lo que buscaba.

—Bien —murmuró—. Según su esposa, Rupert Blacklock tenía previsto pasar la noche aquí cuando desapareció. Ella dice que la llamó después de regresar de cenar esa noche y le dijo que planeaba acostarse temprano debido al viaje de regreso a casa temprano al día siguiente. Se dio la alarma cuando no se presentó a una reunión que tenía programada en Swindon a las once en punto de camino a casa. Cuando no había aparecido en Cardiff a las nueve de la noche, su esposa se puso en contacto con la policía local.

—¿Los uniformados locales contactaron con el hotel?

—Sí, pero no tenemos nota de lo que se dijo. El único registro introducido en HOLMES es para indicar que la llamada telefónica se realizó como una consulta rutinaria antes de que se publicara formalmente la información de personas desaparecidas. Siguieron el procedimiento y tomaron una muestra de

ADN del cepillo de dientes que Blacklock dejó en casa.

La atención de Kay se dirigió hacia una puerta que se abría detrás de Barnes, y apareció Kevin Tavistock, enderezándose la corbata mientras se acercaba.

—Detectives. No esperaba verlos de vuelta tan pronto.

—Gracias por recibirnos con tan poca antelación. ¿Hay algún lugar donde podamos hablar en privado?

—Están de suerte. No tenemos conferencias hoy, así que podemos usar una de las salas de reuniones.

—Guíenos.

Kay y Barnes siguieron al gerente de turno. Se detuvo junto a una puerta cerrada, llamó una vez y luego asomó la cabeza por el marco de la puerta antes de volverse hacia ellos.

—Todo despejado. Podemos usar esta.

Mientras él encendía las luces, Kay y Barnes tomaron asiento en un lado de la mesa y esperaron a que se uniera a ellos. Cuando se sentó, Kay comenzó con su interrogatorio.

—Hábleme sobre las obras de construcción que se han estado llevando a cabo en la parte trasera de la propiedad.

—Están detenidas por el momento —dijo Tavistock—. No sé si el personal se lo mencionó durante las entrevistas del fin de semana, pero los propietarios del hotel están esperando hasta la próxima reunión de accionistas en septiembre para tomar una decisión final.

—¿Qué se está construyendo?

—Un nuevo lugar para bodas. El hotel ya está resultando exitoso con todas las actividades que ofrecemos a los huéspedes. Es un concepto nuevo para esta zona y está funcionando bien; no hay nada parecido por aquí. También somos populares entre los lugareños porque proporcionamos muchas oportunidades de empleo.

Kay levantó la mano. —Lo detendré ahí mismo, señor Tavistock. —Sacó una carpeta de plástico de su bolso y extrajo copias de los recortes de periódico que Gavin había encontrado sobre las protestas—. ¿Puede explicar por qué ocurrieron estas protestas si los lugareños estaban tan contentos con los planes de expansión?

—Oh, Dios. ¿Esos idiotas? Honestamente, no tengo idea de lo que pensaban que iban a lograr. —Negó con la cabeza—. Si hubieran mirado los planos adecuadamente, habrían visto que el nuevo lugar para bodas solo va a utilizar la huella establecida por los edificios originales que fueron derribados. El bosque nunca iba a ser tocado; proporciona el telón de fondo perfecto para los eventos. De todos modos, después de dos o tres protestas, todo se disipó. Supongo que alguien en el grupo finalmente se dio cuenta de lo que estábamos haciendo y decidió que no valía la pena molestarse.

—¿Alguno de los manifestantes acosó a su personal en ese momento?

—Solo si consideras acoso agitar pancartas a los vehículos cuando llegaban al estacionamiento del personal por las mañanas. Eran más una molestia que otra cosa. Los periódicos locales intentaron hacer que pareciera peor de lo que realmente fue, pero incluso ellos perdieron el interés una vez que se dieron cuenta de lo desorganizado que era el grupo. Como dije, después de unas semanas todo se calmó.

Kay apoyó los brazos sobre la mesa y se inclinó hacia adelante, con voz conspiratoria. —Voy a ser completamente honesta con usted, señor Tavistock. Tengo dos víctimas de asesinato, ambas vinculadas a este hotel. En este momento, ese es el único hilo común que corre a través de esta investigación.

Tavistock palideció. —¡No puede pensar que uno de mis empleados es un asesino!

Kay no dijo nada y esperó.

—Realizamos las comprobaciones de seguridad más estrictas antes de contratar a alguien —continuó, con urgencia nublando sus palabras—. Debe entender que, con el tipo de clientela que tenemos aquí, nuestro personal tiene que ser confiable.

—Bueno, en este momento, todo su personal está bajo sospecha. A menos que tenga otra teoría sobre por qué dos de sus huéspedes han sido asesinados.

Tragó saliva y luego negó con la cabeza. —No. No, no tengo idea.

—Muy bien, en ese caso necesito una copia de la lista de personal de los últimos tres meses.

—Eso no es problema. Se la enviaré por correo electrónico en las próximas dos horas.

—Por favor, hágalo. Como comprenderá, el tiempo es esencial.

Él se inclinó más cerca, bajando la voz a un susurro mientras miraba por encima del hombro de Kay y de vuelta a ella.

—¿Cree que estoy en peligro?

—Mire, lo último que queremos es causar pánico —dijo ella—. En este momento, parece que el asesino solo está interesado en los huéspedes del hotel, no en los miembros del personal. Pero sí, tenga cuidado, por favor. Mientras tanto, necesito que actúe como mis ojos y oídos aquí. Si escucha algo o ve algo sospechoso, quiero que llame a mi número directo de inmediato. ¿Está claro?

Tavistock asintió, con el rostro ansioso. —Absolutamente. Haré todo lo que pueda para ayudar.

—Gracias. Entonces, creo que hemos terminado aquí por ahora.

Mientras caminaban de vuelta al coche, Barnes se rio.

—Creo que está disfrutando la idea de tener un asesino en su entorno —dijo—. Probablemente sea lo más emocionante que le ha pasado en meses.

Kay soltó una risa ahogada. —Ian, a veces puedes ser tan cabrón.

CAPÍTULO 36

A primera hora de la mañana siguiente, Kay se dio un sacudón mental y cuadró los hombros mientras el equipo se acomodaba en sillas y sobre escritorios alrededor de la pizarra.

Sharp sacó una silla cerca del frente antes de tomar la agenda que Debbie le entregó y recorrer la página con la mirada.

—Bueno, empecemos —dijo Kay cuando la sala se quedó en silencio—. Hemos recibido información actualizada sobre el cronograma de Kevin Tavistock en el hotel, que incluye una nota de cada miembro del personal que estaba presente hace dos meses cuando los empleadores de Rupert Blacklock dicen que fue huésped. De nuevo, no hay registro de que se haya quedado a pasar la noche, aunque tenemos evidencia de su presencia en el hotel a través de la cotización que proporcionó al jefe de cocina. Carys, ¿puedes coordinar la revisión de esa lista contra la que tenemos de hace dos semanas? Busco una nota de los miembros del personal que han permanecido en el hotel desde que Blacklock desapareció. Por ahora, deja a un lado a cualquier miembro del personal que se haya ido entre los dos asesinatos, y al personal que llegó durante ese tiempo.

—Jefa.

—Necesitamos un avance, todos, y pronto. —Golpeó con los nudillos las fotos de las dos víctimas—. Aunque la teoría de Gavin sobre que los asesinatos estaban relacionados con la protesta contra la expansión del hotel era buena, no creo que sea lo que tenemos aquí. Algo desencadena estos asesinatos. Es como si fuera una reacción a algo. Entonces, ¿qué lo está impulsando? ¿Por qué está matando?

El silencio llenó la sala.

Kay continuó mientras caminaba por la alfombra.

—¿Por qué nuestro asesino cometió un error tan fundamental al perder el pie en la parte trasera de la camioneta? Ha sido meticuloso con la forma en que ha dispuesto de los cuerpos, incluso llegando a desmembrarlos, entonces ¿qué salió mal?

—Tal vez los estaba escondiendo en algún lugar y

lo interrumpieron —dijo Barnes, colocando su vaso de café vacío para llevar en un contenedor de reciclaje cerca del frente de la sala de incidentes—. Así que entró en pánico. Estaba reaccionando, en lugar de dictar la situación en la que se encontraba.

—Y todavía no estamos más cerca de averiguar de dónde venía —dijo Kay, moviéndose hacia el mapa del Ordnance Survey clavado en la pared y trazando sus dedos sobre él—. Nuestro asesino podría haber viajado desde varias direcciones para llegar al camino donde se encontró el pie. Quiero decir, hay numerosas rutas que salen de ese camino, y una vez que llega a la carretera principal… podría estar en cualquier parte.

Luchó contra la desesperanza que le atenazaba el estómago y se volvió hacia el equipo.

—¿Por qué tuvo que robar un vehículo?

—Quizás normalmente no conduce —aventuró Parker—. Eso podría explicar en parte por qué no conducía con cuidado y perdió la bota con el pie dentro.

—Buen punto. ¿Qué más? ¿Alguien?

Kay podía sentir la fatiga en la sala, la forma en que sus colegas se movían en sus asientos y las expresiones derrotadas que llevaban algunos de los oficiales uniformados más jóvenes. Exhaló.

—Mirad, sé que esto es difícil. Pero veámoslo de

otra manera. ¿Por qué tenía prisa? ¿Por qué arriesgarse a acelerar por este tramo de carretera?

Se alzó una mano desde el fondo de la sala.

—¿Sí, Morrison?

—¿Y si trabaja por turnos?

—Podría ser uno de nosotros, entonces —dijo una voz desde el otro lado de la sala.

Una ráfaga de risas alivió parte de la tensión, y Kay les dejó relajarse por un momento antes de volver a centrarlos en la reunión.

—Muy gracioso. Sin embargo, Dave tiene razón. Si nuestro asesino trabaja por turnos, entonces podría haber estado tratando de deshacerse de los cuerpos antes de ir a trabajar, lo que explicaría la velocidad a la que habría tenido que ir para que se desprendiera la bota. Siguiente pregunta, entonces. ¿Por qué está matando? ¿Quiénes eran nuestras dos víctimas para él?

Debbie revolvió los papeles en su regazo antes de hablar.

—He ejecutado algunos análisis en la base de datos, jefa, pero no hay nada en la información que tenemos hasta la fecha que sugiera que nuestras dos víctimas se conocían.

Carys se aclaró la garganta.

—¿Crees que va a matar de nuevo?

—Sí, lo creo —dijo Kay. Se volvió hacia el resto del equipo, sus rostros absortos en atención—. Cualesquiera que sean sus razones para asesinar a estos hombres, creo que se nos acaba el tiempo. O va a matar de nuevo, o se va a mover, y lo habremos perdido.

Levantó la mirada cuando la puerta de la sala de incidentes se abrió de golpe y Gavin se apresuró hacia ella.

—¿Qué pasa, Piper?

Él levantó un trozo de papel de notas mientras se abría paso entre los oficiales reunidos alrededor de la pizarra.

—He recibido noticias del equipo que está revisando las imágenes de videovigilancia. Tienen una coincidencia con la camioneta que utilizó el asesino.

CAPÍTULO 37

Kay había trabajado con detectives superiores durante su tiempo en el servicio policial que nunca cedían la palabra a un oficial subalterno, y eso la había irritado. En su opinión, si surgía información urgente, debía compartirse y discutirse en equipo, en lugar de hacerlo de manera fragmentada. Ahorraba tiempo valioso, y a menudo la discusión resultante generaba un resultado más rápido.

—Ponlos al día, Piper.

Le hizo un gesto a Gavin para que se parara al frente de la sala y se dirigiera al equipo de investigación reunido.

Gavin señaló con el pulgar por encima de su hombro las fotografías de la camioneta en la pizarra.

—Bueno, a pesar de nuestra primera impresión de

que las matrículas habían sido removidas por completo, el equipo de forense digital de Andy Grey en la jefatura intentó limpiar las imágenes que obtuvimos de David Carter, el consultor de IT.

Un gemido desde el fondo de la sala precedió a la voz de Barnes que se elevó sobre las cabezas de sus colegas.

—Ve al grano, Piper. La versión corta, si no te importa.

Una risa dispersa llenó el espacio, y Kay les lanzó una mirada fulminante.

Gavin era conocido por su trabajo metódico; el problema era que, cuando explicaba sus procesos de pensamiento, a menudo tomaba tiempo extraerle la información.

—Calmaos —dijo, luego se volvió hacia Gavin—. Tómate tu tiempo.

—Gracias. —Un ligero rubor se extendió por su mandíbula—. Como decía, Grey nos envió algunas imágenes mejoradas, y hemos logrado centrarnos en la matrícula. Disculpa, jefa, ¿podría encender el proyector?

—Adelante.

Esperó mientras Debbie se levantaba de su escritorio y le entregaba a Gavin el control remoto.

—Aquí vamos. —Pasó por una serie de imágenes,

cada una volviéndose más clara en resolución a medida que avanzaba en la secuencia—. Hay un pequeño trozo de la matrícula que queda en la parte delantera del vehículo. Debe haberse roto cuando se quitó la placa, y nuestro sospechoso no lo notó o no se molestó. A partir de eso, Grey ha mejorado aún más las imágenes, hasta que vemos esto: una letra parcial y el nombre del taller que originalmente proporcionó la placa.

Kay contuvo la respiración y dio un paso más cerca de la pizarra. —¿Has logrado contactarlos?

Gavin se volvió hacia ella, con los ojos brillantes. —Hemos hecho algo mejor. El taller, que está en Ashford, nos ha dado el nombre de la persona que originalmente la compró.

—¿Cómo lograron eso? —dijo Carys, frunciendo el ceño—. Tiene que haber cientos de vehículos como ese por aquí.

Gavin sonrió y tocó la imagen con su dedo índice. —Los hay, pero esa es una letra "A".

—Es una placa privada —dijo Barnes, su voz revelando su emoción.

—Exactamente. Grey pasó la información a los uniformados, quienes se han puesto en contacto con la Agencia de Licencias de Conducir y Vehículos. La placa tiene treinta años. Un tal Sr. Alan Marchant fue el último propietario registrado.

—¿El carnicero del mercado del fin de semana?

—El mismo tipo, sí.

Kay extendió la mano para tomar la página que Gavin sostenía y recorrió con los ojos el breve informe que había impreso. —Aquí dice que vive al otro lado de Sutton Valence.

—La ubicación es correcta, y ciertamente tiene las herramientas para el trabajo —dijo Barnes. Se acercó a Gavin y le dio una palmada en el brazo—. Buen trabajo, Piper. Parece que has encontrado a nuestro sospechoso.

—Bien, antes de que salgamos corriendo hacia allá, quiero una revisión completa de las propiedades circundantes, las carreteras de entrada y salida del área —dijo Kay.

La multitud se dispersó mientras se pasaban las instrucciones, y Kay se mordió una uña mientras observaba a su equipo formar grupos que trabajarían en cada ángulo del arresto coordinado.

—Ese es un gran avance —dijo Sharp mientras se unía a ella al final de la sala.

—Lo ha hecho bien. También el equipo de Grey. —Volvió a mirar la pizarra, sus ojos cayendo sobre las fotografías de las dos víctimas—. ¿Cuántos hemos pasado por alto, Devon? Alguien como este… no puedo creer que solo haya empezado a matar. Mira cómo ha desmembrado a nuestras dos víctimas. Es despiadado, y aún no tenemos un motivo.

—Eso podría salir a la luz durante el interrogatorio —dijo él—. A veces es así. No siempre descubrimos por qué la gente se hace esto unos a otros.

Kay frunció el ceño. —Lo sé, pero lo que es más escalofriante es que la declaración que nos dio el domingo parece tan normal. ¿La leíste?

—Sí, le di una lectura rápida a todas ellas ayer por la tarde. —Suspiró y señaló al equipo que trabajaba diligentemente en sus escritorios o corría de un lado a otro hacia una de las tres impresoras que trabajaban sin parar contra la pared del fondo—. Bien, te dejaré continuar. Envíame un mensaje cuando estén en camino y dame una actualización tan pronto como puedas.

—Lo haré. Gracias, jefe.

CAPÍTULO 38

Kay se aferró a la agarradera de plástico sobre la puerta del pasajero mientras Barnes deslizaba el coche alrededor de una curva en la carretera, y luego contuvo la respiración cuando el coche patrulla frente a ellos frenó para tomar un giro a la derecha.

—Jesús —dijo mientras el cinturón de seguridad se le clavaba en el esternón.

—Lo siento —dijo Barnes. Pisó el freno una vez más antes de negociar una curva cerrada que dejaba poco margen de error.

Kay miró por el espejo lateral justo a tiempo para ver otro coche patrulla serpentear por la curva detrás de ellos, el rostro del conductor determinado mientras aumentaba la velocidad para mantenerse al ritmo de sus colegas.

—¿Cuánto falta? —preguntó ella.

—Debería ser por aquí abajo.

Restos del rocío de la mañana se aferraban a las orillas de césped, una tenue niebla que se elevaba desde el lecho de un río a la izquierda del camino daba un tono apagado al campo circundante.

Después de la reunión informativa, el equipo había partido de Maidstone mientras el tráfico de los viajeros y el recorrido escolar serpenteaba por la expansión urbana, las luces azules abriendo paso a sus vehículos mientras descendían hacia el campo de Kent.

Kay había ordenado apagar las luces y silenciar las sirenas a varios kilómetros de su destino, preocupada de que alertaran a su sospechoso.

Bajó la mirada a las páginas en su mano. Debbie se las había entregado apresuradamente mientras salía corriendo después de la reunión para supervisar el arresto de Alan Marchant en su casa, y mientras recorría el texto impreso con la mirada, notó un nombre de lugar familiar.

—Fue a la misma escuela que tu hija, Emma.

—¿En serio? —Los ojos de Barnes se desviaron de la carretera a los documentos y de vuelta—. ¿Cuándo?

—En mil novecientos ochenta y tres. Lo pillaron

robando en una tienda cuando tenía quince años, por eso está en el registro. Después de eso, parece que logró enderezar su vida. Su padre era dueño de una granja de pollos cerca de Paddock Wood. Hay un recorte de periódico de hace veinte años que Debbie encontró, y cuando el viejo murió, Marchant vendió la granja y usó el dinero para establecer su propio servicio de carnicería móvil. —Su mano cayó sobre su regazo y miró fijamente por el parabrisas—. Jesús, es probable que Adam lo conozca por la conexión agrícola.

—¿Casado?

—Sí. Un hijo por lo que parece. De nuevo, ha tenido bastante éxito, así que ha tenido algo de cobertura en los periódicos sobre premios de la Cámara de Comercio local, cosas así.

—¿Alguna otra queja en el expediente?

—Nada desde el robo en la tienda, así que nada que indique que tenga una tendencia violenta.

—Aun así, lo tomaremos con calma cuando lleguemos, ¿de acuerdo? Por si acaso.

—De acuerdo.

Kay sabía que podía contar con Barnes para protegerla si fuera necesario; se habían encontrado en algunas situaciones a lo largo de los años trabajando juntos, pero esperaba que fuera un arresto fácil. No le apetecía el papeleo que inevitablemente generaría la alternativa.

Sin embargo, ambos habían traído chalecos antibalas para ponérselos en cuanto salieran del coche, y dada la elección de carrera del sospechoso, Sharp había tomado la decisión por Kay e insistido en que una unidad de respuesta armada asistiera e hiciera el arresto antes de que se registrara la propiedad.

Kay alargó la mano hacia la radio mientras el GPS de su teléfono móvil indicaba que se acercaban rápidamente a la zona donde vivía Marchant.

—Bien, vamos a tomarlo con calma —dijo—. No quiero agravar la situación dejando que la adrenalina se apodere de nuestras cabezas. Vamos a hacer esto según las reglas.

Un coro constante de afirmaciones llegó a sus oídos mientras volvía a colocar la radio en su base, y se recostó en su asiento, obligándose a mantener la calma.

—Este podría ser el período de prueba de inspector más corto en la historia de la Policía de Kent si lo estropeo —murmuró.

Barnes soltó una risa ahogada. —Estará bien. Deja de preocuparte.

Sus palabras contradecían la expresión determinada que llevaba, pero Kay las apreció de todos modos.

Dejó caer las páginas en su bolso a sus pies y se aferró de nuevo a la agarradera sobre la puerta mientras Barnes tomaba la última curva acercándose al edificio desde donde Marchant dirigía su negocio, luego desabrochó su cinturón de seguridad cuando él detuvo el coche en la orilla de césped.

Más allá del coche, un cobertizo de madera destartalado se inclinaba precariamente contra una cerca de alambre de púas, mientras que a su lado un camino de entrada embarrado conducía a una casa baja que abrazaba un jardín recientemente decorado. A la derecha de la casa, una estructura moderna de hierro corrugado ocupaba la longitud de la línea divisoria entre la propiedad de Marchant y la de la pequeña granja vecina, y Kay notó la línea de suministro eléctrico que corría desde un poste de madera en el camino hasta una caja de conexiones en los hastiales.

El equipo de respuesta armada había salido disparado de las puertas de su vehículo antes de que ella hubiera terminado de ponerse el chaleco antibalas, y observó desde la seguridad del camino cómo se dividían alrededor de la casa. Dos miembros del equipo llamaron a la puerta principal una vez que sus colegas estaban en posición en la parte trasera, mientras que otros dos hombres irrumpieron por las puertas del edificio anexo al mismo tiempo que se abría la puerta principal.

Una mujer estaba en el umbral, con la boca abierta ante los hombres que tenía delante. Dio un paso atrás cuando el equipo de respuesta armada entró en su casa, y uno de los hombres se quedó con ella mientras su colega desaparecía de la vista.

Un grito desde el edificio anexo llamó la atención de Kay y se volvió para ver a uno de los oficiales levantar la mano hacia ella.

—¡Despejado, está aquí dentro!

Un grito similar vino del equipo en la casa, y Kay asintió a Barnes, quien levantó su radio a los labios.

—Tenemos autorización para proceder. Eso es un despejado de ambos equipos —dijo.

Kay no escuchó la respuesta; ya estaba caminando hacia la puerta abierta del edificio anexo, ignorando las protestas de la mujer mientras un oficial uniformado intentaba calmarla para tomarle una declaración.

Un escalofrío se apoderó de Kay cuando entró en el edificio anexo, enviando un temblor por sus hombros. Se había imaginado que la estructura tipo granero sería una morada sombría y se sorprendió al notar que luces brillantes brillaban desde el techo abovedado sobre su cabeza. Sin embargo, un familiar sabor metálico llenaba el aire, y mientras se ponía al paso de Barnes, notó que la puerta de la parte trasera del remolque estaba abierta, con una manguera descartada junto a la rueda trasera.

El agente Morrison era una figura robusta, pero ella le echó un vistazo a su rostro pálido y señaló la puerta.

—Sal afuera. Toma un poco de aire fresco.

Él salió trotando, dejando a su colega vigilando al hombre que ella reconoció como Marchant.

Ignorándolo por el momento, se asomó por detrás del remolque.

No pudo contener el jadeo que escapó de sus labios.

El suelo del remolque estaba cubierto de salpicaduras de sangre; el agua de una manguera corría por la superficie, causando que pequeños riachuelos salpicaran el suelo de concreto a sus pies.

Dio un paso atrás y levantó la mirada hacia el techo del remolque. Una serie de ganchos colgaban de él, pero fue la visión del cadáver ensangrentado lo que hizo que se llevara la mano a la boca.

A pesar del penetrante hedor a desinfectante que emanaba del cubo a sus pies, era imposible evitar que sus sentidos se estremecieran ante la visión y el olor de la oveja muerta que giraba en el gancho.

Barnes maldijo entre dientes.

Marchant se sacudió la mano que el agente Stewart había puesto en su hombro, con el ceño fruncido.

—¿Qué demonios está pasando? ¿Qué hacen aquí?

Barnes sacó los documentos del bolsillo de su chaqueta y se los mostró. —Esta es una orden de registro de sus instalaciones en relación con una investigación de asesinato que estamos llevando a cabo.

Mientras leía la advertencia formal a Marchant, Kay pasó rápidamente junto al remolque y se dirigió a un baúl con ruedas cerrado con llave.

—Abra esto, por favor, señor Marchant.

El carnicero rebuscó en sus bolsillos antes de sacar una llave e insertarla en la cerradura.

Cuando levantó la tapa, el corazón de Kay dio un vuelco involuntario.

Cuchillos, mazos y cuchillas brillaban bajo el resplandor de las luces superiores.

—¿Alguien más tiene acceso a estos? —dijo.

—No. Solo yo.

Barnes se unió a ella y dejó escapar un silbido

bajo antes de señalar tres congeladores horizontales que habían sido colocados contra la pared del fondo.

La condensación corría por el costado de uno de ellos, los motores zumbaban mientras los termostatos luchaban contra el calor sofocante del cobertizo.

Un presentimiento se apoderó del corazón de Kay.

Recorrió con la mirada la tapa, luego miró por encima del hombro. —¿Qué hay aquí dentro?

—Nada —dijo Marchant—. Es decir, solo carne.

Ella se volvió para encontrarse con la mirada de Barnes, asintió levemente, y luego observó cómo Barnes tomaba un profundo respiro y extendía la mano hacia el asa del más grande de los tres arcones de acero inoxidable.

CAPÍTULO 39

—¿Bistec?

Kay maldijo por lo bajo y se apartó de los cortes de carne empaquetados ordenadamente en el congelador, sintiendo cómo el alivio reemplazaba el temor que le había oprimido el corazón.

—Cordero, en realidad.

—Maldita sea.

Barnes dejó caer la tapa de vuelta en su lugar y se dirigió pisando fuerte hacia donde estaba Marchant, con la boca temblándole.

—No tiene gracia —gruñó el detective mayor.

—Intenté decírselo.

—Ya está bien. Suficiente.

Kay se dirigió a grandes zancadas por el cobertizo hasta donde estaban los dos hombres, despidió a los agentes uniformados que no lograban ocultar la diversión en sus rostros, y esperó hasta que el cobertizo quedó en silencio una vez más.

—La camioneta que está registrada en esta dirección…

—Robada hace un par de semanas.

—¿Por qué no lo denunció?

Él se encogió de hombros. —No tenía certificado de ITV y no estaba matriculada. Solo la usaba para conducir por la propiedad y la suspensión estaba hecha pedazos. Era cuestión de tiempo antes de que se averiara por completo. Quien la robó me hizo un favor, para ser honesto. Me ahorró pagar los gastos de desguace.

—Las placas de matrícula del vehículo habían sido retiradas. ¿Ha…?

—Ese fui yo. Las quité hace unos meses. Planeaba venderlas en línea, pero la delantera se astilló cuando aflojé el tornillo, así que ahí quedó todo. Me molestó, para ser sincero; eran de mi padre y creo que podría haber conseguido unos cientos de libras por ellas.

Kay contuvo un gemido y, en su lugar, parpadeó para volver a concentrarse.

Podía oír a Morrison y Stewart charlando fuera, sus voces llenas de humor. Apartó el pensamiento de lo que Barnes tendría que soportar de vuelta en la comisaría por parte de sus colegas. Sin duda, la historia de la redada fallida alcanzaría proporciones legendarias para la tarde, pero Barnes lo superaría. Daba tanto como recibía de los rangos uniformados cuando se trataba de humor, y la teoría de Gavin había sido sólida basada en la evidencia que había obtenido de su investigación.

Volvió a alzar la mirada hacia Marchant. —¿Cuándo notó que la camioneta había sido robada?

—El miércoles por la noche, de la semana antepasada. Quien la tomó recordó echar el pestillo de la puerta del paddock, así que al menos el rebaño no se escapó.

Kay se volvió hacia Barnes, pero él ya se dirigía hacia la salida. —Dile a Stewart que acordone esa puerta y que Harriet y su equipo vengan lo antes posible. Puede que podamos recuperar algunas evidencias latentes, dado que no ha llovido últimamente.

Barnes levantó la mano por encima del hombro mientras desaparecía de vista, y ella lo oyó ladrando órdenes a los dos agentes de policía fuera.

Sin duda estaban perdiendo rápidamente su sentido del humor.

A pesar de que parecía que tenían al sospechoso equivocado, aún tendría que asegurarse de que un equipo de investigación de la escena del crimen acudiera a la propiedad lo antes posible para descartar cualquier crimen.

Mientras recorría con la mirada la colección de sierras y cuchillos en un banco frente a los refrigeradores, se negó a echar la culpa a nadie más que a sí misma.

Después de todo, había sido la mejor pista que habían tenido en la investigación hasta la fecha, y al menos podían descartar a Marchant como sospechoso.

Se volvió hacia él nuevamente.

—Señor Marchant, me disculpo por las molestias causadas. Sin embargo, estamos en medio de una importante investigación de asesinato, y le pediría que se abstenga de contactar a los medios. Cualquier intento de hablar con la prensa no será visto con buenos ojos por mis superiores, ya que podría alertar al asesino sobre nuestros movimientos y la naturaleza en curso de nuestras investigaciones. ¿Queda claro?

El hombre hizo un puchero por un momento antes de que sus hombros se hundieran, y asintió.

—De acuerdo.

—Gracias. Uno de mis colegas tomará su declaración sobre el robo del vehículo. Por favor, siéntase libre de reunirse con su esposa en la casa.

En respuesta, señaló con el pulgar por encima de

su hombro. —En realidad, si no le importa, necesito continuar con el despiece de esto. Si no lo hago, el calor lo echará a perder y la carne se arruinará.

Kay accedió, luego se dirigió fuera del cobertizo, tragando una bocanada de aire fresco mientras se acercaba a Barnes.

—No digas ni una palabra —gruñó él cuando ella se acercó.

A pesar de sí misma, Kay no pudo evitar que se le torciera la comisura de la boca. —Estas cosas pasan. Lo superarás. ¿Cuánto tardará Harriet en llegar?

—Alrededor de una hora. Stewart ha establecido una escena del crimen en el paddock.

—Bien, no hay mucho más que podamos hacer aquí. Volvamos e informemos a los demás.

—No puedo esperar —dijo Barnes, y se alejó pisando fuerte delante de ella.

CAPÍTULO 40

—Tienes cara de pocos amigos.

Kay dejó caer su bolso al suelo junto a la escalera e intentó sonreír ante las palabras de Adam mientras este asomaba la cabeza por la puerta de la cocina.

—No es para tanto, de verdad.

—Entonces no necesitarás una copa de vino, ¿no?

—Qué gracioso.

Se arrastró por el pasillo hacia él, aflojándose la camisa del pantalón y quitándose la chaqueta mientras se hundía en uno de los taburetes de la isla central.

Él se volvió desde el refrigerador con una botella de borgoña blanco en la mano, y a Kay casi se le hizo agua la boca al ver el brillo de la condensación bajo los focos empotrados en el techo.

—¿Qué pasó? —dijo mientras servía dos

generosas medidas en las copas y le deslizaba una a ella.

—Gracias. Nos equivocamos de sospechoso. Creo. —Dio un sorbo y cerró los ojos, reprimiendo el impulso de gemir y apoyar la frente en la encimera. En su lugar, se pasó una mano por el pelo y luego dirigió su atención a su pareja, que la observaba atentamente por encima del borde de su copa—. Cuéntame sobre tu día.

Él sonrió, reconociendo su reticencia a hablar de su propio trabajo como una forma de lidiar con la frustración, pero siguiéndole el juego de todos modos.

—Hemos conseguido encontrar un nuevo hogar para Misha —dijo.

—Oh, ¿dónde?

—Hay un santuario de cabras justo al sur de Maidstone y uno de sus contactos se ha ofrecido a acogerla. Un matrimonio; sus hijos están todos en la universidad, así que creo que tienen algunos animales en su pequeña granja cerca de Headcorn para compensarlo. Los mantiene ocupados durante el ciclo electivo. Están a punto de irse a España para una breve escapada, pero Misha se mudará con ellos cuando regresen.

—Al menos tus hierbas estarán a salvo.

—Sí, menos mal. Esta mañana casi se come el laurel.

Kay se rio, a pesar de sí misma. Era raro que Adam perdiera la paciencia con un animal, pero sabía cuánto tiempo y esfuerzo había dedicado a conseguir que la tierra de su jardín fuera perfecta para cultivar verduras, y el huerto de hierbas era el orgullo y la alegría de Adam.

—Bueno, basta de cháchara. ¿Quieres contarme qué pasó hoy?

Kay dio otro sorbo a su vino y luego dejó la copa con un suspiro. —Creí que lo teníamos, Adam, de verdad. No culpo a nadie, nunca culparía a un miembro del equipo, pero todo apuntaba a esta persona, y me dejé llevar por su entusiasmo. Tenía los medios, estaba en la zona en el momento de los asesinatos…

—¿Pero?

Kay procedió a contarle sobre la redada en la propiedad esa mañana, sus hombros relajándose mientras la boca de Adam se contraía, hasta que no pudo más y estalló en carcajadas.

—Dios mío —dijo, limpiándose los ojos—. Puedo imaginar vuestras caras.

A pesar de su frustración anterior, Kay no pudo evitarlo y se rio. —La cara de Barnes era todo un poema. No creo que Morrison y Stewart le dejen olvidarlo nunca.

Adam se puso serio. —Así que tu sospechoso aún anda suelto.

—Sí. —Negó con la cabeza y enderezó la espalda, aliviando los nudos de sus músculos del hombro—. Y cuanto más lo pienso, más creo que va a matar de nuevo. Es demasiado bueno en ello, Adam. Lo que no puedo entender es cómo ha conseguido permanecer oculto durante tanto tiempo.

—¿Crees que está esperando a que todo esto, perdona la expresión, se enfríe? ¿Crees que va a esperar su momento?

Ella asintió. —Sí.

Los ojos de Adam se oscurecieron. —Y, mientras tanto, te preocupas por cuántos más ha matado.

Extendió la mano hacia ella, y Kay entrelazó sus dedos con los de él, desesperada por el contacto humano que la anclara, que le hiciera saber que todo iba a estar bien y que encontraría al monstruo que había surgido de las sombras.

Kay parpadeó y luego se quedó mirando la superficie moteada de la encimera, con los ojos desenfocados.

—Oye.

Levantó la mirada hacia él al oír su voz.

—Todo va a salir bien, Hunter.

—Gracias.

Él le apretó la mano. —¿Qué dice Sharp de todo esto?

—Ha sido fantástico, para ser honesta. Tengo la sensación de que me está protegiendo de muchas de las críticas de la jefatura; deben estar nerviosos. Por supuesto, cuanto más tardemos en encontrar al sospechoso correcto, más tiempo tienen los rumores para crecer.

Adam señaló el periódico local doblado en el extremo de la encimera. —Debe estar haciendo un buen trabajo; la mayoría de los reportajes de ahí esta semana y en las noticias de la noche han sido actualizaciones generales, nada más. No he visto nada que pueda considerarse especulación.

—Creo que no se atreven después de lo que pasó con Suzie Chambers.

Él se movió alrededor de la encimera hasta quedar detrás de ella, y luego extendió las manos para masajearle los hombros. —Tengo una gran idea. Estará tranquilo en el pub a esta hora de la semana. Ve a cambiarte y daremos un paseo por la calle para cenar allí. El cambio de escenario te hará bien, y te distraerá del caso durante una hora o así.

Kay sintió una punzada de culpa en el pecho, y

luego suspiró. —¿Sabes qué? Tienes razón. De lo contrario, me voy a quedar aquí preocupándome, ¿verdad?

Giró en el taburete para mirarlo y fue recompensada con una de sus sonrisas pícaras.

—No sé por qué todos estos gurús de la salud promueven el yoga y esas cosas para relajarse —dijo—. Todo lo que tengo que hacer es mencionar el pub y eres una persona diferente.

Ella se rio y le dio una palmada juguetona en el brazo mientras se deslizaba del taburete y se dirigía al pasillo.

—Por eso, la cena corre de tu cuenta.

CAPÍTULO 41

Patrick Lenehan revisó sus gemelos, luego se volvió hacia el espejo y sonrió maniáticamente.

Había sido tan fácil.

No podía recordar la última vez que había tenido una mujer así.

La anticipación era dolorosa; deliciosamente dolorosa.

Apartándose de su reflejo, se dirigió a un pequeño refrigerador, abrió la puerta, luego se agachó y examinó el contenido.

¿Vino o cerveza?

Patrick miró su reloj.

Cerveza, y se cepillaría los dientes otra vez.

Se enderezó, doblando la lengüeta metálica en la

parte superior de la lata, el sutil *pop* y el burbujeo del líquido presurizado en el interior tentando sus papilas gustativas.

Tomó un largo y satisfactorio trago, y eructó.

Moviéndose hacia una mesa circular junto a la ventana, presionó una tecla en el portátil y observó cómo la pantalla cobraba vida. Verificó que la conexión inalámbrica estuviera activa, luego maniobró el cursor hacia un icono en la esquina superior izquierda de la pantalla e hizo doble clic en él.

Recorriendo con la mirada los nuevos correos electrónicos, descartó la mayoría de ellos como tonterías y cerró la tapa del portátil. Podía permitirse olvidarse del trabajo por unas horas.

Después de todo, tenía cosas más importantes que hacer.

Patrick cerró los ojos y pasó la mano por la parte posterior de su cuello, luego levantó la lata a sus labios una vez más, enfocándose en el espejo junto a la cama. Extendió la mano y aflojó su corbata, arrojándola sobre la mesa junto a su portátil, luego desabrochó el botón superior de su camisa, dejando que su cuello cayera abierto.

Supuso que no se veía tan mal para un hombre de su edad. Para ser honesto, se había dejado ir un poco en el último año, pero viajar de un lugar a otro y visitar clientes por todo el país hacía estragos en su vida.

Se acercó a la pared y tocó el interruptor para apagar las luces principales de la habitación, las lámparas de noche prestando un suave resplandor al espacio. Sus ojos se veían un poco cansados, sí, pero tal vez ella no lo notaría.

Se rascó la mandíbula, preguntándose si tenía tiempo de afeitarse, luego lo pensó mejor.

A algunas mujeres les parecía atractiva un poco de barba incipiente, ¿no?

Casi gritó cuando el teléfono móvil en la mesa detrás de él graznó.

Molesto consigo mismo, cruzó la habitación en tres zancadas y lo recogió de un tirón.

—¿Qué?

La voz al otro lado lo reprendió; se había retrasado en llamar.

Cerró los ojos y apretó los dientes.

A decir verdad, lo había olvidado, pero no le diría eso al que llamaba.

No se atrevería.

—He estado ocupado —dijo en su lugar.

Escuchó las monótonas instrucciones; a dónde ir, qué hacer, cuándo hacerlo.

—No hay problema.

Su mente divagó, sus pensamientos girando hacia el escape.

Se había quedado atrapado, víctima de circunstancias de su propia creación, y no era algo que le sentara bien. Necesitaba una salida, una manera de empezar de nuevo y olvidar el pasado.

Lo había hecho antes, una vez, y le molestaba que fuera él quien tuviera que irse.

La llamada terminó con él repitiendo las palabras rutinarias que siempre se requerían, luego dejó caer el móvil de vuelta en la mesa y se pasó una mano por los ojos cansados.

Sacó una silla y se hundió en ella con un suspiro, luego se estiró hacia la lata de cerveza y tomó otro sorbo.

Repasó sus planes en su cabeza una vez más. El tiempo era crítico. Miró su reloj y, dándose cuenta de que solo habían pasado unos minutos más, recorrió la habitación una vez más.

¿Y si había cometido un error?

¿Y si lo atrapaban?

Una sonrisa se dibujó en sus facciones ante el último pensamiento, porque ¿no era eso parte de la emoción?

Terminó la cerveza, aplastó la lata y la arrojó a la

papelera, luego se dirigió al baño, el ventilador de extracción zumbando al cobrar vida cuando encendió el interruptor.

Se tomó su tiempo cepillándose los dientes, perdido en el movimiento mientras recorría el suelo y contemplaba la noche hasta el momento.

Había ido mejor de lo que había anticipado: las personas con las que se había reunido habían dejado la cena de buen humor, y antes de regresar a su habitación había aprovechado la oportunidad para tomar una copa en el bar del hotel.

Fue entonces cuando la vio.

Escupió los restos de pasta de dientes en el lavabo y se enjuagó la boca con agua fría antes de secarse los labios con una de las toallas blancas junto a los grifos.

Un golpe en la puerta lo sacó de sus pensamientos, su corazón dando un sobresalto involuntario.

Era el momento.

Una sonrisa depredadora cruzó sus labios, y quitó la cadena de seguridad antes de girar el pomo de la puerta.

—Hola —dijo.

Ella sonrió y entró en la habitación, quitándose la placa del bolsillo izquierdo de su camisa antes de arrojarla sobre la mesa junto a las llaves de su coche.

Mientras se desabotonaba la camisa, él pasó una mano por su hombro desnudo, luego se inclinó para besar la pálida piel en la nuca de su cuello.

—¿Estás lista para pasar un buen rato? —murmuró.

CAPÍTULO 42

Mirando a través de la pequeña abertura entre la puerta y el marco, parpadeó ante la luz brillante del pasillo más allá.

El suave ronroneo del sistema de aire acondicionado del hotel llegó a sus oídos, pero ningún sonido de voces. Ningún paso.

Abrió más la puerta y se deslizó por la abertura, luego miró por encima de su hombro hacia la habitación silenciosa, el cuerpo inmóvil del hombre extendido sobre las sábanas arrugadas, su rostro alejado de ella.

Una sonrisa se dibujó en la comisura de su boca, pero no llegó a sus ojos.

Se alisó la falda, volvió a prender su placa en la parte delantera de su camisa, luego cerró la puerta y se puso los zapatos en sus pies descalzos. Colgándose el bolso al hombro, se apresuró por el pasillo alfombrado, sin prestar atención a los ronquidos detrás de otras puertas mientras pasaba e ignorando los destellos rojos de luz de los detectores de humo instalados en el techo mientras caminaba debajo de ellos.

Miró su reloj. Veinte minutos de sobra.

Luchó contra el impulso de entrar en pánico. Si se asustaba, cometería un error, y eso sería el fin.

Exhaló, un suspiro tembloroso que la tomó por sorpresa.

Al doblar una esquina en el pasillo, la adrenalina se disparó por su cuerpo y deliberadamente redujo el paso.

Apretó los puños, sus uñas rasparon la suave piel de sus palmas, y luego levantó la cabeza más alto y se dirigió hacia la puerta al final.

El lente de una cámara de seguridad brilló con la luz de una lámpara que había sido colocada en una mesa ornamentada en la esquina lejana, pero la ignoró. No le daría motivos para preocuparse; no esta noche.

Metió la mano en su bolso, sacó un pañuelo de papel de un paquete, luego lo envolvió alrededor de su dedo índice.

Acercándose a la puerta, presionó el teclado. El

código había sido cambiado más temprano ese día, pero ella lo había descifrado.

Todo lo que tenía que hacer era esperar y observar.

Un suave *clic* llegó a sus oídos y se apoyó contra la superficie de madera.

La puerta cedió bajo su toque y se abrió hacia el aire nocturno.

Dos escalones conducían a una superficie pavimentada, y una vez que cruzó el umbral, empujó la puerta de vuelta a su marco, esperando hasta que oyó que el cerrojo se restablecía.

El vehículo estaba estacionado cerca de la pared, lejos de las miradas indiscretas de las cámaras montadas en la parte superior de postes metálicos en ubicaciones incrementales alrededor del perímetro del hotel.

A nadie más le gustaba estacionar allí; en verano, los árboles arrojaban su polen y flores sobre la pintura, y en invierno estaba demasiado lejos de la entrada del hotel, ella lo sabía; más de una vez había sido sorprendida y empapada hasta los huesos por la fría lluvia que había azotado el campo.

Pero valía la pena.

Levantó la mirada al cielo, un tono más claro manchaba el azul más profundo, testimonio del solsticio de verano que estaba a solo semanas de distancia.

Puntos brillantes, estrellas, salpicaban el horizonte mientras una luna creciente se cernía en lo alto.

Cerró los ojos e inhaló el dulce aroma del hibisco que había sido plantado en el borde bajo las ventanas con cortinas del edificio, luego se enfocó de nuevo.

Esperó hasta llegar al coche antes de insertar la llave en la cerradura de la puerta del conductor. Podría haber usado el mecanismo remoto, pero la alarma tenía la molesta costumbre de emitir un *bip* de dos tonos cada vez que se desactivaba, y ella no quería llamar la atención sobre sí misma.

Se relajó mientras se acomodaba en el asiento detrás del volante, antes de que sus pensamientos volvieran bruscamente al hombre que había dejado en la habitación del hotel.

Parpadeó para aclarar el pensamiento, puso la llave en el encendido, pero no arrancó el motor de inmediato. En su lugar, encendió la luz interior, comprobó que su cabello se veía bien y que su lápiz labial no estaba manchado.

Satisfecha, apagó la luz y envolvió sus dedos alrededor del volante.

Quince minutos.

Extendió la mano y arrancó el motor, un suave ronroneo emanando de debajo del capó.

Sacando el coche del espacio, mantuvo su velocidad baja mientras maniobraba a través del estacionamiento hacia la salida.

La carretera más allá estaba desierta.

Se arriesgó a mirar en el espejo retrovisor mientras aceleraba, manteniéndose un poco por debajo del límite de velocidad para evitar llamar la atención sobre sí misma.

Él había sido un poco de diversión, eso era todo.

Y, gracias a las medidas que había tomado, no habría rastro de él por la mañana.

Ningún rastro en absoluto.

CAPÍTULO 43

Kay levantó la mirada de su monitor y sonrió mientras Barnes le entregaba una humeante taza de té.

—¿Sigue en pie lo de esta noche? —preguntó él—. La barbacoa en mi casa, ¿recuerdas?

Kay se giró en su asiento para ver a Gavin y Carys de pie junto a la pizarra, sumidos en una conversación mientras señalaban las diversas fotografías, repasando las evidencias hasta la fecha después de la reunión informativa de esa mañana.

A su izquierda, un flujo constante de oficiales uniformados y personal administrativo entraba y salía de la sala de incidentes, sus conversaciones apagadas eran un ruido blanco permanente que no se disiparía hasta que se resolviera el caso.

Suspiró, sabiendo que estaba librando una batalla

perdida contra la burocracia de la jefatura, que comenzaría a cuestionar el personal asignado a los asesinatos.

Sharp se había marchado hacía una hora para otra reunión con sus superiores, prometiendo hacer lo posible por mantener unido al equipo.

Además, Jonathan Aspley le había dejado cuatro mensajes en un período de doce horas. Tendría que devolverle la llamada y darle algo con lo que trabajar, o de lo contrario perdería la paciencia y publicaría un artículo de opinión que podría obstaculizar la investigación o, peor aún, alertar al asesino sobre sus progresos.

—¿Jefa?

Sacudió la cabeza para concentrarse. —Lo siento.

—Esta noche. Barbacoa. En mi casa.

—¿Crees que deberíamos?

Barnes acercó una silla libre, cuyo dueño actual estaba sumergido en el papeleo junto a la fotocopiadora al otro lado de la sala. Colocó su taza en el escritorio junto a la de ella y se inclinó hacia adelante, apoyando los codos en las rodillas.

—Sí, lo creo. Para empezar, es nuestra tradición. Una vez al mes, cada uno se turna, y nunca nos hemos perdido una. En segundo lugar, necesitamos desahogarnos. Relajarnos. Sabes tan bien como yo que es cuando a menudo se nos ocurren nuestras mejores ideas. —Echó un vistazo por encima del hombro antes de volverse hacia ella—. El hecho de que nos tomemos unas horas para dejar de pensar en nuestras víctimas no significa que no nos importen, jefa.

Exhaló mientras parte de la tensión que había estado acumulando abandonaba su cuerpo.

Barnes tenía razón, por supuesto. Había sabido exactamente lo que ella estaba pensando, y había estado considerando cancelar la invitación a cenar desde que entró por la puerta esa mañana. Simplemente no había sabido cómo abordar el tema con sus colegas, sabiendo que se sentirían decepcionados.

—De acuerdo.

—Bien. —Barnes se palmeó los muslos, luego se puso de pie y tomó un sorbo de té—. No te preocupes por la comida, Pia y yo nos encargamos de eso. Me imagino que Gavin y Sharp traerán cerveza, así que si quieres comprar algo de vino de camino, con eso debería ser suficiente.

Se giraron cuando Debbie se acercó, agitando un montón de papeles hacia ellos.

—Harriet envió por correo electrónico los resultados preliminares del paddock en la propiedad de Marchant —dijo, entregándoles a cada uno un juego—. No hay huellas dactilares, ella sugiere que el sospechoso llevaba guantes, pero había evidencia de una huella parcial de zapato en el barro cerca del poste de la puerta. El suelo está bastante blando allí a pesar del clima cálido que hemos tenido. Dice que cree que es una suela que ha visto en una marca de zapatillas de tenis, pero tendrá que comprobarlo. Nos lo hará saber tan pronto como pueda.

—Gracias, Debs —dijo Kay, y recorrió el informe con la mirada mientras la policía regresaba a su escritorio—. Esto no nos da mucho con lo que trabajar, Ian.

—¡Jefa!

El grito silenció la sala, y levantó la vista para ver a Phillip Parker de pie en el extremo más alejado, con un teléfono en la mano. —Tengo a Robert Wilson del Ayuntamiento de Maidstone al teléfono. Han encontrado la camioneta, ha sido incendiada y abandonada en un patio en desuso a las afueras de Headcorn.

Kay empujó su silla hacia atrás y se quitó la chaqueta del respaldo, haciéndole señas a Barnes mientras se apresuraba hacia la puerta.

—Dile que vamos en camino.

KAY REPRIMIÓ un gemido mientras salía del coche y se dirigía hacia donde un grupo de investigadores de la escena del crimen ya estaban procesando el casco quemado de la camioneta.

Cuando recibió los detalles de Parker, su primer pensamiento fue de sorpresa de que sus colegas del servicio de bomberos no la hubieran contactado para informarle sobre el incendio. Al llegar a la escena, se dio cuenta del porqué.

A pesar de los años transcurridos desde la recesión, aún quedaban sitios abandonados por todo el condado, siendo el depósito de chatarra donde habían abandonado el vehículo uno de ellos.

Etiquetas de grafiti cubrían la mampostería de un edificio de hormigón que alguna vez pudo haber sido la oficina de los últimos propietarios y entre los decrépitos y oxidados cascarones metálicos de maquinaria, la camioneta había sido incendiada.

Recorrió con la mirada lo que quedaba.

El calor del incendio había agrietado el parabrisas, y se había salido de su marco en el lado izquierdo. Un desastre negro y coagulado se acumulaba alrededor de lo que habían sido los neumáticos, los restos de la banda de rodadura de goma pegados al pavimento de hormigón frente al edificio.

Sus sentidos se vieron abrumados por el hedor de

combustible gastado, plástico derretido y los matices químicos de la tapicería obliterada.

Las marcas de quemaduras se aferraban a lo que quedaba de los huecos de los faros, dando la impresión de ojos ciegos, mientras que lo que quedaba de la pintura original se había abombado antes de enfriarse, dejando un efecto moteado en toda la carrocería.

El vehículo estaba en un ángulo precario, y supuso que en algún momento durante el incendio el calor se había vuelto tan intenso que los amortiguadores de un lado se habían derretido.

La puerta del lado del conductor de la camioneta estaba abierta, y un investigador de la escena del crimen con traje se agachaba en el hueco de los pies mientras intentaba recoger muestras para analizarlas. El interior de la puerta se había incinerado por completo, con agujeros donde antes había manijas y reposabrazos de plástico.

Barnes estaba hablando con Robert Wilson del Ayuntamiento y ella se acercó cuando Harriet se unió a ellos.

—¿Quién le informó que el vehículo estaba aquí, señor Wilson?

—La empresa que ha sido nombrada administradora del negocio —dijo—. Las puertas de doble malla por las que pasaron normalmente están cerradas con llave, pero cuando uno de sus guardias de seguridad realizó su revisión mensual, encontró el candado roto y decidió echar un vistazo dentro. Es una suerte que las llamas no se extendieran a la maleza que está creciendo por aquí. Con el clima seco que hemos tenido, podría haberse propagado y destruido lo que quedaba del edificio.

Kay arrugó la nariz. —Creo que quien hizo esto tuvo cuidado de asegurarse de que eso es exactamente lo que no sucediera. No podía permitirse llamar la atención.

—Me inclino a estar de acuerdo —dijo Harriet—. Sabremos más una vez que hayamos realizado algunas pruebas, pero mi intuición me dice que usó solo el combustible suficiente para destruir cualquier evidencia de su presencia en el vehículo, y nada más.

—¿Cree usted que es un experto en este tipo de cosas? —dijo Wilson, con los ojos muy abiertos.

—No. Todo lo que tendría que hacer es ver la televisión —dijo Barnes—. No hace falta ser un genio para prender fuego a un vehículo.

—Aunque sí requiere de alguien con suficiente cerebro para no prenderse fuego a sí mismo —dijo Harriet, antes de volver a donde su equipo trabajaba meticulosamente entre los restos.

—Supongo que no hay cámaras de seguridad por aquí —dijo Barnes.

—Está usted en lo cierto. Dado el estado del lugar, me sorprende que siquiera se molesten en tener un guardia de seguridad —dijo Wilson.

Kay se acercó a donde Harriet había establecido un perímetro alrededor del vehículo mientras su equipo trabajaba. Observó el lento progreso de los investigadores mientras recopilaban las escasas evidencias que podían encontrarse.

Barnes se unió a ella un momento después. —El señor Wilson ha accedido a reemplazar el candado una vez que Harriet haya terminado. No parece que vayamos a obtener mucho, ¿verdad?

—No, no parece. Te hace preguntarte si le prendió fuego inmediatamente después de deshacerse de los cuerpos en el vertedero, o si lo guardó en algún lugar durante unos días y luego hizo esto.

—¿Qué quieres hacer a continuación?

—Creo que deberíamos hablar con Sharp. Le pediré que trabaje con la oficina de prensa para emitir un comunicado esta tarde solicitando información al público general sobre este vehículo. —Kay suspiró—. No es mucho, pero tal vez alguien vio algo.

CAPÍTULO 44

Seis horas después, Pia McLeod abrió la puerta de la casa de Barnes con una amplia sonrisa en el rostro.

—Pensé que serían ustedes dos. Pasen, Carys y Gavin ya están aquí.

—¿Qué hay de Devon y Rebecca? —preguntó Kay, siguiendo a Pia por el pasillo.

—Están en camino. No deberían tardar mucho.

—Sea lo que sea que Ian tenga en esa barbacoa, huele muy bien.

—Compró carne de una carnicería orgánica, dice que quiere probarla.

—No será…

—No —dijo Pia sonriendo—. No es del tipo que arrestaste. Es alguien de Linton.

Un golpe en la puerta interrumpió sus risas, y Adam levantó la mano.

—Yo abro; ustedes sigan. Probablemente sean los otros.

Cuando salió de la cocina, Kay se volvió hacia Pia.

—Gracias por hacer esto, lo estaba esperando con ansias.

Pia extendió la mano y le dio unas palmaditas en el brazo.

—Ian siente lo mismo. Estaba muy decepcionado cuando llegó a casa anoche. Creo que todos necesitan un descanso del caso, aunque sea por un momento.

—Tienes razón. A todos nos vendría bien recargar las pilas.

Terminaron de hablar cuando Devon Sharp y su esposa, Rebecca, entraron en la cocina.

Kay estaba tan acostumbrada a su ropa habitual de trabajo, trajes planchados con precisión militar, que verlo en pantalones cortos y camiseta fue un shock.

—Bien, todos afuera —dijo Pia, y los arreó hacia la puerta trasera—. Sé cómo son ustedes, se quedarán aquí hablando de trabajo. Vamos, fuera.

Se dirigieron al exterior, donde Barnes, Gavin y Carys reían y bromeaban.

Carys se volvió desde una gran olla de acero inoxidable cuando Kay se acercó a la mesa y levantó una botella de vino tinto antes de sonreír y verterla toda en la mezcla que estaba revolviendo.

—Gavin tuvo la brillante idea de hacer sangría.

—Maldita sea, Carys, nos tendrás a todos recuperándonos de la resaca a este paso.

—Estarás bien. No la he hecho demasiado fuerte. Parece peor de lo que es.

Kay miró la fila de botellas vacías en la esquina de la mesa.

—¿Quién conduce?

—Gavin dijo que tomará un taxi a casa, así que me dejarán de camino. Mañana empezamos tarde, ¿verdad?

—Qué atrevida. Está bien. A las ocho, no a las siete.

—Auch.

—¿Qué están tramando ustedes dos? —dijo Sharp mientras se acercaba.

—Nada, jefe. —Carys sonrió, le entregó a Kay la cuchara de madera que había estado usando, luego recogió las botellas vacías y se dirigió hacia el contenedor de reciclaje.

Sharp miró con sospecha la cuchara en la mano de Kay.

—Ella sabe que tú no cocinas, ¿verdad?

—Difícilmente voy a arruinar la preparación de una sangría, ¿no?

Él sonrió con suficiencia.

—Creo que tomaré una cerveza.

—Eso es duro.

—¿Cómo lo estás llevando?

Kay removió una última vez la mezcla del cóctel, luego colocó la cuchara en un plato junto a la olla.

—Bien. Frustrada, pero es de esperar.

—Respuesta sensata. ¿La ensayaste?

Ella sonrió.

Sharp miró por encima de su hombro, luego se volvió hacia ella, con el rostro serio.

—Cuando esto termine, necesitamos hablar sobre tu ascenso.

Kay dio un paso atrás, con el corazón acelerado.

—¿Hay algún problema?

Él levantó una mano.

—No, así que no te asustes. Es solo que si quieres mantener un papel activo en las investigaciones, tendremos que idear un plan para gestionarlo. A la jefatura no le gustará.

Ella frunció el ceño.

—Es cierto.

Él le guiñó un ojo.

—Piénsalo. Ayúdame a crear una estrategia y yo te ayudaré a evitar algunas de las reuniones más tediosas.

—Trato hecho.

Sonrió y miró por encima del hombro de él cuando Adam se acercó y le entregó una cerveza a Sharp.

—Basta de charla. Beban.

Carys se unió a ellos con Rebecca y sirvió el potente contenido de la olla con un cucharón que había encontrado en la cocina, recogiendo fruta en sus copas de vino antes de que todos se dirigieran de vuelta al área pavimentada fuera de la puerta trasera.

—Justo a tiempo —dijo Gavin, y señaló con el pulgar por encima de su hombro hacia donde Barnes estaba de pie junto a la barbacoa, dando vuelta a una selección de carnes—. Casi listo.

Kay observó cómo Barnes usaba las pinzas alargadas para remover los trozos de carbón bajo la parrilla, ignorando la conversación a su alrededor mientras intentaba aferrarse al pensamiento que había cruzado por su cabeza.

—Esperen.

Se dirigió hacia él y le arrebató las pinzas de acero de las manos.

—¿Qué estás haciendo?

Ella no respondió, y en su lugar, metió las pinzas en las brasas debajo de la rejilla metálica. Las giró, hipnotizada por un momento, luego se dio la vuelta para enfrentar a Barnes.

—¿De dónde sacaste el carbón?

—Pasé por la gasolinera cerca del trabajo y lo compré hoy temprano, logré conseguir la última bolsa. ¿Por qué?

—Así es como lo está haciendo.

Adam frunció el ceño.

—¿Quién? ¿Qué?

—El asesino. Cómo se está deshaciendo de los cuerpos. Los está convirtiendo en carbón.

Un silencio conmocionado siguió a sus palabras.

Finalmente, Carys se aclaró la garganta.

—¿Te importaría explicar, jefa?

Kay parpadeó.

—Es perfecto. Todo lo que tiene que hacer es llevar el cuerpo al sitio, encender el fuego y dejarlo arder. Por eso los restos en el vertedero estaban chamuscados.

—Y luego mezcló los restos con carbón real para dispersarlos —dijo Gavin, con la mano flotando sobre su copa de vino—. Genial. Puede tirarlo o incluso venderlo. Nadie los encontraría nunca.

Barnes tomó las pinzas de Kay, miró a los demás y luego de vuelta a las salchichas y filetes que chisporroteaban sobre el combustible humeante. Arrugó la nariz.

—¿Supongo que nadie quiere pedir comida china en su lugar?

CAPÍTULO 45

Kay extendió los informes de evidencia del vertedero sobre la mesa, alineó las fotografías que habían tomado el equipo de Harriet y Barnes mientras ella hablaba con el operador de la excavadora, y luego dirigió su atención a los rostros atentos de sus colegas.

Con su cena interrumpida, ahora se reunían bajo las brillantes luces de la sala de incidentes, mientras la música alegre de un pub cercano se filtraba a través de los cristales, en marcado contraste con los oscuros crímenes que estaban investigando.

—Bien, esto es lo que estoy pensando. Por alguna razón, las dos víctimas llaman la atención de nuestro asesino. Para deshacerse de los cuerpos, los está desmembrando y luego quemando los restos.

Estoy trabajando bajo la suposición de que no tiene dónde enterrarlos ni esconderlos. Barnes, ¿qué sabemos sobre Travis Stevens, el herrero? ¿Dónde vive?

—Vive solo. Después de que tomamos su declaración el fin de semana, administración ingresó sus datos en el sistema. Su licencia de conducir está registrada en una dirección cerca de Warmlake. Lo busqué en un motor de búsqueda, y la foto satelital muestra que es una pequeña cabaña. No tiene mucho jardín en la parte trasera, y está bastante aislada de la carretera principal.

—Eso encaja con la teoría, entonces. Probablemente escuchó de Alan Marchant que tenía una vieja camioneta en su propiedad. Ve una oportunidad para robarla y así poder mover los cuerpos.

—¿Por qué quemarlos de esta manera? —dijo Sharp—. Entiendo a dónde vas con el método de eliminación, tiene sentido, pero ¿por qué asesinar a alguien y luego tomarse la molestia de desmembrar su cuerpo y convertirlo en carbón?

Kay tomó un respiro profundo antes de agitar su mano sobre las fotografías del vertedero que mostraban los restos carbonizados. —Creo que es simbólico para él. Lo está haciendo por una razón. No puedo descifrar cuál es el motivo para matar a Clive

Wallis y Rupert Blacklock, pero ¿hacer esto? Está haciendo una declaración.

—¿A quién?

—No lo sé. Todavía no.

Se inclinó hacia adelante y golpeó suavemente los planos de la expansión del hotel que había obtenido de Kevin Tavistock. —La expansión del hotel implicaba derribar algunos edificios antiguos aquí. Es demasiado tarde ahora para investigar esa área, ya que cualquier evidencia de otras víctimas que pudieran haber estado allí habrá sido destruida. Stevens mata de nuevo, pero no tiene dónde deshacerse del cuerpo de Wallis. Así que entra en pánico. Roba el vehículo y lo usa para mover el cuerpo a algún lugar donde pueda quemar los restos.

Kay hizo una pausa y recorrió con la mirada el mapa extendido sobre la mesa.

Carys se aclaró la garganta. —Pero seguramente necesita un terreno donde pueda hacer eso, ¿no? No puedes simplemente ir por ahí encendiendo fogatas en medio de la nada, ¿verdad?

—No es así —dijo Gavin—. Por aquí, la gente ha estado cortando su propia leña y haciendo carbón durante siglos. Todo lo que necesitas es el permiso del propietario del terreno y listo. A muchos de los granjeros de por aquí que son dueños de bosques les gusta que la gente lo haga: fomenta el nuevo crecimiento y evita que los árboles viejos se conviertan en un peligro para los caminantes y los animales.

Barnes levantó un dedo. —Esperen un momento. Si estás diciendo que Stevens está quemando los cuerpos de las víctimas para deshacerse de la evidencia, ¿dónde están todas sus pertenencias? Ya sabes, ropa y cosas así. Tendría sentido que, si quemó los cuerpos, también quemara toda la demás evidencia.

Kay dirigió su atención a Carys. —¿El informe de Harriet del vertedero mencionaba rastros químicos de acrílicos, algodón, cuero, algo así?

—No. —La frente de la detective más joven se arrugó—. Dijo que los... eh... pedazos eran demasiado pequeños para extraer algo. Tuvimos suerte de obtener resultados de los dientes.

—Maldición. —Kay dio un paso atrás de la mesa y examinó los documentos e imágenes frente a ella.

Sabía que cuando había aventurado su teoría era una posibilidad remota, pero el hecho de que no tuviera nueva evidencia para respaldarla la frustraba.

Estaban tan cerca... podía sentirlo.

Recordó la conversación que ella y Barnes habían tenido con él en el centro de artesanía.

Travis Stevens estaba en las inmediaciones de

ambas víctimas antes de sus muertes, y tenía los medios para deshacerse de los cuerpos.

Pero ¿por qué matarlos?

¿Qué le hicieron esos dos hombres que justificara sus muertes?

—Muy bien —dijo Sharp—. Basándome en lo que tienes aquí, estoy de acuerdo en que deberíamos traer a Travis Stevens para interrogarlo.

—Gracias, jefe. ¿Quieres observar?

—Sí. Si tienes razón sobre él y ha hecho esto antes, quiero asegurarme de estar en posición de informar a los mandos en la jefatura que esta investigación podría ser más grande de lo que anticipamos. Tendremos que manejar a los medios en consecuencia.

—Entendido.

—Bien. Ve a buscar a tu hombre a primera hora de la mañana.

CAPÍTULO 46

Wendy Gibson se llevó dos dedos a la boca y soltó un silbido penetrante que hizo huir espantado a un pájaro carpintero moteado de un castaño cercano.

—¡Bailey!

Un aullido emocionado llegó a sus oídos.

Maldijo entre dientes.

—Maldito perro.

Miró su reloj: ya llegaba tarde, y el hombre de la compañía de fontanería le había dejado muy claro que si no estaba en casa cuando pasara a las siete de la mañana, no iba a esperarla.

—Tengo la agenda llena para las próximas tres semanas —le había dicho sin el menor atisbo de disculpa—. Es ahora o nunca, cariño.

Wendy suspiró y llamó al perro una vez más.

Odiaba que un completo desconocido la llamara "cariño", pero sospechaba que el irritante fontanero probablemente llamaba así a todas sus clientas, y "colega" a sus clientes masculinos. Suponía que así se ahorraba tener que recordar todos sus nombres.

Por suerte, su jefe había sido comprensivo cuando lo llamó para avisarle que llegaría tarde, e incluso le sugirió que trabajara desde casa el resto del día.

—Ya sabemos cómo pueden ser los fontaneros —había dicho—. Podría estar ahí un buen rato, seamos realistas.

Sonrió. Trabajar para una consultora de marketing familiar tenía sus ventajas, y le encantaba la flexibilidad de su puesto. Sin duda tendría que trabajar un sábado pronto, dado el número de proyectos comisionados que estaban asumiendo, pero no le importaba.

Tras el divorcio, se había volcado en su carrera como si quisiera demostrarse a sí misma que los últimos quince años no habían sido una completa pérdida de tiempo. Desempolvar su título en comunicación y ponerse al día con las prácticas actuales tampoco la había intimidado.

A Wendy le encantaba aprender.

El bosque le proporcionaba un respiro bienvenido del estrés que le había causado el calentador de agua roto durante los últimos tres días. Odiaba el frío, y la idea de ducharse con agua helada por cuarto día consecutivo hizo que aceptara la exorbitante tarifa de visita del fontanero sin discutir.

—¡Bailey!

El perro gimió, y Wendy aceleró el paso.

Algo en la renuencia del perro a volver cuando lo llamaba despertó su interés, y maldijo al tropezar con una raíz expuesta en su prisa por descubrir qué estaba pasando.

El viento cambió de dirección, y captó el olor inconfundible de humo en la brisa que le acariciaba el rostro.

Su corazón dio un vuelco, un escalofrío de miedo le oprimió el pecho.

¿Seguro que nadie había sido tan estúpido como para iniciar un fuego?

Su mirada se posó en la hierba seca y alta a ambos lados del sendero cubierto de maleza; si un incendio se desataba, se propagaría rápidamente y ella no tendría a dónde ir.

Intentó recordar la ruta que había tomado. Desde que las obras de construcción habían comenzado en los límites exteriores de los terrenos del hotel, su ruta habitual se había visto forzosamente alterada. Donde antes podía tomar un atajo alrededor del perímetro del campo de tiro con arco, ahora tenía que abrirse paso entre delgados arbolillos para llegar a un sendero que se extendía por un par de kilómetros y se bifurcaba a mitad de camino para unirse a una ruta secundaria que llevaba al centro de artesanías local.

A solo cuatrocientos metros de su caminata esa mañana, Bailey había salido corriendo al ver un conejo y no se le había vuelto a ver desde entonces.

Otro aullido emocionado llegó a través de los árboles antes de que Wendy divisara un hueco entre el follaje por el que podía colarse.

Metiendo la mano en la manga de su chaqueta para protegerse de las espinas que pudieran arañarle la piel, empujó los brazos a través de las finas ramas y se encontró en un claro bordeado por todos lados por árboles altos.

El perro estaba en el lado opuesto, con la lengua colgando por la comisura de la boca como si le sonriera.

—¡Ven aquí! —ordenó, y satisfecha de que el perro fuera a obedecer esta vez, dirigió su atención a lo que parecía ser un gran círculo de láminas de metal.

Bailey se unió a ella mientras se acercaba a la estructura, y Wendy se agachó para enganchar la correa del perro a su collar en caso de que volviera a escaparse.

Al incorporarse, notó otro sendero cubierto de maleza que salía del claro y frunció el ceño.

Varias ramas habían sido rotas para facilitar la salida de vuelta al bosque, y notó dos surcos profundos cortados a través de la hierba alta, como si algo hubiera sido arrastrado hacia el círculo de metal.

Un humo azul salía de una chimenea cilíndrica instalada en la parte superior del círculo y cuando la brisa cambió de dirección una vez más, sus ojos se abrieron de par en par horrorizados.

Retrocedió tambaleándose y luego salió corriendo a toda velocidad, arrastrando al perro con ella hasta que se detuvo junto a un tronco caído, exhausta.

Había intentado alejar el recuerdo a lo largo de los años, siguiendo el consejo de los psicólogos que sus padres habían consultado, pero nunca olvidaría el hedor de la carne humana quemándose.

CAPÍTULO 47

Debbie se desabrochó el cinturón de seguridad mientras Harry Davis detenía suavemente el coche patrulla sobre la superficie irregular.

Salió del coche, se ajustó el chaleco de colores brillantes y se puso la gorra en la cabeza, luego cruzó el bordillo de hierba hasta donde un bombero estaba revisando las válvulas en el costado de un camión de bomberos.

—Buenos días, Steve.

Él levantó la mirada cuando ella se acercó, su expresión seria se transformó en una sonrisa al verla.

—Hola, Debbie. ¿Te tocó la pajita más corta?

Ella sonrió. —He estado encerrada en una sala de incidentes durante las últimas dos semanas. Me pusieron en el turno de hoy para cubrir al compañero de Harry. Solo lleva un mes con nosotros y ya está de baja por enfermedad.

El bombero dirigió su atención a su colega. —¿Ya lo habéis agotado?

—Muy gracioso. ¿Qué tenemos?

Steve señaló con el pulgar por encima de su hombro hacia donde una mujer con un perro dálmata estaba hablando con uno de los otros miembros del equipo de bomberos.

—Alguien ha encendido una hoguera en un claro por allí. Ella lo informó porque nunca se ha encontrado con algo así en el bosque antes, y huele raro. ¿Podríais manteneros a distancia hasta que os demos el visto bueno?

—Lo haremos —dijo Debbie.

Más allá de su posición, el leve rumor del tráfico en la carretera más allá del bosque llegó a los oídos de Debbie, la normalidad de la gente ocupada en sus asuntos cotidianos en marcado contraste con la escena ante ella.

Se habían enviado dos camiones al incendio, pero al llegar al lugar, el oficial superior de bomberos había evaluado la situación, considerado innecesario el segundo equipo, y ella observó cómo el conductor del vehículo maniobraba cuidadosamente el enorme camión de vuelta por el sendero del bosque hacia el camino más allá.

Debbie se dirigió hacia la mujer que observaba al otro equipo de bomberos, con su perro a su lado.

—Disculpe, ¿señora Gibson?

La mujer se volvió. —Gracias a Dios que están aquí. Me preocupaba que nadie me tomara en serio.

Perpleja, Debbie sacó su libreta de su chaleco y la abrió en una página limpia mientras Harry se agachaba y jugaba con el perro.

—¿Le importa si le hago algunas preguntas?

—En absoluto.

—¿Puede contarme los eventos de esta mañana con sus propias palabras?

—Estaba paseando a Bailey; tenemos nuestra ruta habitual, pero no pudimos tomar el camino que normalmente sigo porque lo vallaron hace un tiempo y no he tenido la oportunidad de explorar una alternativa hasta hoy. No conozco muy bien esta zona, nos mudamos aquí hace solo tres meses. Iba con prisa. Se suponía que debía estar de vuelta en casa hace veinte minutos para recibir a un fontanero. Probablemente no podré hacer que vuelva ahora en otras tres semanas. En fin, Bailey se escapó, supongo que con una nueva ruta tenía todos esos olores diferentes para explorar, para cuando la alcancé la encontré por allí.

—La mujer hizo una pausa, su rostro preocupado—. No sé qué era. Algo no se sentía bien, y luego cuando olí lo que se estaba quemando, llamé al triple nueve.

Debbie frunció el ceño. —¿Qué quiere decir? ¿Qué olió?

Inclinó un poco la cabeza, tratando de captar la brisa, pero el humo se había disipado; el equipo de bomberos había usado espuma para sofocar los bordes exteriores de la estructura circular de metal, y solo una delgada cinta de humo azul salía de lo que parecía una chimenea en la parte superior.

La mujer sacó un pañuelo muy usado de su bolsillo y se sonó la nariz. —La única otra vez que olí algo así fue cuando mi hermano estaba jugando con una hoguera cuando tenía siete años, y luego se salió de control. —Se estremeció, luego señaló la estructura de metal—. Olía como carne quemada.

Harry se enderezó, sus ojos encontrándose con los de Debbie, y ella cerró su libreta de golpe.

—Está bien, señora Gibson. ¿Puede esperar junto al coche patrulla un momento, por favor?

La mujer recogió la correa floja del perro y se apresuró a alejarse.

—¿Qué piensas? —dijo Harry.

Debbie no respondió. En ese momento, uno de los

bomberos les hizo señas para que se acercaran y cruzaron hacia donde el equipo estaba empacando.

Parpadeó cuando los rayos del sol atravesaron los árboles y se protegió los ojos mientras sus botas pisaban un camino a través de la exuberante maleza.

El entorno pacífico ayudó a calmar sus nervios, las ramas verdes de los árboles se elevaban sobre su cabeza.

A lo lejos, un faisán gritó una vez antes de que otro pájaro respondiera desde más adentro de los árboles.

—Se ha enfriado lo suficiente como para que podamos abrirlo —dijo Steve cuando se acercaron—. ¿Vamos?

Un fuerte golpe vino desde dentro de la estructura, y dieron un salto hacia atrás.

—¿Q-qué fue eso? —dijo Debbie. Se volvió hacia Harry en busca de seguridad y se alarmó al notar que él parecía tan asustado como ella—. ¿Qué está pasando?

Él negó con la cabeza y se llevó la radio a los labios.

—Tengo un mal presentimiento sobre esto, Debs.

CAPÍTULO 48

Kay bordeó el perímetro del claro del bosque, sin querer pasar por debajo de la cinta azul y blanca de la escena del crimen que ondeaba con la suave brisa hasta que le dijeran que era seguro hacerlo.

Un equipo de bomberos trabajaba en el extremo más alejado del claro, con voces apagadas mientras enrollaban las mangueras y realizaban una inspección de la maleza circundante para asegurarse de que no se les hubiera escapado ninguna brasa humeante.

Se mordisqueó la uña del pulgar y miró hacia donde Debbie y su colega uniformado se habían reunido en el extremo más alejado del área acordonada.

Parecían estar absortos en la conversación, con el

sargento cerca de su joven colega como si quisiera protegerla de más angustia.

Kay desvió la mirada para darles algo de privacidad.

Cada uno de ellos tenía un mecanismo para superar estas cosas diferente que se desarrollaba con el tiempo y la exposición a las distintas situaciones a las que se enfrentaban en el trabajo, pero si esta era la primera vez que Debbie veía un cuerpo quemado, probablemente se quedaría con ella durante mucho tiempo, si no para siempre.

El rostro de la mujer aún estaba pálido cuando se acercó a Kay.

—Debe haber muerto en agonía —dijo, y se secó los ojos—. Estaba acurrucado en posición fetal, jefa. Sus manos parecían garras aferradas a su pecho.

Kay extendió la mano y la colocó en el brazo de la mujer.

—Debs, eso le ocurre naturalmente a un cuerpo humano cuando se quema. Con suerte, Harriet lo confirmará, pero lo más probable es que ya estuviera muerto antes de que lo colocaran dentro.

Debbie parpadeó.

—¿Tú crees?

—Sí, lo creo. —Miró por encima de la cabeza de la mujer hacia donde Harriet estaba hablando con el líder del equipo de bomberos—. No creo que nuestro asesino hubiera podido meterlo en ese círculo de metal de otra manera. Creo que este fue un método de eliminación, no la forma en que lo asesinó.

—Entonces, ¿qué produjo el sonido que escuchamos?

—Probablemente fue causado por la contracción de los huesos debido al calor.

Debbie se estremeció.

—Nunca había tenido una víctima quemada antes. Es la primera vez.

Kay le apretó el brazo antes de soltarlo.

—¿Vas a estar bien?

—Sí, creo que sí. Gracias.

—Ya sabes dónde encontrarme si me necesitas.

—Gracias, jefa. Lo aprecio.

Interrumpieron su conversación cuando uno de los asistentes de Harriet se acercó a la cinta y le hizo señas a Kay para que se acercara.

—Vuelvo en un minuto —le dijo a Debbie, y se apresuró hacia el miembro del equipo de investigación de la escena del crimen.

A su derecha, Barnes se apresuró para alcanzarla, con su teléfono móvil pegado a la oreja.

—Carys confirma que hay un coche patrulla en camino para arrestar a Travis Stevens.

Kay apretó los puños a los costados. Había llegado demasiado tarde para salvar al hombre cuyos restos yacían en el horno, y eso la atormentaría, lo sabía.

—De acuerdo, gracias. ¿Me acompañas?

Él terminó la llamada, guardó el móvil en el bolsillo de su camisa y se puso el traje de plástico que Kay le entregó de una caja en el perímetro. Ambos firmaron el portapapeles que Harry Davis les extendió, luego se movieron hacia el área acordonada.

—¿Estás listo para esto? —murmuró Kay en voz baja mientras observaba al equipo de Harriet dando vueltas, esperándolos.

—Tanto como puedo estarlo —dijo Barnes—. ¿Debbie está bien?

—Dice que está bien. La vigilaré.

Él hizo un gesto hacia los bomberos, que ahora se dirigían de vuelta a su vehículo.

—¿Dijeron cómo lo apagaron? No puedo imaginar que Harriet esté contenta si empaparon la evidencia.

—Aparentemente, la estructura tiene agujeros alrededor del exterior, cerca del fondo. Todo lo que tuvieron que hacer fue sellarlos y el fuego se apagó rápidamente una vez que se quedó sin oxígeno. Se le pidió a Harriet que viniera aquí al mismo tiempo que tú recibiste la llamada, así que pudo ayudar a supervisar la preservación del cuerpo.

Guardaron silencio mientras la hierba alta rozaba sus piernas, y Kay recorrió con la mirada la escena frente a ella mientras la mujer se acercaba.

—¿Qué tenemos, Harriet?

La investigadora principal de la escena del crimen se bajó la mascarilla de la cara mientras su equipo comenzaba a despejar el contenido de la estructura metálica.

—Bueno, a pesar de la contracción en los huesos causada por el fuego, diría que es un hombre adulto, a juzgar por el tamaño del cuerpo. Ha estado aquí un tiempo; tal vez seis horas. —Hizo un gesto hacia el círculo de hierro corrugado—. Y, antes de que ustedes dos se emocionen demasiado, a pesar de estar en una pieza, este no va a revelar los secretos de él fácilmente —dijo Harriet. Les hizo señas para que se acercaran al círculo de metal.

Kay tragó saliva y contuvo la respiración. Lo último que quería hacer era mirar, pero sabía por experiencia que tendría una mejor comprensión de los métodos del asesino si trataba de aprender tanto como fuera posible mientras estuviera en la escena del crimen.

—¿Dijiste "él"?

Harriet asintió.

—Además, no creo que una mujer hubiera podido levantar a la víctima por encima del borde de esto, y mucho menos arrastrarlo por la maleza para llegar aquí.

—¿Has encontrado marcas de arrastre? —dijo Barnes, estirando el cuello para ver más allá de la cinta en la parte trasera de la escena del crimen.

—Por ahí. Esa área que hemos acordonado indica que alguien caminó aquí cargando un gran peso; la hierba está aplastada hasta la tierra desnuda. La estructura ha estado aquí un tiempo; está diseñada para que una persona pueda voltearla y rodarla hasta su posición, pero no hemos encontrado evidencia de que eso se haya hecho recientemente.

—¿Huellas? —dijo Kay, incapaz de ocultar el rastro de emoción en su voz.

—Lo siento, no; el suelo está demasiado duro por la falta de lluvia que hemos tenido este mes.

Harriet se detuvo junto al círculo de metal e indicó que debían mirar dentro.

Kay exhaló, luego se asomó por encima del borde metálico irregular.

El círculo mismo le llegaba al pecho y era una estructura ancha que se abría ante ella.

Dejó escapar un gemido.

Acurrucados en posición fetal, exactamente como Debbie lo había descrito, estaban los restos quemados de un hombre adulto.

A medida que el fuego se había enfriado, sus huesos se habían agrietado y astillado, dejando una impresión de rompecabezas de un ser humano. Kay se apartó, luchando contra la bilis.

—¿Murió aquí?

—No —dijo Harriet. Subió por una escalera que había sido colocada contra la estructura, luego se inclinó y señaló el cráneo de la víctima—. Herida por trauma contundente aquí. Obviamente, tendremos que esperar a que Lucas lo confirme, pero mi mejor suposición es que este fue el golpe mortal.

—Así que está tratando de quemar el cuerpo para ocultar la evidencia —dijo Kay.

—No tan rápido —dijo Harriet—. Este fuego nunca iba a alcanzar la temperatura necesaria para destruir completamente un cuerpo.

—¿Qué quieres decir?

—Mira cómo el cuerpo ha sido colocado encima de todo lo demás aquí. Está bien, se ha quemado y reducido, pero el fuego se inició con maleza seca, luego parece que se añadieron ramas de árboles: tu asesino las ha apilado de tal manera que el fuego ardería lentamente. Haré que envíen los restos de madera para su análisis, pero el hecho de que todavía haya restos carbonizados aquí me sugiere que es una madera dura como el avellano.

Barnes se alejó de la estructura metálica. —¿Qué es esta cosa, de todos modos? ¿Un montón de compost?

—No, es un horno. Charlie de allá dice que solía verlos todo el tiempo cuando era niño.

—¿Un horno? —dijo Barnes—. ¿Como para cerámica?

—No, para hacer carbón vegetal —dijo Harriet—. Se ha reducido a una industria artesanal por estas partes ahora, pero una vez fue una forma para que los lugareños ganaran algo de dinero durante los meses de primavera y verano. Cortaban la madera para manejarla y mantener el nuevo crecimiento sostenido, mientras vendían lo que producían, ya sea usando la madera para cercas o convirtiéndola en carbón vegetal. Alguien sabe lo que está haciendo.

CAPÍTULO 49

Kay levantó la mirada de las notas que había colocado en un archivo para ver a Sharp avanzando hacia ella, con Barnes y Carys siguiéndole.

—¿Estás lista? —dijo Sharp.

—Sí. El sargento Hughes lo registró hace un par de horas; los uniformados lo recogieron cuando estábamos en la escena del crimen. No ha dicho nada; creo que podría estar en estado de shock.

—¿Quién es su abogado?

—Un tipo llamado Hargreaves de un bufete de Ashford.

—Muy bien. Yo estaré observando y Carys puede tomar notas adicionales. No quiero que este se nos escape, Kay. Tenemos que detenerlo, y tenemos que hacerlo ahora.

—Entendido, jefe.

Esperó mientras Sharp, Carys y Gavin entraban en la sala de observación, les dio unos momentos para encender los monitores que les proporcionaban un enlace en vivo a través de la cámara a la sala de interrogatorios, luego se volvió hacia Barnes, quien asintió y pasó su tarjeta por el cerrojo.

Él le abrió la puerta, luego se dirigió al equipo de grabación antes de tomar asiento a su lado. Una vez que se leyó la advertencia formal, Kay abrió el archivo frente a ella y levantó la mirada hacia Travis Stevens.

El sudor se formaba en su línea del cabello, y una profunda arruga moteaba su frente mientras se rascaba una costra en el dorso de la mano. Sus ojos se dirigieron a la puerta, luego de vuelta a ella.

—Cuando hablamos con usted la semana pasada, afirmó que había estado trabajando hasta tarde las noches del miércoles y jueves. ¿Qué hizo cuando salió del centro de artesanía?

—Nada en particular. Estaba cansado, así que cuando llegué a casa solo vi un poco de televisión.

—¿A qué hora llegó a casa?

Su frente se arrugó aún más y se frotó el dorso de la mano una última vez antes de reclinarse en su asiento y cruzar los brazos sobre el pecho. —Bueno, solo toma media hora más o menos, así que supongo que debió de haber sido alrededor de las ocho y media, cuarto para las nueve, algo así.

—El carbón que usa en la forja. ¿De dónde lo obtiene?

—Yo mismo hago la mayor parte en primavera. Es demasiado caro comprarlo durante el verano porque todo el mundo por aquí hace una barbacoa en cuanto hay un atisbo de buen día. Normalmente estoy demasiado ocupado en el centro de artesanía durante el verano de todos modos, así que no tengo oportunidad de hacer ninguno entonces.

—¿Dónde lo hace?

—¿Por qué quiere saberlo? ¿Qué está pasando?

—Responda a la pregunta, señor Stevens.

Miró a su abogado, pero el hombre solo levantó las cejas en respuesta.

—Hay un bosque privado cerca de la casa de mis padres en Biddenden. El propietario me deja cortar lo que necesito después del invierno; le ahorra trabajo.

Kay hizo una pausa para revisar sus notas. —¿Ese sería el bosque que limita con la A262?

—Sí.

—¿Qué usa para hacer el carbón?

—Un horno, por supuesto. Mi padre y yo hicimos

uno hace unos años con unas chapas viejas de hierro corrugado que él tenía.

—¿Qué pasa con el horno cuando no lo está usando?

—No lo sé. Simplemente lo dejo allí. Solíamos colocarlo en un remolque y llevarlo de vuelta a la casa de mis padres después de cada quema, pero eso era un fastidio, honestamente.

—¿Tiene otros hornos en la zona?

—No, ¿por qué los tendría?

—¿Cuándo fue la última vez que estuvo allí, en los bosques de Biddenden?

Su frente se arrugó y se frotó la mandíbula con la mano. —Debe de haber sido a finales de abril. Sí, abril. Hice una última quema para que me durara hasta finales de agosto.

—¿Dónde almacena su carbón?

—Con un amigo mío.

—¿Por qué no lo guarda en la forja? ¿No tendría más sentido?

Se encogió de hombros en respuesta, bajando la mirada.

—Necesitaremos un nombre.

Kay esperó mientras Barnes garabateaba los detalles en su cuaderno, luego volvió su atención a Stevens.

—¿Dónde estuvo entre el mediodía de ayer y las nueve de la mañana de hoy?

—En casa. —Un destello de esperanza brilló en sus ojos—. Puede preguntarle a mi hermana y su marido. Se quedaron conmigo porque iban a conducir hasta Ashford para tomar el tren a Francia esta mañana. Se fueron justo antes de que llegaran los suyos.

—¿Número de teléfono?

Recitó un número de móvil de memoria, y Kay dejó que su mirada vagara hacia la cámara fijada en un soporte en el techo detrás de Stevens, antes de volverse hacia Barnes y asentir.

—Entrevista suspendida.

Salió por la puerta y caminó por el pasillo mientras Barnes la cerraba detrás de ellos. Sharp salió de la sala de observación.

—¿Qué piensas? —dijo.

Se pasó una mano por la nuca. —Me gustaría retenerlo por el incremento completo de horas. Nos da tiempo para que el equipo de la forja procese la escena y nos informe.

—¿Crees que es él?

—Está mintiendo sobre algo, eso es seguro. Estaba siendo evasivo durante la entrevista.

—Estoy inclinado a estar de acuerdo —dijo

Barnes—. Tal vez estemos buscando a dos asesinos, no a uno, y él está protegiendo a alguien.

—De acuerdo —dijo Sharp, mirando su reloj—. Firmaremos el papeleo para mantenerlo bajo custodia por ahora. Eso te da unas horas más para encontrar algo.

—Esperen. —Carys apareció en la puerta de la sala de observación y levantó una nota—. He llamado al número que proporcionó. Su coartada se confirma: su hermana y cuñado viajaron desde Worcestershire hace dos días. Aparentemente, todos cenaron juntos en la casa de Stevens anoche antes de que se fueran a Ashford a las ocho de esta mañana.

Kay miró a Barnes, luego de vuelta a Sharp. —Entonces no es nuestro hombre. Está diciendo la verdad. No hay forma de que pudiera haber ido al bosque y vuelto a casa en ese lapso de tiempo.

—¿Crees que alguien más sabía sobre su horno? —dijo Carys.

—Debe de haberlo sabido. —Giró sobre sus talones—. Barnes, conmigo.

Empujó la puerta de la sala de interrogatorios, presionó el botón de "grabar" y se giró para enfrentar a Stevens.

—¿Quién sabe sobre el horno?

—¿Eh?

—Me ha oído. ¿Quién más usa el horno?

—No lo sé.

Barnes lo miró con furia. —Esta mañana se descubrió otra víctima, Travis, carbonizada en un horno de carbón vegetal. Por mi vida que no puedo entender por qué está siendo tan evasivo si dice que es inocente. Usted sabe algo, y a menos que quiera que lo acuse de obstruir el curso de la justicia, hable.

El abogado del hombre se aclaró la garganta, y cuando su cliente se volvió para mirarlo, levantó una ceja e inclinó la cabeza en dirección a los dos detectives.

Stevens palideció, pero logró asentir levemente. —Está bien. Miren, cuando ustedes aparecieron, entré en pánico, ¿de acuerdo? Yo… cultivo una pequeña cantidad de marihuana detrás de la forja. —Levantó las manos—. No la vendo. Es solo para mi uso personal. Me ayuda con la artritis en las muñecas. Si no puedo trabajar, no gano nada.

Kay exhaló y negó con la cabeza asombrada. —¿Por qué diablos no nos dijo esto antes?

—Como dije, entré en pánico. No puedo permitirme perder mi negocio. Además, no soy el único que hace carbón vegetal por aquí. Si se me acaba, tengo que comprar más; no tengo tiempo para hacer una quema durante los meses de verano porque es cuando hago la mayor parte de mi trabajo.

Kay entrecerró los ojos. —¿A quién le compra el carbón vegetal?

—A Derek Flinders. ¿Por qué?

CAPÍTULO 50

Carys sostenía su cabeza entre las manos, con una palidez enfermiza en su rostro mientras Kay concluía la reunión informativa de la tarde.

—Debí haberlo sabido. Debí haberme dado cuenta cuando hablamos con él.

Kay notó que Gavin también lucía una expresión igualmente angustiada.

La revelación de que Derek Flinders podría ser su principal sospechoso los había sorprendido a todos, especialmente a los dos detectives que lo habían entrevistado como parte de la investigación inicial en el centro de artesanías hace dos semanas.

—Jesús —dijo Gavin, pasándose una mano por su pelo rubio y puntiagudo—. Ha matado a alguien más desde entonces. Podríamos haberlo detenido. Ni siquiera consideré que pudiera hacer carbón con la madera que poda. Pensé que solo fabricaba los suministros de arquería y las artesanías que vimos en su taller.

—Parad ahí mismo —dijo Kay, apoyándose en un escritorio junto a ellos. Los miró a ambos antes de continuar—. Estamos lidiando con un asesino que tiene tendencias sociópatas. Habéis recibido la misma formación que yo, y sabéis lo astuta que puede ser una persona así. He leído la declaración del testigo que le tomasteis, y no hicisteis nada mal. Las preguntas que hicisteis fueron acertadas, y sus respuestas no revelaron nada. Es inteligente, y nos engañó a todos.

Levantó la mirada por encima del hombro de Gavin cuando Sharp se unió a ellos.

—Kay tiene razón —dijo—. Aprended de la experiencia, pero no dejéis que se enquiste en vuestras mentes. Necesitamos concentrarnos y formular un caso en su contra antes de traerlo para interrogarlo.

—Jefe —dijo Carys, con la mirada baja.

—Vamos —dijo Kay, poniéndose de pie—. Como dije en la reunión, necesitamos repasar nuestros pasos con esa entrevista y verificar su historial laboral. Gav, ¿puedes llamar al tipo que administra la oficina en el centro de artesanías y averiguar si Derek Flinders está allí hoy?

—Lo haré.

Kay se volvió hacia Carys—. Como dijo Sharp, vuelve a la silla. Necesito que revises la base de datos nuevamente para averiguar si hay casos similares a este en todo el país. Amplía la búsqueda original que realizamos la semana pasada. Alguien así ha tenido práctica, estoy segura de ello.

—Jefa.

Satisfecha de que el trabajo de sus colegas mantendría sus mentes ocupadas por un tiempo, Kay se dirigió a su escritorio con Sharp detrás.

Su teléfono comenzó a sonar cuando se acercaban, y él se apartó para apresurarse a su oficina y contestar.

—Probablemente sea la oficina de prensa —gritó por encima del hombro.

Kay se hundió en su silla y dirigió su atención a Barnes, que estaba sentado frente a ella—. Ian, ¿cómo va el análisis de la escena del crimen de esta mañana?

—Sorprendentemente bien conservada —dijo, levantando la vista de la pantalla de su ordenador—. El equipo de Harriet ha enviado un correo electrónico preliminar diciendo que han recuperado lo que parecen ser restos de una cartera de cuero (pequeños trozos, eso sí) y una hebilla de cinturón metálica. También se encontraron dos anillos de oro dentro del horno. Posiblemente una alianza de boda y un anillo de sello.

Kay exhaló, la sobria realidad de que tendría que informar a una mujer que su marido había sido asesinado atormentaba sus pensamientos.

—¿Algo más?

Barnes negó con la cabeza—. Todavía están procesando la escena.

Kay se frotó las sienes mientras trataba de concentrarse. Estaban tan cerca ahora: todas las pruebas empezaban a señalar a Flinders como su asesino, pero una vez más, no tenía idea de qué lo motivaba.

Extendió la mano hacia el ratón de su ordenador, lo movió para que la pantalla cobrara vida y abrió la transcripción de la entrevista que Carys y Gavin habían realizado en el centro de artesanías con el hombre.

Había tenido razón: no había nada que sugiriera algo sospechoso en las respuestas del hombre, y ninguno de los detectives había notado reticencia alguna para responder a sus preguntas, pero suspiró al leer la última frase.

—¿Estás bien?

Levantó la vista al oír la voz de Barnes—. Según estas notas, fue Flinders quien recomendó los perritos calientes de la furgoneta del carnicero en el centro de artesanía.

—Bastardo. Lo preparó todo.

—Nos desvió de su pista por un tiempo, ¿no?

Gavin se apresuró hacia ellos. —He hablado con el centro de artesanías. No han visto a Flinders en más de cuarenta y ocho horas. Nadie sabe dónde está, y no contesta al número de móvil que nos dio.

—¿Quieres que emita una alerta para buscarlo? —dijo Barnes.

—Sí —dijo Kay—. También en todos los puertos. ¿Tienes la dirección de su casa, Gav?

—Ya se la he pasado a los uniformados.

—Bien. Si no está allí, diles que esperen.

—Lo haré.

Se dirigió rápidamente hacia su escritorio.

—Así que —continuó Barnes—, recomienda los perritos calientes y tiene la audacia de robar la camioneta del hombre para mover dos cuerpos, o partes de ellos.

—Ponte en contacto con Alan Marchant y pregúntale si ha tenido algún encontronazo con Flinders últimamente, Ian. Puede que no sea nada, pero tal vez haya una conexión ahí que aún no hemos descubierto.

Carys levantó la mano—. Ya tengo un resultado. De la base de datos, quiero decir.

—Adelante.

—Extendí la búsqueda más allá de Sussex, Surrey y Londres: hace unos cuatro años, se encontraron partes de cuerpos quemados de manera similar esparcidas en un sitio de construcción abandonado en Bristol. Se usaron los dientes para identificar a un vendedor de Plymouth que había desaparecido. También tengo dos hombres más desaparecidos que fueron vistos por última vez en Bristol hace cinco años, uno de Nottingham y otro de Bedford. Nunca se han descubierto restos.

Kay frunció el ceño, luego se volvió hacia Barnes —. ¿Bristol? ¿Dónde he oído eso antes?

—Espera.

Barnes agarró su cuaderno y pasó las páginas—. Aquí está. Trudy Evans. Cuando hablamos con ella, dijo que había llegado al hotel hace tres años y medio. Antes de eso había estado en Bristol.

—Tráela —dijo Kay—. Ahora.

CAPÍTULO 51

Cuando Kay entró en la sala de interrogatorios número dos delante de Barnes, su primera impresión fue que Trudy Evans parecía aterrorizada.

Con los ojos muy abiertos, observaba a los dos detectives mientras se acomodaban en sus asientos, su respiración escapaba en jadeos mientras un hilillo de sudor en su línea del cabello captaba la luz de las tiras fluorescentes del techo.

Barnes completó la advertencia formal, y Kay se dirigió a la mujer.

—Trudy, ¿necesita un vaso de agua o algo antes de que empecemos?

—N-no.

Kay miró de reojo a la mujer sentada junto a

Trudy, una abogada de oficio de uno de los bufetes locales de Mill Street, y arqueó una ceja.

La abogada negó sutilmente con la cabeza.

Obviamente, también estaba preocupada por los nervios de su cliente, pero aun así mantenía una expresión impasible. Probablemente no ayudaba el hecho de que la abogada, al igual que su cliente, había sido sacada de su sueño media hora antes de la medianoche y ahora intentaba reprimir un bostezo.

—Muy bien. Empecemos con que nos cuente con sus propias palabras qué pasó el día que Clive Wallis llegó al hotel con sus colegas.

—Ya se los he dicho —dijo Trudy, frunciendo el ceño mientras miraba de Kay a Barnes.

—Esto es ahora una entrevista formal —dijo Barnes—. Necesitamos que aclare para el registro lo que nos dijo en su declaración, porque tenemos más preguntas.

—Oh. Vale. Em, pues sí, todos los de la empresa llegaron más o menos al mismo tiempo ese miércoles. Como dije, fue un caos.

—¿Puede confirmar a qué hora empezaron a llegar?

—Alrededor de la una.

—¿Dejó el mostrador de recepción en algún momento durante su turno?

—Kevin finalmente recordó que necesitaría ir al baño. Eso fue alrededor de las tres. Solo me ausenté diez o quince minutos.

—¿Qué baños del hotel usó?

Trudy puso los ojos en blanco. —Los que están al lado de la recepción, claro. Son los más cercanos.

Barnes deslizó la fotografía de Clive Wallis sobre la mesa. —Por favor, confirme para el registro: ¿reconoce a este hombre?

—Sí. Es el hombre sobre el que me preguntaron.

—¿Y dónde lo ha visto antes?

—Estaba con los demás. Cuando se registraron.

—¿Ha podido recordar su nombre desde la última vez que hablamos con usted?

—No, lo siento. Veo a tantos huéspedes que no recuerdo todos sus nombres. A menos que destaquen, como si son groseros o extremadamente educados.

—¿Lo vio en algún otro momento entre el miércoles por la tarde y el viernes por la mañana?

Trudy negó con la cabeza.

—Tiene que responder para la grabación, por favor.

—No, esa fue la última vez que lo vi vivo.

—Una frase extraña —dijo Barnes—. ¿Quiere explicarla?

—Yo no lo maté —balbuceó Trudy. Sus ojos se

abrieron de par en par cuando ninguno de los dos respondió, y se volvió hacia su abogada—. ¿Creen que yo lo maté?

La mujer a su lado permaneció impasible, pero hizo un gesto con la mano para tranquilizarla, y su cliente se volvió para enfrentar a los detectives.

Kay abrió la carpeta frente a ella y recorrió la página con la mirada. —Se mudó aquí desde Bristol hace tres años. ¿Por qué fue eso, Trudy?

—Me apetecía un cambio, para ser honesta.

Los sentidos de Kay captaron la formulación de la respuesta de la mujer, y alzó la mirada mientras empujaba un recorte de periódico sobre la mesa hacia ella. —Parece que mientras estaba en Bristol, dos hombres desaparecieron. Del hotel en el que trabajaba.

—¿Qué? —Trudy cogió el recorte, sus ojos recorriendo las palabras mientras su rostro palidecía aún más. Finalmente, lo dejó caer sobre la mesa, con las manos temblorosas—. Yo nunca maté a nadie. Tienen que creerme.

—¿Por qué vino a Kent?

—No sé. Estaba aburrida donde estaba.

—El hotel donde estos hombres desaparecieron.

—Sí. Era un centro de conferencias en la ciudad. El sueldo estaba bien, supongo, pero es un fastidio moverse por la ciudad, y el alquiler es caro. Los precios siguen subiendo, ¿saben? Cuando surgió la oportunidad de aceptar un trabajo en el nuevo hotel de la compañía en Kent, pensé que era una buena excusa para salir.

—¿Cómo solicitó el puesto?

Los ojos de Trudy se iluminaron y una sonrisa llegó a sus labios, olvidó sus nervios por un momento mientras se sentaba más erguida. —No lo solicité, me contrataron directamente —dijo, con un tono de orgullo llenando su voz, el color volviendo a sus mejillas.

—¿Quién la contrató?

—Bettina. La supervisora a la que reporto ahora. Habíamos trabajado juntas en Bristol hasta que ella se fue tres meses antes que yo para ayudar a lanzar el hotel aquí. Es el establecimiento insignia de la compañía, y querían que ella estuviera a bordo desde el principio. Una vez que se instaló, me llamó y me ofreció el trabajo. No iba a rechazarlo, ¿verdad?

Kay miró a Barnes, quien llevaba la misma expresión perpleja que ella estaba segura nublaba sus propias facciones. Sin embargo, él se recuperó más rápido que ella.

—¿Cuánto tiempo hace que conoce a Bettina Merriweather? —dijo.

Trudy se encogió de hombros. —Unos seis años, supongo. Ella me reclutó en Bristol; yo ya estaba harta de trabajar en pubs y quería un cambio. El dinero era mejor en ese momento también. Estaba soltera cuando surgió la oportunidad aquí, así que la aproveché.

Kay hizo una señal a Barnes, y él se inclinó hacia el equipo de grabación.

—Entrevista pausada a las ocho cero siete.

—¿Qué piensas? —dijo ella, una vez que estuvieron fuera y él había cerrado la puerta de la sala de interrogatorios tras ellos.

Él se rascó la barbilla. —Un poco conveniente que siguiera a su jefa unos meses después de que se mudara a Kent, ¿no?

—Tal vez. Pero ¿y si fue Bettina quien borró el nombre de Clive Wallis del sistema? Ella tendría la capacidad de hacerlo, siendo la supervisora de Trudy, ¿no?

—Entonces, ¿quieres decir que Trudy está diciendo la verdad, que sí ingresó los nombres de todos en el sistema, pero fue su jefa quien borró la información?

—Sí. —Kay golpeó ligeramente la carpeta de manila contra su pierna y contempló la alfombra desgastada.

—¿Jefa?

Levantó la cabeza al oír el sonido de pasos apresurados para ver a Gavin corriendo por el pasillo hacia ella.

—¿Qué pasa?

—Acabamos de recibir una llamada de la patrulla uniformada que fue a la casa de Derek Flinders. Él no está allí, pero su esposa sí.

—Vale. ¿Y?

—Kay, su esposa es Bettina Merriweather.

CAPÍTULO 52

Kay sacó una silla frente a la menuda mujer que estaba sentada junto a un sombrío abogado de oficio, luego dejó caer una carpeta de manila sobre el escritorio, haciendo que la documentación aterrizara con un golpe que hizo que Bettina Merriweather saltara en su asiento y levantara la barbilla.

Su abogado frunció el ceño a Kay, su bigote amarillento ocultando el labio curvado que ella sabía que iba dirigido a ella por la hora tardía. Ella le devolvió la mirada, esperó hasta que Barnes hubiera iniciado la grabación y pronunciado la advertencia formal, y luego comenzó.

—Por favor, indique su nombre completo y dirección para el registro.

—Bettina Merriweather. Rosewell Cottage, Sutton Valence. ¿Dónde está mi hijo? Solo tiene quince años.

—Nuestros agentes uniformados hablaron con sus vecinos. Mark está con ellos en este momento.

—De acuerdo.

—¿Dónde trabaja?

—En el Hotel Belvedere.

—¿Cuánto tiempo lleva trabajando allí?

—Tres años.

—¿En qué consiste su trabajo allí?

—Soy responsable de gestionar el personal de recepción, proporcionar coordinación general para los eventos corporativos, y una vez que se complete el lugar para bodas, también lo gestionaré.

—¿Por qué no usa el apellido de su marido?

—Fue lo que acordamos cuando nos casamos. Me gustaba mi apellido de soltera, y a él no le importa.

—¿Cómo es su matrimonio, Bettina?

—¿Qué? —La mujer se quedó boquiabierta y se reclinó en la dura silla de plástico—. ¿Qué tiene que ver eso con usted?

—Responda a la pregunta.

—Es… es… —Los ojos de la mujer se llenaron de lágrimas—. Es una mierda, en realidad.

—¿La golpea?

—Dios, no. —Bettina se estiró y cogió un pañuelo

de la caja cerca del equipo de grabación y se sonó la nariz antes de continuar—. Se acabó, eso es todo. No es que Derek lo acepte. He querido dejarlo durante años, pero hasta que Mark no sea lo suficientemente mayor para cuidarse solo, no puedo.

Kay no dijo nada y juntó las manos sobre el escritorio mientras esperaba que la mujer continuara.

Finalmente, los hombros de Bettina se hundieron.

—Derek es… Dios, ¿cómo explicarlo? Me preocupa lo que hará si lo dejo. Estoy atrapada; si me fuera y él hiciera algo estúpido, me sentiría muy culpable. Me culparía a mí misma.

—¿A qué se refiere con "algo estúpido"? —dijo Kay.

Un suspiro tembloroso escapó de los labios de Bettina. —No le gusta si otro hombre siquiera me mira. Si menciono a los maridos de alguna de mis amigas en una conversación, pierde los estribos. No es que tengamos muchos amigos ya.

—¿Por qué no?

—Amenazó a uno de ellos, hace un año. Estábamos en la fiesta de cumpleaños de alguien en ese pub grande de la calle principal. Una de las madres del colegio de Mark. Me puse a hablar con su marido. Lo único que hizo fue elogiar los pendientes que llevaba. Derek lo oyó, se acercó a donde estábamos hablando y le dio un puñetazo. Él y su esposa, y el resto de ellos, no nos han vuelto a hablar desde entonces.

—¿Se presentaron cargos?

—No.

—¿Qué dijo Derek al respecto?

—Dijo que el tipo se lo merecía y que no quería que yo socializara con ese tipo de gente. Ahora apenas salgo. Es estúpido: ni siquiera me gusta que me toque ya. Parece que lo único que hacemos es discutir. Ni siquiera puedo recordar por qué me enamoré de él en primer lugar —dijo, y se secó los ojos—. Patético, ¿verdad? Todo lo que quería era sentirme amada.

—¿Es por eso que empezó a tener aventuras con los huéspedes del hotel?

Bettina jadeó, dejando caer las manos en su regazo mientras miraba a Kay. —¿Cómo lo...?

—Fue usted quien borró los nombres de los huéspedes del sistema informático, ¿verdad?

La mujer soltó un sollozo ahogado, y luego asintió.

—Necesito que hable para el registro, Bettina.

—Sí —croó—. Fui yo.

—¿Por qué?

—No puedo permitirme perder mi trabajo. Mi hijo

tiene que tomar clases especiales dos veces por semana para ayudarlo con sus tareas escolares para que no se quede atrás, y Derek nunca gana lo suficiente para cubrir los gastos.

—Cuénteme lo que hizo.

Bettina sorbió, luego tragó saliva y se inclinó hacia adelante, cruzando los brazos sobre el escritorio. —Nunca me acosté con los hombres que pagaban con tarjeta de crédito personal, eso habría levantado una bandera roja enorme en el sistema. Solo con los que me gustaban y cuyas facturas pagaban sus empleadores. No importaba entonces.

—¿Por qué culpar a Trudy?

—Porque ella ha metido la pata antes. Siempre la estoy cubriendo.

—¿Derek sabe de sus aventuras?

Los ojos de Bettina se agrandaron. —Él… él no puede. He sido tan cuidadosa.

—¿Está segura?

—Sí. Quiero decir… él habría dicho algo, ¿no?

—¿Qué le dice? Debe estar al tanto de sus turnos, así que ¿cómo ha logrado engañarlo?

—Le digo que tengo que trabajar hasta tarde. Nunca me acosté con nadie durante mis turnos tempranos, hay demasiada gente alrededor. Necesitamos el dinero adicional, así que nunca ha cuestionado mis horas extras.

—¿Y si uno de sus colegas se lo dijera?

—¿Qué? No, no lo harían. No saben lo que he estado haciendo, ¿verdad?

—¿Qué cree que haría él si lo descubriera?

—No lo sé.

—Yo creo que sí lo sabe.

Kay respiró hondo y abrió la carpeta, la cubierta caliente por las páginas recién impresas en su interior. Extrajo una fotografía y la giró para que la otra mujer la viera.

—¿Reconoce estos anillos?

Los ojos de Bettina se agrandaron antes de llevarse una mano temblorosa a la boca. Asintió.

—¿Cuál es su nombre, Bettina?

Gruesas lágrimas rodaron por las mejillas de la mujer, y se las limpió con la palma de la mano antes de tomar un respiro tembloroso.

—Patrick Lenehan. Lo conocí la otra noche. Dijo que tenía un vuelo temprano a Cork. Tenía un taxi que llegaba a las tres de la mañana de ayer para llevarlo al aeropuerto.

—¿A qué aeropuerto?

—No lo sé. No se lo pregunté.

—¿Qué compañía de taxis?

—Alpha Limousines. Lo reservé yo para él.

—Entrevista terminada a la una cuarenta y cinco. Barnes, conmigo.

Kay empujó su silla hacia atrás y corrió hacia la puerta, luego la abrió de golpe y casi chocó con Sharp cuando este salió precipitadamente de la sala de observación con Carys a cuestas.

—Tenemos que contactar con la compañía de taxis y averiguar si lo recogieron en el hotel —dijo ella.

—Me encargo, jefa —dijo Carys, y tecleó los detalles en su móvil.

—Averigua también si tomó ese vuelo —añadió Kay—. Será una de las aerolíneas que salen de Luton.

Carys levantó el pulgar en respuesta y se movió hacia el final del pasillo cuando respondieron a su llamada.

Kay caminaba de un lado a otro por el suelo de baldosas, incapaz de quedarse quieta. —He repasado todas las entrevistas que se hicieron en el hotel y en el centro artesanal, jefe. ¿Cómo diablos se me pasó por alto que ella y el proveedor de tiro con arco estaban casados?

—Cálmate, Kay. A todos se nos pasó por alto, porque ninguno de los dos ofreció la información voluntariamente. Te hace preguntarte cuánto tiempo hace que el matrimonio se acabó, ¿no?

—Para ella, quizás —dijo Kay, negando con la cabeza—. No creo que para él se haya acabado.

—¿Crees que su marido mató a Lenehan y que es él a quien encontraron quemado en el horno? —dijo Sharp, con preocupación en sus ojos grises.

—Sí, eso creo. Por lo que nos ha contado, estoy dispuesta a apostar que él está bien al tanto de sus aventuras. También apuesto a que, en lugar de enfrentarse a ella, está matando a los hombres con los que se acuesta.

—¡Jefa!

El sargento Hughes se apresuró hacia ella.

—¿Qué pasa?

—Pensé que debería saberlo: llegó un informe de un vehículo robado esta mañana temprano. Noté la dirección cuando registré a la señora Merriweather y pensé que la había visto antes. Es un sedán plateado de cuatro puertas.

Kay tomó la nota de su mano extendida y recorrió la página con la mirada. —Maldita sea. Ella denunció el robo de su coche esta mañana.

Barnes maldijo por lo bajo. —Comparten un vehículo. Por eso robó la camioneta para mover los cuerpos. Ella debía tener el coche para ir al trabajo.

—¡Kay! —Carys levantó su móvil—. La compañía de taxis dice que Lenehan no se presentó. El conductor llegó a tiempo, pero cuando no vio a Lenehan fuera del hotel, le preguntó al gerente de turno de noche dónde estaba. Llamé al hotel y conseguí el número del tipo. Lo recordaba porque el taxista estaba furioso. Lenehan había sido recogido por uno de esos coches de viajes compartidos veinte minutos antes.

—¿Qué tipo de coche?

—No tiene ni idea de la marca o el modelo, estaba demasiado oscuro para ver, pero dice que era un cuatro puertas plateado…

Kay se dio la vuelta y pasó su tarjeta por el mecanismo de cierre de la sala de interrogatorios, con Barnes pisándole los talones.

El abogado de oficio hizo una pausa en su conversación con su clienta cuando Kay irrumpió en la mesa, y los ojos de Bettina se abrieron de par en par.

—Bettina, denunció el robo de su coche esta mañana. ¿Por qué no nos lo dijo?

El labio inferior de la mujer tembló. —Lo o-olvidé. Estaba asustada.

—Cuénteme qué pasó.

—Lo aparqué fuera de nuestra casa como de costumbre cuando volví del hotel la noche anterior.

Cuando me desperté ayer por la mañana, había desaparecido. Derek estaba fuera cuando llegué a casa y no volvió hasta anoche, así que no lo vi. Estaba dormido cuando me desperté esta mañana y el coche seguía sin aparecer. Obviamente él no lo había usado, así que llamé a la policía para denunciarlo. —Las lágrimas corrían por las mejillas de la mujer—. Estaba furioso cuando se despertó y le dije lo que había hecho. Nunca lo había visto así antes.

Un presentimiento de temor se abrió paso por el cuerpo de Kay.

—Bettina, ¿dónde está su marido ahora?

CAPÍTULO 53

Media hora más tarde, Kay cerró de golpe la puerta del coche compartido y se apresuró hacia donde Dave Morrison y Aaron Stewart estaban parados junto a su vehículo.

Su coche, con el emblema de la Policía de Kent, les había ganado por apenas unos minutos, ya que sus ocupantes estaban de patrulla en la zona cuando se emitió la orden de arrestar a Derek Flinders.

—¿Algún rastro de él?

—No.

Kay frunció los labios mientras Barnes se unía a ella. —¿Habéis tenido tiempo de registrar el lugar?

—Aún no. El taller está cerrado. ¿Deberíamos acordonarlo?

—En un momento. Primero echaremos un vistazo. ¿Nos echáis una mano?

Él asintió y se apresuró hacia donde su colega estaba informando por radio al centro de mando, y transmitió las instrucciones de Kay.

—¿Alguna noticia sobre si Flinders ha sido arrestado?

—Nada aún —dijo Carys, y le entregó a Kay un par de fundas protectoras para los zapatos—. Le he pedido a Debbie que llame a mi móvil en caso de que no lo escuchemos por radio.

—Gracias. —Tomó un par de guantes desechables que Barnes le ofrecía y se los puso—. Bien. Echemos un vistazo.

Gritó por encima del hombro. —Dave, ¿pueden tú y Aaron ir por la parte de atrás en caso de que esté aquí e intente huir? También estamos buscando un coche.

Les dio los detalles de la marca y el modelo y observó cómo los haces de sus linternas barrían el suelo frente a ellos.

Cuando desaparecieron por la esquina del edificio, Kay encabezó el camino hacia las puertas dobles del frente, asegurándose de que los demás siguieran sus pasos y se mantuvieran en un camino demarcado. Harriet no le agradecería si pisoteaban una potencial escena del crimen.

La luz de la luna ayudó en su aproximación, el cielo nocturno de verano despejado de nubes, con un susurro de brisa en los árboles sobre sus cabezas.

Kay trató de recordar la vitalidad de la zona circundante durante el mercado y se preguntó qué eventos infernales habrían tenido lugar sin el conocimiento de quienes frecuentaban el centro.

Porque estaba segura de que aquí era donde los tres hombres habían muerto.

Un escalofrío recorrió su espalda, y se sacudió para deshacerse de esos pensamientos. Tenía que concentrarse. Necesitaban evidencia y necesitaban asegurarse de que Flinders no hubiera secuestrado a nadie más. Bettina les había asegurado que Patrick Lenehan era el último hombre con el que se había reunido, pero Kay no iba a dejar nada al azar.

—Está cerrado —dijo Barnes, y señaló un candado robusto que había sido colocado en el pestillo metálico—. Sostén esto.

Gavin tomó su linterna mientras Barnes metía la mano en el bolsillo de su chaqueta para sacar sus ganzúas y se puso a trabajar.

En cuestión de segundos, había liberado el candado y abierto la puerta derecha.

Se movió con facilidad.

—Ha mantenido las bisagras bien engrasadas —dijo Carys.

—Muy bien. Vosotros dos quedaos atrás —dijo Barnes, tomando su linterna de Gavin—. Piper, ven conmigo. Llamaremos cuando esté despejado.

Kay sabía que era mejor no discutir. En su lugar, ella y Carys se quedaron en el umbral e iluminaron la penumbra con sus linternas.

Mientras Barnes y Gavin se movían entre los bancos de trabajo y las estanterías, Kay intentó controlar la adrenalina que corría por su cuerpo.

Tenía que mantener la calma por el bien de su equipo.

A su lado, Carys se movía inquieta de un pie a otro, incapaz de templar su impaciencia, y Kay extendió una mano para calmarla. Ninguna dijo nada; estaban demasiado absortas observando el progreso de sus colegas a través del taller.

De repente, la voz de Barnes resonó a través del vacío.

—¿Puede alguna de ustedes encontrar un interruptor de luz? No puedo ver nada.

Ambas entraron en acción, e instantes después una explosión de luz llenó el espacio, y Kay parpadeó varias veces para aclarar su línea de visión.

Barnes estaba en el lado opuesto de la habitación

y apagó su linterna cuando sus miradas se encontraron.

—Nada aún —dijo.

—Seguid buscando.

—Jefa.

Se dio la vuelta cuando Aaron Stewart apareció, y le hizo señas.

—Encontramos el coche.

—Carys, conmigo. Guíanos, Aaron.

Lo siguieron alrededor del lateral del cobertizo hasta donde Morrison estaba de pie, su mano enguantada agarrando el borde de una lona gruesa.

—Muéstramelo —dijo Kay.

Levantó la lona del bulto que cubría, exponiendo la matrícula de un coche.

—Bien. No ha tenido tiempo de deshacerse de él. Quitad esto y abrid la parte trasera.

Se hizo a un lado mientras Morrison liberaba el tirador y el leve silbido de los hidráulicos llegó a sus oídos mientras la puerta trasera del vehículo se elevaba en el aire.

Morrison apuntó el haz de su linterna hacia el oscuro interior y dejó escapar un ladrido triunfante.

—Mirad. —Se inclinó y recogió un trozo de tela rasgado de una palanca metálica para neumáticos, sosteniéndolo a la luz con su mano enguantada. Una mancha de sangre cubría un borde del material—. Alguien estuvo aquí.

—Muy bien —dijo Kay—. Precintadlo.

La radio en el chaleco de Carys cobró vida, y ella subió el volumen. —Es Hughes.

—¿Qué pasa?

—Lo tenemos, jefa —dijo el sargento—. Los uniformados lo arrestaron en Charing Heath. Aparentemente, estaba tratando de detener un coche para que lo llevaran, pero cuando se dio cuenta de que era la policía, huyó. Tuvieron que reducirlo, dio una buena pelea.

—Buen trabajo.

—¡Kay!

Todos se volvieron al oír la voz de Barnes y corrieron de vuelta al taller.

—¿Qué pasa? —dijo Kay mientras irrumpía por la puerta.

Barnes estaba de pie en medio del espacio y les hizo señas para que se acercaran. —Ayudadme a mover el banco. Hay algo debajo.

—Piper, Carys, ayudadlo.

Los dos detectives cruzaron la habitación hasta donde Barnes estaba parado y lo ayudaron a arrastrar el banco de trabajo por el suelo.

—¿Qué está pasando, Ian?

En respuesta, señaló el suelo.

—He visto algo como esto antes, cuando era un joven policía —dijo—. El sospechoso enterró a su víctima en un terreno abandonado. Solo lo encontramos porque la tierra se había asentado después de llover. Se hundió así.

Kay hizo una señal a los dos agentes uniformados que esperaban en el umbral. —Atrás. Haced venir al equipo de Harriet lo antes posible. Vamos a levantar este suelo. Ahora.

Salieron corriendo del edificio, el mayor de los dos sosteniendo su radio en la boca mientras transmitía las instrucciones.

—¿Esperamos a Harriet? —dijo Carys.

Kay meditó la pregunta. Si esperaba, no podría vivir consigo misma si otra víctima yacía bajo la estructura, esperando que alguien la ayudara.

—No —dijo finalmente—. Vamos a quitar estas tablas del suelo.

Gavin le entregó un martillo de uña. —Encontré esto en el banco de trabajo de allá. Nos facilitará el trabajo.

—Estos clavos son nuevos, Kay —dijo Barnes.

—Los está reemplazando cada vez —dijo ella mientras aplicaba la uña al clavo más cercano—. Lo que sea que estuviera aquí abajo no estaba destinado a salir.

Guardaron silencio ante sus palabras, luego se agacharon y trabajaron en los clavos martillados en las tablas.

Una a una, las tablas fueron removidas, y un débil ruido llegó hasta ellos.

—¿Qué es eso? —susurró Carys, y luego gritó.

Un enjambre de moscas estalló desde la cavidad, llenando el taller, y Kay las espantó cuando se acercaron demasiado a su cara.

Miró a sus colegas. Cada uno de ellos parecía conmocionado y asqueado mientras los insectos zumbaban a su alrededor antes de huir por las puertas abiertas.

—Kay, mira.

Su mirada bajó hacia la tabla que Gavin acunaba en su regazo, y Barnes maldijo por lo bajo.

Una serie de marcas de arañazos estaban talladas en la madera, con sangre seca rayando la superficie que había estado boca abajo.

—Alguien estaba tratando de escapar —dijo ella.

El hedor la golpeó a continuación, y dio un paso involuntario hacia atrás del agujero.

—Lo dijiste una vez antes —dijo Carys, con los ojos muy abiertos—. Es miedo.

—Es muerte. Aquí es donde estaba escondiendo los cuerpos —dijo Barnes, con voz ronca.

—Ian, quédate aquí —dijo Kay—. Carys, Gavin, id a la puerta; pase lo que pase, quedaos allí. No vamos a contaminar esta escena más de lo necesario.

Esperó hasta que sus dos colegas estuvieran fuera del camino, luego se volvió hacia Barnes.

Sin decir palabra, Barnes asintió, luego trabajó en las últimas tablas del suelo, apilándolas detrás de donde estaban agachados.

Mientras trabajaban, Kay se dio cuenta de que la base original de concreto había sido picada y se había cavado un agujero profundo en el suelo debajo del piso del taller.

Calculó que la grieta medía un poco más que la longitud de su propio cuerpo y se estremeció.

Derek Flinders había hecho un ataúd en el suelo de su taller.

Cuando la última tabla del suelo llegó a sus manos, Barnes la empujó a un lado y levantó la mirada hacia Kay. —¿Estás lista para esto?

—Tanto como puedo estarlo.

Tomó un profundo respiro antes de asomarse al agujero poco profundo que habían descubierto.

Pasara lo que pasara después, sabía que nunca lo olvidaría.

Encendió su linterna, luego la dirigió hacia el espacio de abajo.

Retrocedió ante el desastre sangriento que cubría la cavidad improvisada, cubriéndose la cara cuando un segundo enjambre de moscas se elevó en el aire, luego parpadeó para tratar de perder la visión de los gusanos retorciéndose que infestaban el espacio donde Flinders había mantenido los cuerpos de sus víctimas antes de quemar sus restos.

—Maldita sea, tenía razón —dijo Barnes.

CAPÍTULO 54

Un escalofrío recorrió los hombros de Kay mientras evaluaba a su sospechoso.

El hombre sentado frente a ella en las primeras horas de la mañana la miraba con ojos verde profundo bajo un flequillo castaño oscuro. Su mirada era inexpresiva, sin revelar nada, y sin dar pista alguna del mal que lo había llevado a matar, desmembrar y quemar a tres hombres inocentes.

Tres, que ellos supieran.

Bajo más interrogatorios, Bettina Merriweather había proporcionado nombres de otros dos hombres con los que se había acostado en el último año; hombres cuyos detalles aparecían en la base de datos de personas desaparecidas, perdidos sin dejar rastro.

Derek Flinders se había negado a proporcionar

detalles a un abogado para representarlo, por lo que un abogado de oficio reacio había asistido, conteniendo una réplica sorprendida después de hojear las notas que Kay le había pasado en el pasillo exterior.

—Indique su nombre y dirección para el registro —dijo Barnes.

—Derek Flinders, Rosewell Cottage, Sutton Valence.

—¿Es usted el esposo de Bettina Merriweather?

—Sí.

—¿Posee o alquila alguna otra propiedad, señor Flinders?

—Alquilo un taller en el centro de artesanías.

—¿Alguien más tiene acceso a ese taller?

—No. Yo tengo la única llave.

Kay empujó una fotografía a través del escritorio que mostraba la escena del crimen que se había establecido en el taller del hombre durante la noche.

—¿Puede confirmar que este es el taller que usted alquila?

—Sí.

—Explique por qué encontramos rastros de sangre y heces ocultos debajo del suelo.

Flinders parpadeó. —No tengo idea de lo que están hablando.

—¿Cómo se sentía respecto a que su esposa se

acostara con los huéspedes del hotel? —dijo Kay.

Un tic comenzó en la esquina del ojo derecho de Flinders, y Kay se echó hacia atrás en su silla una fracción de segundo antes de que él se lanzara de su asiento y escupiera al espacio donde ella había estado.

Barnes ya estaba de pie antes de que la puerta se abriera y el sargento Hughes irrumpiera en la habitación.

Kay empujó su silla hacia atrás mientras los dos hombres contenían a Flinders; el rostro del abogado de oficio era de shock.

La satisfacción de Kay por la respuesta de su sospechoso disminuyó cuando lo devolvieron al escritorio, y asintió agradeciendo a Hughes mientras limpiaba la superficie con desinfectante antes de pararse junto al escritorio en caso de que Flinders intentara algo más.

Ahora que había obtenido una idea del temperamento que yacía bajo su calma aparente, tenían que extraer suficiente información de él para respaldar la evidencia y presentar cargos.

Barnes retomó su lugar junto a ella y cruzó los brazos sobre la mesa. —Intentemos de nuevo —dijo después de solicitar que Hughes citara su nombre, rango y número para la grabación—. ¿Mató usted a Patrick Lenehan?

Flinders giró el cuello antes de que sus ojos se fijaran en Barnes. —Sí.

—¿Por qué lo mató?

—Porque se lo merecía. Se acostó con mi esposa.

—¿Él se lo dijo?

—Eventualmente.

Kay notó la expresión de pánico en los ojos del abogado y sintió lástima por el hombre.

No solo lo habían sacado de la cama en las primeras horas de la mañana para asistir a la comisaría, sino que ahora se encontraba representando a un asesino que parecía desafiante ante la acusación.

Sin remordimientos, de hecho.

En el silencio que siguió, el reloj en la pared marcaba los segundos y Kay se dio cuenta de que nunca más podría escuchar ese ruido sin recordar la escalofriante confesión de Flinders.

—Clive Wallis y Rupert Blacklock. ¿Quiénes eran para usted? —dijo Barnes.

—Se acostaron con mi esposa.

—¿Cómo lo sabe?

Flinders suspiró, se removió en su silla y sonrió con benevolencia.

—Porque sin que mi esposa lo supiera, me di cuenta de lo que estaba haciendo hace mucho tiempo. De vez en cuando, me mentía diciéndome que estaba trabajando hasta tarde. Al principio, pensé que me decía la verdad, que estaba haciendo un turno extra porque necesitábamos el dinero, pero luego empecé a sospechar cuando llegó tarde una noche. Pude olerlo en ella. Su sexo. La siguiente vez que mintió, fui en bicicleta hasta el hotel y esperé. Alrededor de la hora en que supuestamente terminaba su turno, ella salió del hotel. Casi la pierdo de vista; usó una puerta lateral. Ahora, si realmente tuviera un turno tarde, ¿por qué haría eso? —No esperó una respuesta—. Después de un rato, un hombre apareció en las puertas del área de recepción. Obviamente estaba esperando un taxi. Acerqué mi bicicleta hacia él y fingí que llegaba a trabajar. Pude oler el perfume de ella en él. También puedes notarlo en su voz estos días; se emociona cuando me dice que tiene que trabajar hasta tarde. ¿Qué tipo de persona se emociona por eso?

Flinders se inclinó hacia adelante y golpeó la mesa con el puño, y ellos retrocedieron de un salto. —Una mentirosa. Eso es. Una mentirosa.

—¿Por qué el carbón? ¿Por qué quemar los cuerpos de esos hombres una vez que los había desmembrado? ¿Por qué no simplemente enterrarlos? —dijo Kay.

Una sonrisa malévola se extendió por sus labios.

—Porque ella siempre insiste en hacer barbacoas en verano. Qué manera perfecta de usarlos. Qué manera perfecta de servirlos.

Kay tragó saliva, luchando contra la bilis, y supo por el gruñido que emitió Barnes que él también estaba lidiando con lo que estaban escuchando.

Finalmente, cuando pudo, levantó los ojos hacia Flinders una vez más.

—¿Quiere decir que le sirvió los restos de los hombres que asesinó?

—Sin comentarios.

Kay apretó los dientes y continuó. —Las obras de construcción en el hotel, ¿por eso tuvo que mover los cuerpos en la camioneta, no es así?

Resopló en respuesta. —No se suponía que derribaran los viejos edificios anexos hasta fin de año. Dijeron que la expansión estaba pausada, así que estaba perfectamente seguro allí. Nadie lo habría sabido. Tenía todo el tiempo del mundo; y entonces Bettina escuchó a alguien hablando en el área de recepción del hotel y se dio cuenta de que las obras de demolición no estaban en pausa después de todo; solo la construcción lo estaba.

—¿Por qué robó la camioneta?

Suspiró, como si fuera un inconveniente tener que explicarlo. —Porque mi esposa usa el coche para trabajar. Solo puedo usarlo cuando ella llega a casa. Yo voy en bicicleta al centro de artesanías. Difícilmente podría mover un cuerpo de esa manera, ¿no? Además —dijo, contemplando una uña—, sabía que Alan no lo reportaría como desaparecido. Ha estado presumiendo durante los últimos dos años que no ha pagado el impuesto de circulación, así que difícilmente los iba a llamar a ustedes, ¿verdad? Es una lástima que la suspensión estuviera rota, sin embargo. De lo contrario, no habría perdido el maldito pie.

—¿Por qué usó el coche de su esposa para transportar a Lenehan? —dijo Barnes.

Los ojos de Flinders brillaron. —Pensé que ella apreciaría la ironía. Además, fue fácil. Estaba tan cansada de tener sexo con él que se quedó dormida minutos después de llegar a casa. Simplemente tomé el coche y volví al hotel donde él estaba esperando un taxi; hay tantos coches compartidos en la zona que no pensó nada cuando aparecí.

—Hábleme de Bristol.

—¿Qué hay con eso?

—Bettina ha confirmado que se acostaba con huéspedes del hotel mientras trabajaba allí. ¿Qué hizo con los cuerpos?

Una sonrisa astuta se extendió por su rostro. —Sin comentarios.

Kay se reclinó en su silla y contempló al hombre frente a ella. —Tenemos suficientes pruebas para acusarlo por los asesinatos de tres hombres, y presentaremos más cargos una vez que nuestras investigaciones estén completas, señor Flinders. ¿No tiene ningún remordimiento por lo que ha hecho?

—Ya se lo dije. Se lo merecían; se acostaron con mi esposa.

—Usted la perdonó —dijo Kay.

—Ella es mía. Me pertenece. A nadie más.

—Y aun así se acostó con todos ellos.

Flinders apretó los puños, pero permaneció en silencio.

Unos minutos más tarde, la entrevista inicial había terminado y Kay y Barnes estaban de pie en el pasillo, conmocionados.

—Concluiremos la entrevista una vez que haya tenido la oportunidad de discutir los cargos con Jude Martin en el Servicio de Fiscalía de la Corona —dijo Kay—, pero nunca en mi vida he conocido a alguien tan malvado. Quiero decir, disfrutó lo que les hizo a esos hombres, y en cuanto a lo que podría haber estado haciendo con los restos…

Barnes se pasó la mano por los ojos cansados y suspiró. —Cualquier persona normal se divorciaría.

CAPÍTULO 55

—¿Crees que ella lo sabía? — preguntó Carys mientras observaban a Hughes llevar a Bettina a las celdas.

—Sí, lo creo— dijo Kay. —Creo que eligió ignorar lo que estaba pasando, aunque probablemente pensó que era conveniente que esos hombres desaparecieran sin dejar rastro.

Caminaron hacia la escalera y subieron de vuelta a la sala de incidentes. La luz del sol se filtraba por las ventanas, y Kay reprimió un bostezo.

—Me pregunto por qué no lo enfrentó al respecto — dijo Carys.

—Tal vez tenía miedo de confirmar sus sospechas — dijo Kay.

—O tenía miedo de que él la matara— dijo Gavin.

Kay empujó la puerta y se dirigió a la pizarra, su mirada recorriendo las fotografías de las víctimas mientras el bullicio de actividad continuaba a su alrededor.

Sharp había escrito el nombre de Patrick Lenehan en el espacio debajo del gran signo de interrogación que ella había dibujado después del descubrimiento del tercer cuerpo, y se dio cuenta de que probablemente se había encargado de identificar las fotografías de los anillos y la hebilla del cinturón con la ayuda de la familia del irlandés y la policía de Cork.

Como si fuera una señal, el inspector jefe se asomó desde su oficina. —Bien, ya están aquí. ¿Dónde está Barnes?

—Está comprando un café en la cafetería. Llegará en un minuto.

—Comencemos la reunión final en cuanto llegue. Creo que todos merecen terminar temprano, ya que es fin de semana.

Esperaron cerca de la pizarra mientras sus colegas tomaban latas de bebidas energéticas de la máquina expendedora de la cafetería o café, cualquier cosa para mantenerlos activos durante las últimas etapas de la investigación. Luego, Sharp dio un breve silbido para llamar su atención y le hizo un gesto a Kay para que comenzara.

—Quiero agradeceros a todos por vuestro tiempo y dedicación a este caso— dijo, asegurándose de hacer contacto visual con cada uno de sus colegas. — Sé que algunos de vosotros teneis hijos pequeños en casa y no ha sido fácil con los horarios que hemos estado manejando, pero son vuestros esfuerzos los que nos han dado este resultado. Deberíais estar orgullosos de vosotros mismos.

Un ligero aplauso llenó la sala.

—Derek Flinders ha sido acusado de los asesinatos de Clive Wallis, Rupert Blacklock, y Patrick Lenehan. A partir del lunes, comenzaremos a trabajar con el Servicio de Fiscalía de la Corona para asegurarnos de que reciba la sentencia más larga posible cuando el caso llegue a los tribunales. También trabajaremos con nuestros colegas de Avon y Somerset para averiguar si fue responsable de los casos sin resolver que tienen. Preparaos para una semana ocupada, pero mientras tanto id a casa y disfrutad el resto del fin de semana con vuestras familias. Jefe, ¿tiene algo que quiera agregar?

Sharp levantó la vista de sus notas. —En primer lugar, para agregar a lo que Kay ya ha dicho, esta ha sido una de las investigaciones más desgarradoras que algunos de vosotros habéis experimentado en sus carreras hasta la fecha.

Asintió hacia Debbie antes de continuar.

—Todos vosotros hacéis una diferencia en este equipo, y sé que habláis entre vosotros. Pero, y esto es importante, si las circunstancias de estos asesinatos os están afectando, buscad ayuda. Puede hacerse de forma anónima, pero por el amor de Dios, no intentéis lidiar con esto solos, ¿de acuerdo?

—Sí, jefe.

—Entendido, jefe.

Sharp dejó sus notas sobre la mesa detrás de él, luego se volvió para enfrentar a la sala una vez más.

—Ahora que hemos aclarado eso, tengo un anuncio que hacer. Como todos saben, Kay y yo hemos pasado las últimas semanas entrevistando a posibles candidatos para el puesto de oficial. No ha sido fácil, ya que somos un grupo muy unido y es imperativo que encontráramos a alguien que pudiera ocupar el puesto con la mínima interrupción. Me complace anunciar que hemos encontrado a la persona perfecta para el trabajo.

Confundida, Kay se giró para mirarlo. —¿Lo hemos hecho?

Guiñó un ojo. —Lo hemos hecho. Ian Barnes, felicidades por tu ascenso.

El jadeo de sorpresa de Kay se ahogó entre los vítores y silbidos de sus colegas mientras se agolpaban alrededor de Barnes.

Desde su posición junto a la ventana, él cruzó la mirada con ella y sonrió antes de acercarse a donde estaba.

—Astuto sinvergüenza—dijo ella, estrechándole la mano—. ¿Por qué no me dijiste que habías cambiado de opinión?

Él se rio. —Quería que fuera una sorpresa. Además, últimamente has tenido suficiente en qué pensar con este caso.

—Me alegro de que hayas aceptado el trabajo.

—Yo también. Habría sido raro que un completo desconocido se uniera al equipo, ¿no crees?

El equipo se arremolinaba a su alrededor, despidiéndose y dirigiéndose a la salida, y ella echó un vistazo por encima del hombro de Barnes hacia donde Gavin y Carys estaban recogiendo sus escritorios.

Él se giró para ver lo que ella estaba mirando. —¿Crees que estarán bien? Es decir, no fue culpa de ellos que Derek Flinders nos engañara a todos, pero no estoy seguro de que se den cuenta de eso.

Kay observó a Gavin dando una palmada en la espalda a Carys mientras le abría la puerta y desaparecían de vista. —Sí, estarán bien. Hacen un buen equipo, esos dos.

—Bueno, yo también me voy. ¿Nos vemos el lunes?

—Con los ojos bien abiertos y llena de energía.

Media hora después, Kay dirigió su coche hacia el denso tráfico del sábado por la mañana y lo encaminó en dirección a casa.

Bajó la ventanilla y dejó que la brisa agitara su cabello, despejando la niebla de su mente mientras conducía por la A20 hacia Bearsted.

Reprimió un bostezo. La adrenalina que la había mantenido en pie los últimos días se estaba agotando rápidamente.

Mientras giraba el coche hacia el carril que dividía la moderna urbanización de la parte más antigua de Weavering, frenó para negociar la última curva y luego suspiró al entrar en el camino de entrada de su casa.

—Gracias a Dios. Casa—murmuró, apenas logrando salir del coche.

Un espasmo le agarrotó los doloridos músculos de la espalda. Se daría el gusto de un largo baño más tarde. De alguna manera, no creía que pudiera mantener los ojos abiertos el tiempo suficiente para leer un libro después.

Giró la llave en la cerradura de la puerta principal y dejó caer su bolso en las escaleras.

—¡Ya estoy en casa!

Adam asomó la cabeza por la puerta de la cocina, con una expresión de absoluta miseria en el rostro.

—Antes de que digas nada, lo siento, ¿de acuerdo?

El corazón de Kay se hundió, preguntándose qué demonios había sucedido. Todo lo que quería era quitarse los tacones, ponerse unos pantalones cortos y sentarse en el patio con una copa muy grande de vino blanco frío.

—¿Qué está pasando? ¿Qué ocurre? —Se apresuró a entrar en la cocina mientras él volvía a la encimera y sostenía un montón de harapos destrozados—. Espera. ¿No es ese el vestido que iba a ponerme para la fiesta de cumpleaños de Abby?

Adam asintió, con las mejillas tan rojas como la tela.

—Misha se escapó. Se comió la ropa que estaba colgada en el tendedero.

FIN

BIOGRAFÍA DEL AUTOR

Rachel Amphlett es una de las autoras de ficción criminal y thrillers de espías con más ventas del USA Today; y muchas de sus obras han sido traducidas en todo el mundo.

Sus novelas están disponibles en formato digital, impresos y como audiolibros en bibliotecas y tiendas minoristas, así como en su página web.

Rachel, una viajera entusiasta e investigadora privada por accidente, tiene ciudadanía australiana y británica.

Para más información sobre los libros de Rachel entra en: www.rachelamphlet.com.